中國語言文字研究輯刊

二四編

許學仁 主編

第5冊

《漢語大字典》水部字研究（上）

金 瑞 著

花木蘭文化事業有限公司

國家圖書館出版品預行編目資料

《漢語大字典》水部字研究（上）／金瑞 著 -- 初版 -- 新北市：
花木蘭文化事業有限公司，2023〔民 112〕
目 4+196 面；21×29.7 公分
（中國語言文字研究輯刊　二四編；第 5 冊）
ISBN 978-626-344-241-2（精裝）
1.CST：漢語字典 2.CST：研究考訂
802.08　　　　　　　　　　　　　　　111021974

中國語言文字研究輯刊
二四編　第五冊　　　　　　ISBN：978-626-344-241-2

《漢語大字典》水部字研究（上）

作　　者　金瑞
主　　編　許學仁
總 編 輯　杜潔祥
副總編輯　楊嘉樂
編輯主任　許郁翎
編　　輯　張雅淋、潘玟靜　美術編輯　陳逸婷
出　　版　花木蘭文化事業有限公司
發 行 人　高小娟
聯絡地址　235 新北市中和區中安街七二號十三樓
　　　　　電話：02-2923-1455／傳真：02-2923-1452
網　　址　http://www.huamulan.tw 信箱 service@huamulans.com
印　　刷　普羅文化出版廣告事業
初　　版　2023 年 3 月
定　　價　二四編 9 冊（精裝）新台幣 30,000 元

《漢語大字典》水部字研究（上）

金瑞 著

作者簡介

金瑞，女，1991 年出生。華東師範大學漢語言文字學碩士，上海師範大學古典文獻學博士。碩士期間師從王元鹿教授，專攻少數民族文字與古文字方向，與蔣德平老師合作出版《漢字中的天文之美》。博士期間師從徐時儀教授，研習中古近代漢語詞彙學及漢語史，發表論文數篇。

提　要

　　《漢語大字典》是在現代辭書編纂理論指導下編寫出來的一部新型字典，從 1975 年計劃編寫到 1990 年八卷本全部出齊，用時 15 年。第一版出版後，從 1999 年開始正式修訂，到 2010 年第二版由四川出版集團、四川辭書出版社與湖北長江出版集團、崇文書局共同出版，又用時 10 年，卷軼浩繁，體量巨大，堪稱我國語文辭書編纂的標誌性典範，在一定程度上反映了我國辭書編纂的學術水準和文化軟實力。

　　本書以《漢語大字典》水部字為研究對象，結合前賢時彥的相關研究成果，在詞典學、文字學、訓詁學、詞彙學等相關理論的指導下首次對《大字典》水部字整部字從收字、注音、釋義、書證等方面進行全面考察。主要從兩大角度入手，一是從辭書編纂和詞典學角度入手，將《漢語大字典》和《漢語大詞典》等（必要的時候還有《辭源》《近代漢語詞典》）大型語文辭書整部字進行綜合比較，試圖較為先行地發現兩部辭書在收字釋義和書證等方面的問題並進而探討大型語文辭書編纂和修訂方面的相關問題。二是以《大字典》本身為語言文字材料，梳理了所有水部字，從詞彙學角度對其中存在的典型的語義類聚範疇進行個案描寫。本書主要由以下四部分組成：一、系統梳理了近三十年來《漢語大字典》的研究情況。二、全面比較了兩版《漢語大字典》水部字。三 全面比較了《漢語大字典》和《漢語大詞典》所收水部字。四、從詞彙學的角度對水部字進行範疇分類辨析。

目

次

緒　論

第一節　研究目的及意義

　　漢字是世界上最古老的文字之一。蘇美爾人和巴比倫人的楔形文字，埃及人的聖書字都早已不復流傳。唯獨漢字直到今天還在使用並展現出蓬勃的生命力。用漢字寫刻的古代文獻資料在世界上首屈一指。漢字不僅是我國文化的寶庫，也是世界文化的寶庫。漢字傳到朝鮮、日本、越南等國，歷史上形成「漢字文化圈」，影響極大。漢字的獨特地位和極高價值使得編寫一部高水準、權威性的漢字字典成為必不可少、舉足輕重的事情。

　　《漢語大字典》[註1] 經周恩來、鄧小平同志批准，在四川和湖北兩省編纂人員的共同努力下從 1975 年計畫編寫到 1990 年八卷本全部出齊，用時 15 年，終成世界上規模最大、最權威的漢語字典。第一版出版後，從 1999 年開始正式修訂，到 2010 年第二版出版，又用時 10 年。如果加上中間維護和修訂準備的 10 年，一共用了整整 35 年。《大字典》初版的輝煌、二版的與時俱進，書寫著盛世修典的歷史，也是我國文化事業繁榮與發展的見證。

　　《大字典》共分八卷，第一版收楷書單字五萬六千多個，新版新增近六千個字頭，共收楷書單字 60370 個。凡古今文獻、圖書、資料中出現的漢字，幾

〔註1〕行文中未特別說明皆省作《大字典》。

乎都可以從中查到，是當今世界上收集漢字單字最多的一部字典。它以「字」為中心，古今兼收，源流並重，對每個漢字的形、音、義都有歷史、全面的反映。在編纂中，編纂人員遍查歷代字典和各種有關資料，吸收可以見及的古今研究成果，補充舊字書的不足，糾正舊字書的訛誤，引用的書證，都經過反復核查，這使得這部字典具有極大的規範性、標準性和典範性。

正是因為《大字典》具有如此的地位和價值，自第一版出版起，國內學界和社會各界都對它給予了極大的關注，研究、討論、表彰等各方各面都涌現了大量的文章以及專著。近三十年，來學界對《大字典》的研究始終未停滯過，研究面也比較廣，研究成果頗豐。但是依然沒有將每一卷每一部單字都耙梳完備，可以說留給我們的研究空間還相當廣闊。因為第二版修訂選擇的是中修，不少關於《大字典》的研究成果未被採用，二版還存在一定的缺憾，關於收字、義項、釋義、例證等老問題沒有得到根本性解決，修訂之後也又產生了一些新的問題，所以整體來說對《大字典》的研究或者說對漢語單字的研究還任重道遠。同時，《大字典》作為大型語文工具書，給我們提供的語言文字材料當然也是取之不盡的寶庫。

第二節　研究對象及研究方法

本文我們主要以《漢語大字典》水部字為研究對象，結合前賢時彥的相關研究成果，在詞典學、文字學、訓詁學、詞彙學等相關原理的指導下對《大字典》水部字從收字、注音、釋義、書證等方面進行全面考察。主要從兩大角度入手，一是從辭書編纂和詞典學角度入手。考慮到《漢語大字典》《漢語大詞典》〔註2〕作為大型語文辭書的姊妹篇，其二者的比較是很有意義且能較為直接地發現一些問題，所以我們以二者的比較為切入口，以此來發現《大字典》本身的一些需要辨正的地方，並進而探討大型語文辭書在編纂和修訂方面到底應該再注意哪些問題。二是以《大字典》本身為語言文字材料，從詞彙學角度對其中存在的一些代表性語義類聚範疇進行基礎分析和典型個案描寫。

擬採取的研究方法：

（1）靜態分析法和動態分析法相結合

〔註2〕行文中未做特殊說明皆省作《大詞典》。

所謂靜態分析法，就是文字形體的分析，它是就文字的一個歷史平面去進行分析、比較、綜合的。再結合動態分析法，對文字進行歷史和平面的比較。

（2）最新語言學理論成果與傳統訓詁方法相結合

吸收傳統訓詁學中有經驗有價值的分析方法，結合最新語言學理論研究成果，如語義場、詞語類聚、語義認知範疇等理論等進行研究。

（3）比較與綜合的方法，輔之以聯繫的方法

運用比較的方法將一二版《大字典》進行全方位對比；將《大字典》《大詞典》兩部辭書的收字、注音、釋義、書證等各方面進行對比。

（4）共時分析與歷時分析相結合

對語義類聚範疇內的詞義研究採用共時平面的分析描寫和歷時的演變發展探究相結合的方法。

（5）多重文獻法

採用紙質文獻和中國古籍庫、中國哲學書電子化計劃等電子資料庫相結合來考察書證，以提高效率並期盡量使文獻資料豐富和全面。

實施方案：

（1）充分整理研究材料，充分梳理前賢時彥的研究成果。

（2）對《大字典》水部字每個單字進行綜合分析，條理歸納。

（3）將《大字典》和《大詞典》兩部大型辭書進行比較研究，深入探討。

（4）結合其他相關研究，全面總結。

第三節　研究的創新性及難點

主要創新：

（一）系統、全面地整部比較新舊兩版《漢語大字典》，揭示新版修訂工作的成績和不足。

（二）梳理近三十年來《漢語大字典》的研究現狀，指出不足的研究方向和思路。首次將《漢語大字典》水部字整部從詞典學以及詞彙學詞義類聚等多維角度進行綜合考察。

（三）在（一）（二）的基礎上首次將《漢語大字典》和《漢語大詞典》等（必要的時候還有《辭源》《近代漢語詞典》）大型語文辭書整部字進行綜合比

較，探討大型語文辭書編纂和修訂方面的問題，並豐富了詞彙研究等語言史方面的內容。

主要困難及不足：

（一）兩部辭書由於是大型工具書，體量巨大，內容浩繁，難免有前後照應不周的地方。

（二）由於時間和精力的限制，材料基本上僅限於水部字，所以有極個別可能涉及他部的相關問題未能照顧到。

（三）兩部辭書的編纂者和修訂者都是業界的頂尖學者，所以很多問題僅作者個人能力無法思慮周全，難免疏漏，見笑於方家。

第一章　近三十年來《漢語大字典》研究回顧

　　《漢語大字典》經周恩來、鄧小平同志批准,成立由時任國家出版局副局長許力以擔任組長的領導小組,由武漢大學李格非教授、四川大學趙振鐸教授、華中師範大學嚴學宭教授四川師範大學冉友橋教授任副主編,在四川和湖北兩省編纂人員的共同努力下,從 1975 年計劃編寫到 1990 年八卷本全部出齊,用時 15 年,終成世界上規模最大、最權威的漢語字典。編纂之初由於社會歷史原因和技術條件限制等等,編纂人員克服了大量常人難以想像的困難,可以說是傾注了所有編寫人員的心血。第一版出版後,從 1999 年開始正式修訂,到 2010 年第二版由四川出版集團、四川辭書出版社與湖北長江出版集團、崇文書局共同出版,又用時 10 年。如果加上中間維護和修訂準備的 10 年,一共用了整整 35 年。《大字典》初版的輝煌、二版的與時俱進,書寫著盛世修典的歷史,也是我國文化事業繁榮與發展的見證〔註1〕。

　　從編纂之初,工作人員就確定了《漢語大字典》作為一部大型語文性字典必須要有自己專門特點,沒有專門特點,它就不可能有存在價值〔註2〕。它以解釋單字為主,歷史地、正確地反映漢字形、音、義的源流演變,充分體現自

〔註1〕雷華、王祝英《大國大典盛世豐碑──〈漢語大字典〉編纂、修訂、出版歷程側記》,《辭書研究》2011 年第 5 期。
〔註2〕李格非、趙振鐸《〈漢語大字典〉的編寫工作》,《辭書研究》1980 年第 3 期。

己的特點，區別於主要解釋詞語的《漢語大詞典》，區別於百科性的《辭海》，區別於只收古代詞語的《辭源》，只收現代詞語的《現代漢語詞典》和只收常用字、常用義的《新華字典》；它要促進文字改革和漢語規範化，所以它又是規範性的，這又決定了它和其他方言詞典的不同〔註3〕。第一版《漢語大字典》共分八卷，收楷書單字五萬六千多個，新版新增近六千個字頭，共收楷書單字60370個。凡古今文獻、圖書、資料中出現的漢字，幾乎都可以從中查到，是當今世界上收集漢字單字最多的一部字典。它以「字」為中心，在字形方面，它要對古今楷書漢字進行初步的整理，在楷書單字條目下收列能反映其形體演變關係的、有代表性的甲骨文、金文、小篆和隸書形體。在字音方面，它要對所收的幾萬個楷書單字注出現代普通話讀音，並根據可能，反映出中古和上古的字音情況。在字義方面，力求做到義項完備，釋義準確，努力反映字義的源流演變〔註4〕。可謂是古今兼收，源流並重，對每個漢字的形、音、義都有歷史、全面的反映。

正是因為《漢語大字典》具有如此的地位和價值，自第一版出版起，國內學界和社會各界都對它給予了極大的關注，研究、討論、表彰等各方各面都涌現了大量的文章以及專著。

第一節　關於第一版《漢語大字典》

研究成果大致可以分為兩個類型。一是專著，專著則主要對《漢語大字典》疑難字的考釋方面居多。代表作有周志鋒的《大字典論稿》（1998）、張涌泉的《漢語俗字叢考》（2000）、毛遠明的《語文辭書補正》（2002）、楊正業的《〈漢語大字典〉難字考》（2004）、楊寶忠的《疑難字考釋與研究》（2005）、鄧福祿、韓小荊的《字典考正》（2007）。注音研究的目前代表的有雷昌蛟《〈辭源〉〈漢語大字典〉〈漢語大詞典〉注音辨正》（2005）。

另一種是論文，又可以分為字典編排、本體研究及非純語言文字角度等三個方面。其中本體研究是核心內容和主體內容，又可以細分為聲訓注音商榷，字頭、字形的收錄和古文字字形商補，釋義的指瑕和訓釋方式的研究，書證的辨誤，字際關係的考證，疑難字的考釋，《異體字表》研究，綜合性訓詁等。

〔註3〕趙振鐸、左大成《關於〈漢語大字典〉的編寫工作》，《辭書研究》1983年第2期。
〔註4〕趙振鐸、左大成《關於〈漢語大字典〉的編寫工作》，《辭書研究》1983年第2期。

（一）編排體例

編排體例問題是所有大型工具書都要面臨的首要困難。由於非成於一人一時一地，且內容涉及之多之繁，編纂過程中要做到整體性和系統性的一致和最佳實在是幾乎難以做到的事。《漢語大字典》的體例勾畫出了這部字典的總體輪廓，同時也是其編寫的技術規範。體例對收字、解形、注音、釋義、複音詞的處理、異體字的處理、引證等各方面的原則、範圍及具體操作方法，包括寫稿格式和標點符號的用法，都作了詳盡的規定〔註5〕。這基本保證了《漢語大字典》的系統性和整體性。然而，存在問題是不可避免的。

首先編排順序，《凡例》稱「部首按筆劃多少順序排列，同筆劃的部首按橫、豎、撇、點、折五種筆形順序排列。同部的單字排列也按照這種順序。」但實際上有一些例外，主要是在同一部首中同筆劃數的字既有左右結構、又有上下結構時，處理方法有異，少數部中採用了別的編排方法〔註6〕。

一些字的歸部問題也總是讓人頭痛。自東漢許慎首創部首法到現在，部首排檢法不斷發展和完善。《漢語大字典》的立部雖然有了很大的改進，但也存在一些不足。歷代字書單字條目的歸部，大致可以分為三種類型：一是按字義歸部；二是按字形歸部；三是形義結合歸部〔註7〕。《漢語大字典》基本上屬於第三種。但當一個字的幾個部件都是部首字的時候和難檢字的情況依然很難確定到底應該放在哪一部，尤其是再加上繁簡字的問題，就變得更棘手了。

再如字形統一問題。《漢語大字典》由於因襲前代字書舊制，有不少字形沒有做到規範的楷書形體，也是二版需要重視的地方。其他還有很多學者在多方面有所研究。如黃仁壽（1991）〔註8〕提出了很多加「按語」的原則。趙學清〔註9〕（1990）介紹了《漢語大字典》在虛詞解說方面的創新之處。體例不一，自相矛盾既有編纂工作失誤造成的，當然也有是著實難以處理的權衡之法。我們應該理解失誤，當然也要儘量減少和即時補正錯誤。

〔註5〕楊宗義《〈漢語大字典〉的整體性和系統性》，《辭書研究》1990年第5期。

〔註6〕沈澍農《〈漢語大字典〉體例的不足》，《辭書研究》2008年第4期。

〔註7〕王微音《漢語大字典〉的部首排檢法》，《麗水師專學報》1990年第3期。

〔註8〕黃仁壽《談〈漢語大字典〉編纂中對按語的使用》，《四川師範大學學報（社會科學版）》1991年第4期。

〔註9〕趙學清《從虛詞研究的歷史看〈漢語大字典〉的創新》，《辭書研究》1990年第5期。

（二）本體研究

對《漢語大字典》裏面所收字的本體的研究當然是學界關注和研究的核心內容，二十年來學界對《漢語大字典》無論是從某部字整體入手還是單字的考釋都做了大量的研究工作。

1. 聲訓注音商榷

古音問題一直是學術界「小學」中研究的一個難點。無論是從研究材料還是從研究方法來看，音韻學長期以來是研究中的老大難。《漢語大字典》在注音方面做到了對所收列的楷書單字盡可能地注出了現代讀音，並標注了中古的反切和上古的韻部。應該說幾乎是完美的。但是囿於古音研究的不足，《漢語大字典》兼注中古音和現代音的同時，也經常出現問題。學界對《漢語大字典》注音方面的考察主要集中在反切注音存在的問題。

魏鋼強（2001）〔註10〕針對《漢語大字典》中古音和現代音對應時出錯的問題，指出是沒有意識到《廣韻》一類的書裏頭許多字都有意義相同的多個反切。要搞清《廣韻》和《集韻》中不同反切之間的關係，才有可能搞清中古音和現代音的對應關係〔註11〕。李凱《〈漢語大字典〉反切注音失誤辨正》（2011）一文結合《康熙字典》和《中華大字典》對《漢語大字典》中的一些反切注音也給予了辨正。湖南師範大學的蔡夢麒教授對《漢語大字典》的注音問題頗多關注，論文多從《漢語大字典》與其他字書注音比較入手，如《〈漢語大字典〉引〈說文解字〉注音辨正》（2005）和《從〈廣韻〉看〈漢語大字典〉的注音缺失》（2006）。其指導的研究生也分別有《〈漢語大詞典〉「Ｘ同Ｘ」注音研究》（黃雁；2010 碩）《〈王力古漢語字典〉〈漢語大字典〉〈辭源〉注音比較》（黃國花；2010 碩）等文章。還有不少研究從個別字詞的讀音辨誤出發窺探《漢語大字典》的注音問題。如梁光華《〈漢語大詞典〉〈漢語大字典〉注音商兌二題》（1997）；辛平《關於〈漢語大字典〉「蚌」「鮮」的注音》（2005）；雷昌蛟《〈辭源〉〈漢語大字典〉〈漢語大詞典〉標音失誤辨正二則》（2005）；雷昌蛟《〈辭源〉〈漢語大字典〉〈漢語大詞典〉「湯」字標音失誤辨正》（2006）；朱純潔《〈辭源〉〈漢語大字典〉〈漢語大詞典〉「撓」字注音商兌》（2009）等等。

〔註10〕魏鋼強《〈漢語大字典〉反切注音存在的問題》，《中國語文》2001 年第 3 期。
〔註11〕辛平《關於〈漢語大字典〉「蚌」「鮮」的注音》（《漢語學報》2005 年第 2 期）一文對魏文有所商榷。

總的來說，學界對《漢語大字典》注音問題的討論還比較少，也比較不成系統。《漢語大字典》引用和合並《廣韻》反切的抽樣調查看，編者在使用《廣韻》反切標注中古音時，是進行了一番嚴謹的審音工作的，但還是存在一定比例的錯誤。如對《廣韻》的反切錯誤未能鑒別，引用與原書不合，漏收原書反切以及不符合合並規則的處理等問題（黃萍《〈漢語大字典〉引用〈廣韻〉切語抽樣調查報告》2010，碩）。文字形音義不分家，對很多字的讀音的標注往往還牽扯義項的對應關係和字際關係問題，這也確實又提高了注音準確性的難度。目前學界還缺乏系統地從《漢語大字典》的注音面貌、注音出現的問題和較為全面的注音失誤統計、辨正以及校補方面的專書，這可以說是一塊開墾難度大的田地，期待相關專家學者出現更多的成果。

2. 字頭、字形的收錄和古文字字形商補

與《漢語大詞典》不同，《漢語大字典》作為一部大型字書，在對漢字的字形收錄和規範方面的成就是其突出特點。

《漢語大字典》作為當代權威的一部大型字書，其收字多且全。「收集從寬，入典從嚴」是收字工作遵循的總原則。歷代辭書和古今著作以及省級以上等等各類報刊中的字，都屬於《漢語大字典》的收字範圍〔註12〕。要解決人們在閱讀和研究古今著作中遇到的漢字形音義方面的問題，必須盡可能多的收列古今楷書單字。因此不少學者致力於對其所收字頭是否完備和恰當的研究。從中發現收字方面還是存在不少不盡人意的方面，主要是字形的漏收方面。相關文章有芮寧生《〈漢語大字典〉漏收的字》（1999）；沈澍農《〈漢語大字典〉未收的中醫古籍用字特殊音義》（上）（下）（2004）；趙永明《從〈字彙補〉看〈漢語大字典〉收字、釋義存在的問題》（2008）等。其中李國英的《〈漢語大字典·麥部〉收字、字形考辨》（2010）是從收字、字形、書證等多方面考察了麥部的29個字，並對出現的問題探求了原因。

《漢語大字典》全面收錄了古文字字形，即在楷書字頭下盡可能地從目前已知的最早字形開始收錄，羅列其在字形演變歷史中的代表字形。這對於讀者了解字源，考察相關文字字形的流變，具有重要意義。然而對於古文字字形的收錄方面還存在一些需要進一步補正的問題，主要是誤收、失收和以用定字等

〔註12〕左大成《〈漢語大字典〉的收字問題》，《辭書研究》1987年第1期。

〔註13〕。目前已知漢字最早字形是甲骨文，《漢語大字典》對甲骨文字形的收錄和利用方面也頗受學者關注。甲骨文字形的正確利用可以有效訂正《說文解字》等字書的一些錯誤。這一點在較早期還未被學界重視，學界對甲骨文字形利用的意義存在著一個從保守到充分發掘的過程。對《漢語大字典》甲骨文收錄和利用方面的討論主要有何金松《〈漢語大字典〉與甲骨卜辭》（1992）、鄭振峰《淺談〈漢語大字典〉對甲骨文字的利用與不足》（2004）、賈澎《〈漢語大字典〉甲骨文形體歷時認同整理》（2011 碩）、王星星《〈漢語大字典〉〈書法大字典〉甲骨文字形校訂》（2011 碩），這些研究從對所收甲骨文的字形辨正和失收補苴等方面出發，也體現了《漢語大字典》楷書字頭與其甲骨文形體的歷時認同工作是現代漢字溯源的一項重要工作。除了甲骨文，張再興、王贇《〈漢語大字典〉收〈說文〉小篆計量研究》（2008）一文利用資料庫的匹配關聯，調查了《漢語大字典》對《說文》篆字字形的收錄情況，對於釐清一些字際關係和字形源流等有重要參考價值。總體來說，對《漢語大字典》古文字字形的考辨還多集中在甲骨文和《說文》小篆，對所收金文、簡帛文、印璽文等等其他古文字的研究還是空缺較大的內容。

漢字與純表音文字不同，它由象形文字發展而來，文字形體本身還帶有一定的表意性，因此對字形的解釋也即文字的解形工作是字書的另一個重要工作。《漢語大字典》是繼《說文》之後第一部具有文字形義學內容的新型大字典。夏淥《文字形義學的新發展——關於〈漢語大字典〉字形部分的初步評估》（1990）一文從文字本義的確定、訂正《說文》的字例以及作為編寫者的作者對字形的評估三方面提出了自己的問題和看法。漢字形體一般反映的都是造字之初的含義也即文字的本義，解形與本義之間的關係是關鍵問題。內蒙古師範大學的趙秀君撰碩士論文《〈漢語大字典〉「解形」研究》（2007），該文上篇綜述了《漢語大字典》的解形特點，下篇舉例勘正了《漢語大字典》的解形疏漏，解形疏漏主要表現在五個方面：一是未訂正《說文》誤釋；二是解形與釋義不相照應；三是缺收有代表性的古文字；四是同形字字目收列標準不一致；五是對有些借字的造義缺失探究。

〔註13〕劉志基、陳婷珠《〈漢語大字典〉古文字字形收錄缺失拾零》，《辭書研究》2008 年第 4 期。

3. 釋義的指瑕和訓釋方式的研究

「詞義是詞典編纂者所關注的中心問題。因為詞典編纂者所有的裁奪，幾乎都與在詞典中如何處理詞義有直接、間接的關係。」〔註14〕可以說釋義是一部辭書的核心靈魂。因此，學界對釋義方面的討論所占比例可以說是最重的，相關文章不勝枚舉。

宏觀上主要是從詞典義項設置和釋義編寫原則等角度討論《漢語大字典》的釋義問題。代表文章有成於思《〈漢語大字典〉義項問題初探》（1980），魏邑《〈漢語大字典〉的義項理論與實踐》（1990），文章站在編寫者的角度，從什麼是字典的義項、大字典收列義項的範圍、對舊注的利用問題等幾個方面進行討論；張在德《〈漢語大字典〉的釋義》（1983）從《漢語大字典》對釋義的要求和釋義中的一些具體問題兩個方面談了看法；鄔先覺《〈漢語大字典〉的名物字釋義》（1987）主要強調了大型字典名物字釋義的特殊性和要求；王粵漢《〈漢語大字典〉釋義商兌》（1994）從十個方面指出了《漢語大字典》釋義方面的不妥之處；周阿根《〈漢語大字典〉釋義及其歷史貢獻檢視》（2005）則主要展示了《漢語大字典》釋義的創新性和模範性；另外朱城有一系列文章討論《漢語大字典》的釋義問題值得注意：朱城《〈漢語大字典〉單字釋義小議》（2004）；《〈漢語大字典〉互補式釋文的同一性問題》（2004）；《〈漢語大字典〉互補式釋文評議》（2007）；《〈漢語大字典〉義項概括性問題再議》（2009）；《〈漢語大字典〉義項概括性問題指瑕》（2011）；《古籍注疏與大型語文字典釋義的失誤——以〈漢語大字典〉為例》（2011）。

微觀主要是指從具體的釋義內容和義項設置出發，又可以分為：（1）選取某一類詞或相對封閉的材料範圍進行釋義方面的考察，主要還是對釋義的訂補工作。有的是選取某部字進行考察的，如張嘉星《〈漢語大字典〉口部象聲詞釋指瑕》（1991）；張嘉星《〈漢語大字典〉口部聯綿詞釋義指瑕》（2003）；胡錦賢《〈漢語大字典〉車部字釋義訂誤》（1992）；有的是從詞性分類考察的，如李建平《從先秦簡牘看〈漢語大字典〉量詞釋義的闕失》（2005）；周阿根《〈漢語大字典〉實詞釋義分析》（2008）；賈小皎、楊超《〈漢語大字典〉（卷一）連詞義項漏收商補》（2010）；還有是用其他文獻材料來印證《漢語大字典》的，

〔註14〕拉迪斯拉夫·茲古斯塔《詞典學概論》商務印書館，1983年，21頁。

如周志峰《吳方言詞例釋——〈漢語大字典〉義項漏略舉例》（1996）；汪少華《從〈考工記〉看〈漢語大字典〉的義項漏略》（1996）；汪少華《從〈考工記〉看〈漢語大字典〉的釋義失誤》（1997）；李明曉《〈睡虎地秦墓竹簡〉詞語札記——兼談〈漢語大字典〉〈漢語大詞典〉釋義之缺失》（2002）；其他還有如張春雷《〈漢語大字典〉孤證義項考辨》（2006碩），全文共討論了28個字31條不能成立或釋義不確的義項。單周堯《〈漢語大字典〉古文字釋義辨正》（2000）主要利用了甲金文的研究指出了《漢語大字典》在古文字釋義方面的一些可議之處。（2）從單字（詞）入手，歷時地考察某字（詞）的詞義流變，進而討論《漢語大字典》該字的釋義和義項設置問題。代表文章有朱維德《〈漢語大字典〉「幸」義廣釋》（1990）；孫永強《「散」本義及其本字初探——兼談〈漢語大字典〉釋「散」》（1992）；陳世桂《評〈漢語大字典〉「扁」字音義項的分合取捨及引證》（1992）；陳寶國《〈漢語大字典〉「惷」字「愚蠢」義質疑》（2004）；史傑鵬《〈漢語大字典〉「憯」字條的立項與義例配合》（2006）；祈華軍《〈漢語大字典〉「無」字條釋義指瑕》（2006）；李映忠《〈漢語大字典〉「虛」字條辨正》（2007）；錢虹《試論「收」字詞義系統的歷史演變——兼論〈漢語大字典〉「收」字義項設置》（2010）；王渭清《〈漢語大字典〉「送」字義項拾補》（2011）。（3）比較零碎的釋義札記和釋義商兌等。這一類文章數量最多。其中較有代表性的有汪耀楠《釋義瑣談——編寫〈漢語大字典〉札記》（1979）；張孝純《〈漢語大字典〉釋義小札》（1992）；史曉平《〈漢語大字典〉釋義商榷》（1994）；周志鋒《〈漢語大字典〉釋義商兌》（1997）；侯占虎《〈漢語大字典〉利用〈說文〉釋義商榷》（2000）；姚一斌《〈漢語大字典〉釋義正誤》（2002）；魯六《〈漢語大字典〉義項指瑕》（2003）；魯六《〈漢語大字典〉釋義中存在的問題》（2004）；魯六《〈漢語大字典〉釋義商榷》（2004）；魯六《〈漢語大字典〉義項問題獻疑》（2005）；範新幹《〈漢語大字典〉義項疏失說略》（2006）；王作新《〈漢語大字典〉釋義補正》（2008）；周阿根《〈漢語大字典〉釋義疏誤匡補》（2008）；周鳳玲《〈漢語大字典〉本義注釋指瑕》（2009）；另外李國英還有一系列關於《漢語大字典》利用聲訓注釋的相關問題討論：《〈漢語大字典〉誤用聲訓舉例》（2002）；《〈漢語大字典〉誤用〈釋名〉聲訓考辨（一）》（2005）；《〈漢語大字典〉誤用〈釋名〉聲訓考辨（二）》（2006）；

《〈漢語大字典〉誤用〈釋名〉聲訓考辨（三）》（2007）等等。

從這些文章中我們可以看到《漢語大字典》釋義方面還存在諸多問題，包括釋義錯誤、釋義不確切、釋義不明晰，義項分合欠妥、建立虛假義項、義項與書證不符，利用古注不當，利用其他文字材料欠缺等等，這些問題都需要專家學者更進一步的不懈努力來逐步克服。

4. 書證的辨誤

王力先生在《理想的字典》中曾經說過：「一部沒有例子的字典就是一具骷髏，因為無論怎樣好的注解，總不如舉例來得明白。」〔註15〕所以說書證是一部辭書的血肉。好的書證可以和義項珠聯璧合，更好地為讀者服務。《漢語大字典》古今兼收，工作人員在書證方面傾注了大量的心血。學界對書證自然也是倍加關注，對書證研究的文章數量也是相當可觀。

《漢語大字典》書證的問題主要有書證缺失、錯誤、與義項不合，書證欠妥，書證遲後，書證排序不當，一例兩用等。相關文章選取的材料主要從兩方面下手，一類是由另外的文獻材料文字範圍內的字來考察，如陳燦《〈漢語大字典〉引〈周易〉書證研究》（2006碩）；余讓堯《〈漢語大字典〉援用古籍時出現的錯誤（一）～（五）》（1990）；余讓堯《〈漢語大字典〉書證錯誤舉例》（1991）；王寶剛《〈漢語大字典〉書證考誤》（2001）；馮娟《從〈小爾雅〉看〈漢語大字典〉在引證中的缺失》（2006）；張麗霞《從〈聊齋俚曲集〉看〈漢語大字典〉的例證》（2006）；陳榮傑《從〈武威漢簡〉看〈漢語大字典〉印證之不足》（2007）；李書田《以馬王堆古醫書補〈漢語大字典〉書證之不足》（2008）；趙修、金小棟《北朝造像記俗字與〈漢語大字典〉的補訂》（2009）；宋鐵全《〈漢語大字典〉引〈說文解字注〉書證識誤》（2010）；李索、韓秋波《敦煌寫卷〈春秋經傳集解〉異文對〈漢語大字典〉例證的補充與訂正》（2010）。另一類則是從《漢語大字典》本身出發選取某部或單獨幾條來討論。代表的論文有舒邦新《〈漢語大字典〉「卍」字條書證商榷》（1989）；朱城《〈漢語大字典〉書證指瑕三則》（1991）；朱城《從語法史看〈漢語大字典〉的虛詞書證問題》（1999）；楊正業《〈漢語大字典〉書證晚出舉隅》（2002）；周阿根《〈漢語大字典〉引證獻疑》（2004）；魯六《〈漢語大字典〉例證中的幾個問題》（2004）；李映忠《〈漢語大字典〉引證

〔註15〕王力《漢語史稿（中）》中華書局，1980，459頁。

脫節舉例》（2005）；朱城《〈漢語大字典〉第一卷書證遲後舉例》（2007）；朱城《〈漢語大字典〉書證疏誤舉例》（2008）；羅曼《〈漢語大字典・頁部〉引證失誤舉例》（2009）；朱城《〈漢語大字典〉書證拾遺》（2009）；朱城《〈漢語大字典〉例證增補》（2009）；朱城《〈漢語大字典〉後四卷書證遲後舉例》（2009）；楊帆《〈漢語大字典〉「辵」部字書證指瑕》（2010）等等。

5. 字際關係的考證

漢字在幾千年的發展過程中，一些字之間形成了非常複雜的共時和歷時層面的關係。《漢語大字典》收錄字之多之全也使這些字際關係顯露了出來。從具體分類上看又分為通假關係、古今關係和異體關係。對這個問題討論的文章主要集中在通假和古今關係上。通假關係討論的代表文章主要有伍宗文《〈漢語大字典〉的「通」》（1987）；王海根《〈漢語大字典〉漏注通假舉例》（1993）；李淑敏《〈漢語大字典〉「通」字用法辨析》（2003）；單周堯《〈漢語大字典〉通假漏釋辨讀七則》（2006）；李淑敏《〈漢語大字典〉「通」字用法解讀》（2006）；楊寧、袁飛《〈漢語大字典〉意義有聯繫的通假字獻疑三則》（2012）。古今字的討論的代表文章有劉海燕《〈漢語大字典〉中的古今字補正》（2006）；劉海燕《〈漢語大字典〉〈漢語大詞典〉中的古今字問題管窺》（2007 碩）；李書田《以馬王堆古醫書補〈漢語大字典〉條目之不足》（2008）；周鳳玲《〈漢語大字典〉古今字標識指瑕》（2009）。另外鍾如雄還有兩篇文章來討論一些不明關係字：《〈漢語大字典〉（卷四）不明關係字疏證》（2007）；《〈漢語大字典〉（卷五）不明關係字疏證》（2008）。對這些字際關係的討論大多數是從《漢語大字典》釋文的一些術語角度出發的，如「通」「同」「後作」「也作」等等。不可否認，有很多字際關係是學界至今還未完全搞清楚的，因此對《漢語大字典》字際關係的討論對於厘清一些漢字之間的關係和漢字史與字義流變是非常有意義的。目前對於《漢語大字典》異體字的討論文章有華東師範大學王贇《〈漢語大字典〉異體字研究》（2012 碩），作者利用華東師範大學文字研究與應用中心建立的 Access 資料庫對《漢語大字典》中的異體字進行了窮盡性的整理和搜集，從異體字術語標注、異體字關係標注、異體字校訂三個方面進行了研究。其餘關於異體字的研究則多集中在《漢語大字典・異體字表》，下文我們會專門討論。

6. 疑難字的考釋

疑難字的考釋難度很大，很能考驗研究者的研究功力。對於這一方面的研究論文不多，但專書卻相對較多，如周志鋒的《大字典論稿》（1998）、張涌泉的《漢語俗字叢考》（2000）、毛遠明的《語文辭書補正》（2002）、楊正業的《〈漢語大字典〉難字考》（2004）、楊寶忠的《疑難字考釋與研究》（2005）、鄧福祿、韓小荆的《字典考正》（2007）。論文也基本上多是這些作者的，如楊寶忠《〈漢語大字典·補遺〉不釋、誤釋字考釋》（1992）；楊正業《簡論〈古俗字略〉——兼及〈漢語大字典〉疑難字》（2003）；鄧福祿《〈漢語大字典〉未識字考》（2006）；鄧福祿《〈漢語大字典〉〈中華字海〉未識字考》（2006）；肖蘭《淺析〈漢語大字典〉中的不常用字》（2013）。這些研究的涵蓋面都較廣，不局限在某部，考釋工作從古文字出發展開，包括文字的形音義各方面，可以說相當有價值，其中不少研究都對第二版的修訂工作提供了重要的參考。另外，張仁明作了一系列《墨經》中疑難字的研究並印證了《漢語大字典》相關字的一些問題：《〈墨經〉疑難字研究之一——兼及〈漢語大字典〉編纂疏漏》（2011）；張仁明《〈墨經〉疑難字研究之二——兼及〈漢語大字典〉編纂疏漏》（2012）；張仁明、王兆春《〈墨經〉疑難字研究之三——兼及〈漢語大字典〉編纂疏漏》（2014）；張仁明、王兆春《〈墨經〉疑難字研究之四——兼及〈漢語大字典〉編纂疏漏》（2016）。

7.《異體字表》研究

自「異體字」概念在上個世紀 50 年代被明確提出後，學術界對異體字概念的理解和界定尚不統一，對異體字的討論也一直熱度不減。《漢語大字典·異體字表》是《漢語大字典》正文及補遺所錄漢字異體字的集中反映，也是對漢字異體字的一次較大規模的整理。福建師範大學的劉美霞、劉琳的《〈漢語大字典·異體字表〉研究綜述》（2014）就曾梳理了目前學術界對《漢語大字典·異體字表》研究概況，也闡述了對《漢語大字典·異體字表》的研究內容和主要思路。劉美霞還有一系列關於《漢語大字典·異體字表》的研究文章，可以說是比較集中的研究了：《〈漢語大字典·異體字表〉研究》（2011 碩）《〈漢語大字典·異體字表〉所收俗寫變異字分類考察》（2011）；《〈漢語大字典·異體字表〉所收古文隸定字疏釋》（2012）；《〈漢語大字典·異體字表〉所收隸定

異體字構字部件分析》（2012）；《〈漢語大字典·異體字表〉所收籀文隸定字考察》（2016）。比較早地評價《漢語大字典·異體字表》的是梁梅的《試評〈漢語大字典·異體字表〉》（1998），該文中肯地評價了《漢語大字典·異體字表》的優點和不足，並提出了具體的改進建議。其他文章還有章瓊《〈漢語大字典〉異體字表辨誤》（2002），從本非異體字關係而處理為異體字和本應屬於異體字關係而未能予以溝通兩個方面舉例對《漢語大字典·異體字表》進行辨誤。

8. 綜合性訓詁

我們講綜合性訓詁主要是指學者的考察內容涉及字的形、音、義以及詞典釋義和書證等多個角度。所做的工作主要還是對《漢語大字典》進行指瑕、疏誤和辨正。選取的材料或是對某個（組）字或是某部字整體進行考察，或是從問題出發，選取相關字作為例證。這其中又包括很多研究思路。

（1）舉例指瑕，選取範圍或從個別字或從整部字入手。代表性的有向熹《〈漢語大字典〉小議》（1990）；王建《〈漢語大字典〉舉正》（1991）；張涌泉《〈漢語大字典〉讀後》（上）（下）（1992）；王海根《〈漢語大字典〉求疵錄》（1992）；余家驥《〈漢語大字典〉「隹」部質疑》（1992）；朱城《〈漢語大字典〉疏誤舉隅》（1993）；黎千駒《〈漢語大字典〉札記》（1994）；魏勵《讀〈漢語大字典〉隨記》（1994）；朱城《〈漢語大字典〉疏誤再議》（1994）；戴金盈《〈漢語大字典〉辨誤六則》（1994）；祝注先《〈漢語大字典〉（第一卷）說疵》（1994）；賈延柱《〈漢語大字典〉及其疏漏》（1995）；朱峻之《關於〈漢語大字典〉的若干疏失問題》（1996）；毛遠明《讀〈漢語大字典〉管見》（1997）；毛遠明《〈漢語大字典〉指瑕》及（續）（1997）；王彥坤《〈漢語大字典〉指瑕》（1998）；姚永銘《〈漢語大字典·手部〉指瑕》（1999）；劉祥松《〈漢語大字典〉指瑕》（1999）；朱城《〈漢語大字典〉翻檢札記》（2000）；朱城《〈漢語大字典〉（第一卷）匡補》（2001）；單周堯《讀〈漢語大字典〉札記十一則》（2001）；古敬恒、孫啟榮《〈漢語大字典〉糸部字勘誤舉隅》（2004）；陳燦《〈漢語大字典〉引〈周易〉單音詞指瑕》（2006）；陳燦《〈漢語大字典〉〈漢語大詞典〉補苴四則》（2007）；趙雍《〈漢語大字典·廣部〉指瑕》（2007）；李婷玉《〈漢語大字典〉〈漢語大詞典〉「竹」部存在的問題》（2009）；黃小蓉《〈漢語大字典·言部〉指瑕》（2010）；張龍、陳源源《〈漢語大字典·力部〉商補》（2010）。

（2）專門從音義角度考察。代表論文有高小方《〈漢語大字典〉音義指瑕》（1996）；陳若愚《談〈漢語大字典〉的取音配義問題》（2003）；沈澍農《〈漢語大字典〉未收中醫古籍字之音義》（上）（下）（2004）；吳繼剛《〈漢語大字典〉「差」字的音義》（2005）；毛遠明《〈漢語大字典〉缺音缺義問題》（2008）；孫越川《〈漢語大字典・月部〉音義指瑕》（2009）。

（3）通過其他文獻材料印證《漢語大字典》存在的問題。如王若江《談〈漢語大字典〉在運用傳統訓詁資料方面的問題》（1995）；鄭賢章《從漢文佛典俗字看〈漢語大字典〉的缺漏》（2002）；劉豔《〈故訓匯纂・蟲部〉與〈漢語大字典・蟲部〉的若干比較》（2002）；張靜《尹灣漢簡遣策名物詞語札記——兼談〈漢語大字典〉〈漢語大詞典〉之不足》（2005）；徐淩《銀雀山漢簡〈守法守令等十三篇〉詞語札記——兼談〈漢語大字典〉〈漢語大詞典〉》（2005）；沈祖春《先秦簡牘〈日書〉詞語札記——〈漢語大字典〉〈漢語大詞典〉收詞釋義補正》（2006）；孫姍姍《從漢字形義關係看〈漢語大字典〉的不足》（2007碩）；馮立華《道書俗字與〈漢語大字典〉補訂》（2008）；趙永明《從〈字彙補〉看〈漢語大字典〉收字、釋義存在的問題》（2008）；馮立華《道書俗字與〈漢語大字典〉補訂》（2008）溫美姬《從客方言古語詞看〈漢語大字典〉和〈漢語大詞典〉之疏漏》（2009）。

（三）非純語言文字研究

《漢語大字典》幾乎收錄了所有的漢字，它不僅是一部字典，也是一個內容宏富、知識浩瀚的大寶庫。學者們不僅從語言文字的角度進行研究，還從歷史、文化等各角度進行考察。葉映《從〈漢語大字典・女部〉看中國的歷史文化》（2004）從女部字入手，探討了由女部字反映的社會變遷、從女部字的淵源看以女性為中心的遠古社會風貌以及從表現婦女容貌外表以及舉止神態的字，分析中國古代對女子的審美情趣。陶浩、高罕鈺《從〈漢語大字典・石部〉中收字看中國古代人們的生產與生活》（2016）考察了《漢語大字典》石部字中與我國勞動人民的生產生活有著密切關係的字，探究了我國古代勞動人民的生產生活狀況。其餘還有如潘世松《從上下結構「父」「子」「女」「母」部字看漢字的性別歧視現象——以〈漢語大字典（縮印本）〉為例》（2011）；馬芳《從〈漢語大字典・羊部〉字義看華夏羊文化》（2013）等。

第二節　關於第二版《漢語大字典》

　　1999 年《漢語大字典》的修訂工作正式開始，歷經十年，第二版《漢語大字典》於 2010 年 4 月面世。在基本上保持舊版原貌的情況下，新版《漢語大字典》對舊版的硬傷給予了糾正，也在收字、字形規範、音義例補正、檢索功能等各方面進行了改善。蘇培成（2011）〔註16〕講到第二版取得的進步有：吸收了新的研究成果、改進了釋義、改換例句、增刪書證、調整了音項、修改了標點、改正了錯字等七項。總體來說，第二版《漢語大字典》屬於中修，還有許多關於《漢語大字典》的研究成果未被採用。但這次修訂仍然可以算是對二十餘年來《漢語大字典》研究工作的一個小結〔註17〕。

　　第二版《漢語大字典》面世已將近十年，針對第二版的研究工作以及兩版的比較工作正逐步展開，專著有朱城《〈漢語大字典〉釋義論稿》《〈漢語大字典〉釋義問題研究》（2015）等，也涌現出了大量的論文。研究包含文字、字音、釋義、書證等各方面，其中文字方面較多，又包括字形、收字、歸部、字際關係、疑難字考釋等具體內容。對字音的研究依然較少。另外，出現了一些關於兩版《漢語大字典》的比較研究。

（一）字形、收字、歸部等相關文字問題

　　前面我們已經講到與《漢語大詞典》不同，《漢語大字典》作為一部大型字書，在對漢字的字形收錄和規範方面的成就是其突出特點。因此以字為重心的研究在第二版的整體研究中還是占重頭。學位論文有：周丫《〈漢語大字典〉（第二版）收字的數位化研究》（2015 碩）對尚未被收錄進當前國家標準字元集中的字採取了新造字形檔的方法，以實現這些字頭的數位化；鄭真真《〈漢語大字典〉第二版引古文字形體辨誤》（2015 碩）系統梳理了第二版《漢語大字典》所引古文字字形，對其中誤置、誤釋的字形進行辨析和考證；向瑩《〈漢語大字典〉的同體會意字及其文化內涵》（2016 碩）以第二版《漢語大字典》的兩個或兩個以上相同形體的字組成的會意字為研究文本，從同體會意字的表現形式、表意特點以及文化內涵等方面進行分析；黃喜玲《〈漢語大字典〉所引

〔註16〕蘇培成《「細節是魔鬼」——談〈漢語大字典〉第二版的修訂》，《辭書研究》2011年第 5 期。

〔註17〕鄭曉冰《〈漢語大字典〉一二版比較研究》，福建師範大學碩士學位論文，2015 年，第 2 頁。

甲骨文字形校訂》（2016 碩）主要是校訂《漢語大字典》中所引用的甲骨文字形。期刊論文比較豐富，有綜合性地指出二版的文字問題的，如馬劍斌《談談第二版〈漢語大字典〉中存在的文字問題》（2016）一文指出第二版《漢語大字典》存在的問題一是用古文字字形有誤，二是文字學概念的混淆，三是文字編排體例上的問題。有關於收字方面的如：江在山、周志峰《〈吳騷合編〉僻字拾零——兼補〈漢語大字典〉（第二版）收字疏漏》（2011）；竇懷永《略論大型字典對唐諱字形的收錄——以〈漢語大字典〉第二版為例》（2013）；雷黎明《試論〈漢語大字典〉修訂於楚簡材料的取捨——以「示」部字為例》（2013）；張龍飛、周志鋒《〈漢語大字典〉失收俗字字形補遺——以〈法苑珠林〉俗字為例》（2014）；劉根輝《〈漢語大字典〉未收字考辨》（2016）。有校訂和補正的：張道升《〈漢語大字典〉引用〈五侯鯖字海〉部分的校訂》（2014）；張道升《利用古文字資料對〈漢語大字典〉（第 2 版）糾謬十則》（2014）；何茂活《〈漢語大字典〉誤字辨證》（2016）；熊加全《第二版〈漢語大字典〉引明代字書疑誤舉例——以〈五侯鯖字海〉〈字韻合璧〉為例》（2016）。還有歸部問題的如：蘇慧、化振紅《從水部字看〈漢語大字典〉的歸部問題》（2016）等。

（二）字際關係研究

　　漢字在發展和使用的過程中，其形、音、義之間表現出複雜的關係。溝通和梳理字際關係是字典編纂的重要內容。第二版《漢語大字典》取消了《異體字表》，並用「全同異體字」「非全同異體字」「古今字」「簡化字」「類推簡化字」等等名稱來表示，我們可以將這些都納入廣義的異體字中。對字際關係的研究還是多集中在異體字。如侯佳利（2012）對新版《漢語大字典》第六冊的若干字進行了字際關係的溝通，尤其是異體字的認同上存在的問題進行考辨；孫建偉《〈漢語大字典〉字際關係考辨》（2013）通過梳理義項分合、考察字形來源、追索版本流變、明確文字含義等幾種方法，綜合考辨了十餘個字際關係比較複雜的文字；張龍飛、周志鋒《〈漢語大字典〉對「鼐」組字的處理問題》（2013）討論「鼐」及其異體字、訛俗字；熊加全《第二版〈漢語大字典〉引〈古俗字略〉疑誤舉例》（2014）舉例分析並補正了第二版《漢語大字典》中引用《古俗字略》的疏漏；張道升《〈五侯鯖字海〉與〈漢語大字典〉比照校補六則》（2014）對第二版《漢語大字典》中的《五侯鯖字海》引文進行校訂；張璇

《〈漢語大字典〉異體字溝通失誤舉例》（2015）整理了一些應溝通而未溝通或者溝通錯誤的異體字；還有張青松《〈漢語大字典〉引用〈正字通〉異體字材料辨正》（2012）；楊寶忠、熊加全《〈漢語大字典〉異體字認同失誤辨正》（2013）；朱生玉《〈漢語大字典〉未認同異體字舉隅》（2015）；孫建偉《〈漢語大字典〉字際關係考辨五則》（2014）；周豔紅、馬幹《〈漢語大字典〉（第二版）異體字認同補苴》（2015）；熊加全《〈漢語大字典〉字際關係認同失誤辨正》（2015）；王亞彬《〈漢語大字典〉（第二版）三組字際關係補正》（2017）；周丫《〈漢語大字典〉第二版形同而音義不同字的研究》（2017）等等。

（三）疑難字研究

鄭賢章（2013）〔註18〕指出新版《漢語大字典》在舊版的基礎上有了進步，不過在疑難字處理方面仍然存在一些問題，如增字有隨意性、對新增的疑難字考釋不夠、疑難字舉證不夠、對已有疑難字考釋成果重視不夠、疑難字的修訂新增失誤等。可見，對疑難字的研究既是難點也是不可不重視的內容。目前學界對疑難字的考釋和研究成果依然是主要集中在一些學者上。楊寶忠和他的學生在這方面做了很多的貢獻。如楊寶忠、劉亞麗《〈漢語大字典〉（第二版）巾部疑難字考釋》（2014）；楊寶忠《〈漢語大字典〉（第二部）口部疑難字考釋》（2014）；楊寶忠《〈漢語大字典〉人部疑難字考釋》（2015）；楊寶忠、劉亞麗《〈漢語大字典〉石部疑難字考釋》（2015）；楊寶忠、袁如詩《〈漢語大字典〉山部疑難字考釋》（2015）；楊清臣《〈漢語大字典〉（第二版）疑難字考釋（五則）》（2015）；楊寶忠、湯偉《〈漢語大字典〉艸部疑難字考釋》（2015）；楊寶忠、辛睿龍《〈漢語大字典〉收錄〈字彙補〉疑難字考（十則）》（2016）；楊寶忠、袁如詩《〈漢語大字典〉收錄〈龍龕〉疑難字考辨》（2016）；袁如詩《新版〈漢語大字典〉疑難字考釋成果吸收情況調查——以〈疑難字考釋與研究〉為例》（2016）；楊寶忠、湯偉《〈漢語大字典〉姓氏疑難字考釋》（2017）。其他研究代表的還有梁春勝《〈漢語大字典〉第二版疑難字例釋》（2013）；柳建鈺、羅薇《〈漢語大字典〉第二版疑難字考辨》（2014）；孟躍龍《〈漢語大字典〉（第二版）疑難字考辨》（2016）；何茂活《〈漢語大字典·廣部〉疑難字考釋》（2017）等等。

〔註18〕鄭賢章《從疑難字看新版〈漢語大字典〉的缺失》，《中國語文》2013 年第 5 期。

（四）釋義研究

鄧福祿（2011）〔註19〕指出，《漢語大字典》第二版比初版有很多改進，但存在的問題依然不少。在釋義方面，有很多義項雖然依據古注作出釋義，但由於沒有弄清古注的來源，加之絕大多數沒有文獻用例佐證，所以很費解。鄧先生考辨了若干誤釋義項的來源，並歸納為四種原因：未辨訛字而誤、未解古注而誤、不明通假而誤、拆駢為單而誤。因此，對《漢語大字典》釋義問題的研究主要還是集中在釋義的辨正和疏誤，如張道升《〈五侯鯖字海〉與〈漢語大字典〉義項比照糾謬六則》（2012）；朱城、侯昌碩《〈漢語大字典〉（修訂版）釋義中誤用古注問題再議》（2013）；朱城、黃高飛《古籍注疏與〈漢語大字典〉（修訂版）釋義的疏誤問題》（2013）；沈懷興、汪陽傑《〈漢語大字典〉（第 2 版）誤釋雙音詞舉例》（2014）；朱城、侯昌碩《古籍注疏與〈漢語大字典〉釋義疏誤補議》（2014）；朱城《從準確性看〈漢語大字典〉釋義誤用古注的問題》（2015）；朱城《古籍注疏與〈漢語大字典〉（修訂版）釋義疏誤再議》（2015）；朱城、黃高飛《古籍注疏與〈漢語大字典〉釋義疏誤舉例》（2015）；何茂活《〈漢語大字典〉「絀」「絳」釋義辨正》（2015）；強睿《〈漢語大字典〉「朝」字義指瑕》（2017）；孫建偉《〈漢語大字典〉（第二版）「肑」「皭」釋義辯正》（2017）；張薇薇《〈漢語大字典・又部〉（新版）若干釋義問題商榷》（2017）；魏淨《由〈比雅〉看〈漢語大字典〉和〈漢語大詞典〉的釋義疏忽》（2017）；戎姝陽《淺析新版〈漢語大字典〉第三卷釋義修訂》（2017）等。另外還有義項的商補，如江在山、周志鋒《新版〈漢語大字典〉義項商補十則》（2011）；彭達池、陳培楚《〈漢語大字典〉（第 2 版）广部字義項商補》（2011）；朱城《〈漢語大字典〉引用古注建項釋義疏失考》（2017）；義項的概括，如朱城《〈漢語大字典〉（第二版）義項的概括問題》（2012）；釋義方式的研究，如萬森《〈漢語大字典〉第二版同義對釋研究》（2016）。

（五）綜合校勘考釋補苴

與對《漢語大字典》的研究相類似，對第二版《漢語大字典》的研究也有很多是綜合字的形、音、義以及詞典釋義和書證等多個角度對其進行指瑕、疏誤和辨正。有的是以整部為材料進行研究，如張龍、陳源源《新版〈漢語大字

典〉氵部疏誤補正》（2012）；林秀芳《〈康熙字典〉與〈漢語大字典〉宀部字比較研究》（2015碩）；殷豔冬《〈漢語大字典〉（第二版）「攴」部字補苴》（2015）；蒲斐然《〈漢語大字典〉（第二版）「宀」部補正》（2016）；李晨溪《新版〈漢語大字典·穴部〉指瑕》（2016）。有的是與其他材料結合參照舉例進行補正，如程建鵬《俄藏黑水城文獻俗字與〈漢語大字典〉證補》（2012）；侯佳利《試論古代字書釋義流變及其對〈漢語大字典〉重複義項的影響》（2012）；李華《〈漢語大字典〉〈漢語大詞典〉釋義指瑕——以〈左傳〉字詞為例》（2016）。還有的是具體以第二版《漢語大字典》某個或某些字為研究對象進行考察，如劉芹《〈漢語大字典〉「牿」義辨正兼談「騰」義》（2013）；賈文豐《〈漢語大字典〉誤失又識》（2013）；王明明《〈漢語大字典〉（第二版）訂補十則》（2014）；楚豔芳《〈漢語大字典〉〈漢語大詞典〉「鍋」條釋義指瑕》（2015）；吳翠翠《〈漢語大字典〉（第二版）訛誤舉例》（2016）；梁春勝《〈漢語大字典〉第二版虛假義項例析》（2016）；何茂活《〈漢語大字典〉「厐」字釋義析疑》（2017）；皮華林《〈漢語大字典〉（第二版）注音釋義指瑕》（2017）；汪華萍《〈漢語大字典〉（第二版）校勘小得》（2017）。

（六）書證研究

第二版《漢語大字典》的書證相對於舊版修繕了很多，書證方面的問題明顯減少，但依然有很多值得商榷的地方。學界對這些問題的討論無疑將會使《漢語大字典》內容更精確。張培培《〈漢語大字典〉（第二版）木部引證勘誤》（2015碩）一文主要從引證文字失誤（包括脫文、訛文、衍文、倒文四部分）和引證標點失誤兩方面考證了木部的引證失誤；考察引文的標點問題的還有楊濤、楊寶忠《〈漢語大字典〉專名號標注識誤》（2016）。書證引用格式的不統一也是大型辭書中都存在的問題，唐功敏《略說〈漢語大字典〉引書格式中兩個方面的規範統一問題》（2011）一文主要指出了書證中作者姓名的統一和書名與篇名的統一問題。張青松《〈漢語大字典〉引用〈正字通〉在引文方面存在的問題》（2011）、張青松《〈漢語大字典〉引用〈正字通〉斷句、標點問題》（2012）、侯佳利《〈漢語大字典〉引〈一切經音義〉辨誤》（2013）這幾篇文章是從《漢語大字典》引用的具體出處出發考察引文問題，問題主要表現在引書體例不一、版本不精、誤改原書術語、文字錯誤、斷句有誤、節引不當等

等多方面的問題。其餘還有從具體案例出發進行考察的，如趙立偉《〈漢語大字典〉〈漢語大詞典〉「島」書證辨誤》（2012）；何茂活《〈漢語大字典〉引文疏誤例析》（2016）。

（七）一二版比較

除了對第二版《漢語大字典》重新進行各方面的考察外，第二版面世後，也出現了一些對兩版《漢語大字典》進行比較的文章，還有很多文章雖然沒有專門指出，在研究的過程當中也涉及到了兩版的比較的內容。其中比較系統地專門的比較文章有鄭曉冰《〈漢語大字典〉一二版比較研究——以言部字為例》（2015 碩）和馬小燕《〈漢語大字典〉第二版與第一版比較研究——以金部為例》（2015）。前者主要從文字、音韻、釋義、例證四個部分對第二版《漢語大字典》言部字修訂成功之處和有待商榷之處進行總結。後者以金部字為例，從客觀上總結歸納了第二版修改內容的幾個方面，包括新增字頭、修改注音、修改義項、完善釋義、訂正引證等。

小 結

從《漢語大字典》出版，到 1999 年開始正式修訂，再到 2010 年第二版出版，至今將近三十年。關於這兩版的研究成果，大致可以分為兩個類型。一是專著，專著則主要對《漢語大字典》疑難字的考釋方面居多；二是論文，又可以分為字典編排、本體研究及非純語言文字角度等三個方面。其中本體研究是核心內容和主體內容，又可以細分為聲訓注音商榷，字頭、字形的收錄和古文字字形商補，釋義的指瑕和訓釋方式的研究，書證的辨誤，字際關係的考證，疑難字的考釋，《異體字表》研究，綜合性訓詁等。

第二版面世後，學界大都以最新版代替了舊版為研究材料繼續研究，所以其實研究的方向基本沒變，可以看作是對《漢語大字》研究的繼續和深入，因此，不能把對前後兩版的研究分別孤立開來，它們是有機的發展關係。同時，也出現了關於兩版的比較研究。

總的來說，短短三十年內對《漢語大字典》的研究成果數量不算少，研究所涉及的角度也很豐富，其中某些方面比如疑難字的研究等成果頗豐，但是比較系統地結合詞典學和文字訓詁學的研究還很少見。這種現象可以理解，《漢語

大字典》由於體量巨大，憑一人之力或者在短時間內很難做到系統地透徹地研究。多數文章還只是選取其中某些個案再結合相關理論進行考察。不過也已經出現對某整部或某整卷的較為系統、較為整體的研究，應當說這是好的苗頭。個案的研究可以化整為零，但是理論的、系統的、規律性的研究必須再聚零為整才有理論意義。《漢語大字典》既是一部宏偉的工具書，同時又是一座漢字材料的大寶庫，因此如能結合辭書學和文字訓詁學兩者的研究方法和理論，逐步地進行系統性的研究，一定能更好地完善《漢語大字典》，為學界在這方面的研究材料帶來更多更為有效的益處。

另外，關於「水」的研究，若要拓展開來討論也是相當豐富的一塊內容。張芳《液體核心詞研究》〔註20〕中大致分過如下幾類：1. 關於「水」的文化闡釋；2. 關於水澤類詞語的地理分佈研究；3. 關於「水」的隱喻研究；4. 關於「水」的詞源和考辨研究；5. 關於「水」語義場研究。其中每一類的研究思路和代表成果也都在其書中詳細列出，我們不再贅言。這五類裏面研究成果最豐富的還是關於「水」的詞源和考辨研究，比如對「江」「河」「湯」「羹」「淚」「涕」「州」「洲」等詞語的考釋和辨析。關於「水」的語義場研究這一塊，則多見於黃樹先本人的論著及其所帶學生所作的博碩士論文。

需要說明的是，文獻綜述工作常做常新，對前賢時彥的研究成果做到完全搜羅殆盡已屬難事，新的研究成果也層出不窮，隨時產生。因此，前文所收述錄文獻若無特殊說明截止到 2019 年 1 月之前，會爭取在後續的研究中再補充完善。

〔註20〕張芳《液體核心詞研究》，中國社會科學出版社，2017 年。

第二章 《漢語大字典》水部字一二版不同

　　1999 年《漢語大字典》的修訂工作正式開始，歷經十年，第二版《漢語大字典》於 2010 年 4 月面世。在基本上保持舊版原貌的情況下，新版《漢語大字典》對舊版的硬傷給予了糾正，也在收字、字形規範、音義例補正、檢索功能等各方面進行了改善。蘇培成在《「細節是魔鬼」——談〈漢語大字典〉第二版的修訂》（2011）中講到第二版取得的進步有：吸收了新的研究成果、改進了釋義、改換例句、增刪書證、調整了音項、修改了標點、改正了錯字等七項。總體來說，第二版《漢語大字典》屬於中修，還有許多關於《漢語大字典》的研究成果未被採用。但這次修訂仍然可以算是對二十餘年來《漢語大字典》研究工作的一個小結。〔註1〕

　　需要說明的問題：在比較時，A 表示第一版內容，B 表示第二版內容，按後是筆者的陳述。為簡約篇幅，只摘引一二版有改動之處的例子，改動之處能在按語中表達清楚的就只列出第一版表達。

〔註1〕鄭曉冰《〈漢語大字典〉一二版比較研究》，福建師範大學碩士學位論文，2015 年，第 2 頁。

第一節　字頭變化

一、增加字頭

（一）增加類推簡化字

《漢語大字典》第二版共收字 60370 個，較第一版收入的 54678 個字，增加了 5692 個字，增加了百分之十。這些新增的字分散在各部之中，具體到水部字中，我們通過對比發現新增了一部分類推簡化字。《大字典》第二版凡例中的收字條提到：根據當今用字實際需要，適當收錄《簡化字總表》以外的類推簡化字，釋義以「『×』的類推簡化字」表示。

這些字的增加，一方面適應了現代社會使用簡化字的現狀，顯示著《漢語大字典》在與時俱進；另一方面將這些類推簡化字放置於相應的繁體字下，明確其來源，豐富了《簡化字總表》的內容，便於人們認識與使用這一類字。此類字收錄範圍僅限於《現代漢語通用字表》和當代著名工具書，餘不類推。水部新增類推簡化字 59 個。如下：

沕	「溝」的類推簡化字。	汇	「瀕」的類推簡化字。
沰	「潕」的類推簡化字。	沘	「潿」的類推簡化字。
浐	「溥」的類推簡化字。	沤	「漚」的類推簡化字。
沥	「瀝」的類推簡化字。	浿	「湨」的類推簡化字。
泬	「潨」的類推簡化字。	渌	「澯」的類推簡化字。
荥	「濼」的類推簡化字。	沛	「瀄」的類推簡化字。
沥	「灟」的類推簡化字。	冻	「湅」的類推簡化字。
汭	「淵」的類推簡化字。	浡	「瀄」的類推簡化字。
埶	「埶」的類推簡化字。	汆	「孿」的類推簡化字。
过	「渦」的類推簡化字。	泮	「渾」的類推簡化字。
涝	「瀌」的類推簡化字。	泹	「澄」的類推簡化字。
润	「瀾」的類推簡化字。	淦	「澰」的類推簡化字。
涧	「澗」的類推簡化字。	顶	「湏」的類推簡化字。
洒	「灑」的類推簡化字。	洇	「瀾」的類推簡化字。
澡	「澡」的類推簡化字。	湝	「澔」的類推簡化字。
浀	「瀟」的類推簡化字。	颂	「瀕」的類推簡化字。
溃	「潰」的類推簡化字。	漾	「瀁」的類推簡化字。
淡	「淡」的類推簡化字。	澉	「灝」的類推簡化字。

溁	「瀯」的類推簡化字。	済	「濟」的類推簡化字。
潰	「瀆」的類推簡化字。	濆	「濆」的類推簡化字。
滉	「瀁」的類推簡化字。	瀅	「瀅」的類推簡化字。
潫	「瀠」的類推簡化字。	澘	「濇」的類推簡化字。
瀯	「瀠」的類推簡化字。	瀮	「瀡」的類推簡化字。
瀙	「瀙」的類推簡化字。	遺	「遺」的類推簡化字。
瀓	「瀓」的類推簡化字。	潷	「潷」的類推簡化字。
潣	「濶」的類推簡化字。	澤	「澤」的類推簡化字。
瀕	「瀕」的類推簡化字。	瀡	「瀡」的類推簡化字。
瀟	「瀟」的類推簡化字。	瀣	「瀣」的類推簡化字。
瀾	「瀾」的類推簡化字。	灝	「灝」的類推簡化字。
瀻	「瀻」的類推簡化字。		

（二）新收字

第二版《大字典》充分吸收了新進研究成果，對新出土的材料，新考證材料，以及對舊有材料的重審等相關研究都進行了對應的增補。對一些以往並未受到高度重視的字書資料等重新審視認定，如《龍龕手鑑》《改併四聲篇海》等。在盡量全面收羅古文字字形的思想指導下，增補了大量俗字、異體字、異寫字等。具體到水部，共增收字頭 133 個，列舉如下：

汅　同「污」。《龍龕手鑑・水部》：「汅，新藏作污。」

泛　同「泚」。《龍龕手鑑・水部》：「泛」，同「泚」。

汄　同「汜」。

沰　同「阤」。《新唐書・令狐楚傳附令狐滈》：「（令狐）滈亦湮沰不振死。」
　　　按：武英殿本《新唐書》作「阤」。

汎　同「泛」。《龍龕手鑑・水部》：「汎」，同「泛」。

泝　人名。宋劉斧《青瑣高議後集・畫品》：「歐陽泝與予有二紀之舊，從遊固非一日也。」

汘　dān 紅色。《睡虎地秦墓竹簡・效律》：「殳、戟、弩，漆汘相易殹（也）」

洊　同「洊」。《龍龕手鑑・水部》：「洊，在見反。水荒曰洊。」

洶　「硠（碙）」的訛字。《廣韻・肴韻》：「洶，洶沙，藥名。」周祖謨校勘記：「洶，段氏改作碙。棟亭本作碙，注同。」

沿　同「滲」。《龍龕手鑑・水部》：「沿」，「滲」的俗字。

沬　同「㳻」。《龍龕手鑑‧水部》：「沬，或作；㳻，正。」

汖　同「尅（剋）」。《龍龕手鑑‧卜部》：「汖，古文。音尅。」《字彙補‧卜部》：「汖，古文尅字。」

泩　jiāng　《五侯鯖字海》音江。山名。《五侯鯖字海‧山部》：「泩，《說文》作虹，山名。虹，同上。」

浠　同「涤」。明鄭若庸《玉玦記‧對策》：「天塹錢塘，瀉滄溟千里濫觴，非妄分洪浠，帶來愚門巖障。」

泛　同「淀」。《龍龕手鑑‧水部》：「淀，正；泛，俗。」

泂　同「泓」。《龍龕手鑑‧水部》：「泂」，同「泓」。

泌　同「泌」。《龍龕手鑑‧水部》：「泌」，「泌」的俗字。

洄　同「洹」。《正字通‧水部》：「洹，本作洄。」

洫　同「洫」。《龍龕手鑑‧水部》：「洫」，「洫」的俗字。

淡　同「泭」。《正字通‧水部》：「泭，篆作淡。」

溎　同「陸」。《龍龕手鑑‧水部》：「溎，舊藏作陸。」

渤　人名。《新唐書‧宰相世系表五上》：「（鄭）渤，充海節度使。」

滄　同「滄」。《龍龕手鑑‧水部》：「滄，或作「滄」。

浑　同「沠」。《龍龕手鑑‧水部》：「沠，今；浑，正。」

洚　同「羌」。水名。《玉篇‧水部》：「洚，水也。」《集韻‧陽韻》：「洚，水名。」《正字通‧水部》：「洚，水名。本作羌，詳《水經（羌水）》、《漢（書）‧地理志》。」

渑　同「澠」。《龍龕手鑑‧水部》：「渑」，「澠」的俗字。

溎　同「深」。清查繼佐《罪惟錄‧叛逆列傳‧張獻忠孫可望》：「良玉方內恨，遂不復溎入求賊。」

涯　同「汪」。《正字通‧水部》：「汪，篆作涯。」

浚　同「浚」。《龍龕手鑑‧水部》：「浚，私閏反。水名也。」

滔　同「濤」。《正字通‧水部》：「濤，篆作濤，《六書故》省作滔。」

澈　同「涀」。《改併四聲篇海‧水部》引《川篇》：「而涉切。捷水也。」

湨　同「涕」。《龍龕手鑑‧水部》：「湨」，同「涕」。

淶　nài〔淶河橋〕同「淶河橋」。佛教傳說惡人死後魂走的橋。明湯顯祖《牡丹亭‧冥判》：「喜時節，淶河橋題筆兒要去。」徐朔方、楊笑梅校注：

「佛家說善人死後魂走金橋、銀橋，惡人死後走淾河橋。」橋很窄，橋
下的淾河都是污血。」

涉　「涉」的訛字。《正字通・水部》：「涉，俗作涉，非。」

湆　同「澀」。《龍龕手鑑・水部》：「湆」，「澀」的俗字。

渴　同「渴」。《宋元以來俗字譜》：「渴」，《太平樂府》作「渴」。

浲　wǎng《集韻》嫗往切，上養影。〔浲陶〕古縣名。漢置，治所在今山西省
　　山陰縣。《集韻・養韻》：「浲，浲陶，縣名，在雁門。」《漢書・地理志》：
　　「鴈門郡，縣十四：……浲陶。」

泧　同「滲」。《龍龕手鑑・水部》：「泧」，「滲」的俗字。

濟　水名。《改併四聲篇海・水部》引《龍龕手鑑》：「濟，水名。」

淬　同「沴」。《龍龕手鑑・水部》：「淬，俗；沴，今。」

漖　áo《改併四聲篇海》引《搜真玉鏡》音熬。同「敖」。人名用字。《墨子・
　　耕柱》：「子墨子使管黔漖游高石子於衛，衛君致祿甚厚，設之於卿。」
　　孫詒讓閒詁：「畢（沅）云：『疑敖字。』……案：畢說是也。《說文・水
　　部》有『漖』字，從水，敖聲，此借為『敖』。《檀弓》有齊人黔敖，此
　　墨子弟子，與彼同名。」

渊　同「淵（淵）」。《龍龕手鑑・水部》：「渊」，同「淵」。

泂　同「泓」。《龍龕手鑑・水部》：「泂」，同「泓」。

溓　同「漆」。《龍龕手鑑・水部》：「溓」，「漆」的俗字。

溝　同「溝」。《龍龕手鑑・水部》：「溝，古侯反。溝渠，水瀆也。」

渥　水名。贛江支流，發源於江西省新余市境，在峽江縣境入贛江。《嘉慶一
　　統志・江西・臨江府》：「渥水，在峽江縣北二十里，自新喻縣來，東流
　　六十里入贛江。」

滙　同「洭」。《改併四聲篇海・水部》引《餘文》：「滙，去王切。水名。」

滹　同「滹」。《改併四聲篇海・水部》引《川篇》：「滹，音滹。水名也。」

溹　同「浭」。《龍龕手鑑・水部》：「溹，土力反。溹減，水勢也。」按：「溹」，
　　當即「浭」字變體。

澠　同「澠」。《龍龕手鑑・水部》：「澠」，或作「澠」。

溰　水名。在河南省魯山縣境。清顧祖禹《讀史方輿紀要・河南六・南陽
　　府》：「溰水在（魯山）縣南，源出堯山。」

清　同「淄」。《龍龕手鑑・水部》：「清」，「淄」的俗字。

渆　同「淄」。《龍龕手鑑・水部》：「淄」，或作「渆」。

滄　同「淦」。《龍龕手鑑・水部》：「滄，於今反。水名。」

溜　mǐn 宋吳聿《觀林詩話》：「温庭筠記狐書兩篇，其一詞曰：拿尾羣狐，袜袜喏喏，溜用秘功，以嶺以穴。」原注：「（溜）音泯。」

潕　同「漁」。《龍龕手鑑・水部》：「潕」，「漁」的俗字。

灖　「灖」的譌字。《正字通・水部》：「灖，《國語》『……龍亡而灖在』……《史記》監本從牙作灖，誤。」

澋　同「淎」。《改併四聲篇海・水部》引《奚韻》：「澋，皮榮切。水聲也。」

渺　同「渺」。

滉　同「曠」。《馬王堆漢墓帛書・老子乙本・道經》：「湷呵其若濁，滉呵其若浴（谷）。」按：今本《老子》第十五章作「曠兮其若谷」。

潃　「潃」的譌字。《康熙字典・水部》：「潃，《史記・倉公列傳》：『病得之流汗出潃。潃者，去衣而汗晞也。』注：『潃，音巡。』按：《字彙補》作『潊』誤。」按：《史記・扁鵲倉公列傳》「潃」作「潃」。張文虎札記：「潃，宋本、中統、游、王、柯作『潃』，凌作『潊』，《索隱》舊刻、毛本作『潃』。」王念孫雜誌：「引之曰：潃當為潃。讀與脩同。《王風・中谷有蓷篇》：『暵其脩矣。』毛傳曰：『脩，且乾也。』《釋名》曰：『脯又曰脩。脩，縮也。乾燥而縮也。』《小雅・湛露》傳曰：『晞，乾也。』是『脩』、『晞』皆乾也。作『潃』者假借字耳。流汗出潃者，流汗出而乾也。故下文曰：潃者，去衣而汗晞也。隸書『循』『脩』二字相似，故『潃』譌作『潃』。」按：《字彙補》所據係凌本，不誤。

澋　同「洶」。清顧炎武《答原一公肅兩甥書》：「已而山岳崩頹，江湖沸澋。」

瀏　同「溜」。《龍龕手鑑・水部》：「瀏，力救反。水溜也。」

減　zāng《龍龕手鑑》則郎反。水名。《龍龕手鑑・水部》：「減，水也。」

淹　同「淹」。《正字通・水部》：「淹，本作淹。」

瀏　同「溜」。《龍龕手鑑・水部》：「瀏，力救反。水溜也。」

渁字：同「洋」。義和團時新造字。清蔡蓂《庚辛紀事》：「拳黨又倡呼種種名目，大略有似乎太平天國。……最可笑者，呼水曰雷公奶奶洗澡湯……改洋字為渁，其意蓋謂水火交攻也。」

潫　zāng　同「髒」。弄髒。清蒲松齡《增補幸雲曲》第十五回：「（萬歲）說
　　道：『二姐放着琵琶不彈給我聽，弄那塊臭裹腳頭子怎的？不怕潫了
　　手？』」

潚　同「澀」。《龍龕手鑑・水部》：「潚」，「澀」的俗字。

溙　水名。沁水支流，在今山西省沁源縣境內。《嘉慶重修一統志・山西・沁
　　州直隸州》：「溙河，在沁源縣北八十里，源出仁霧山，三穴涌出，東南
　　流至縣北合五龍川，又東南至縣東北入沁水。」

澤　〔漆澤〕也作「漆澤」。傳說中的地名。《穆天子傳》卷一：「癸酉，天子
　　舍於漆澤。」按：翟雲升校本作「澤」。

混　同「混」。

澊　同「灤」。《龍龕手鑑・水部》：「澊」，「灤」的俗字。

滓　〔滓州〕地名。在今湖北省陽新縣。

溘　同「薀」。《龍龕手鑑・水部》：「溘，苦蓋反。舩著沙也。」

渙　同「渙」。《龍龕手鑑・水部》：「渙，呼貫反。水散也。」

淳　同「濘」。《龍龕手鑑・水部》：「淳，乃頂反。泥濘；又泟也。」

濦　同「濦」。《龍龕手鑑・水部》：「濦，音隱。水名。」

漂　同「漂」。《龍龕手鑑・水部》：「漂，正；漂，今。」

漆　同「漆」。《龍龕手鑑・水部》：「漆，音七。水名。又黑漆，又姓。」清
　　顧炎武《昌平山水記》上：「碑用朱漆欄畫雲氣。」

渼　太平天國新造字。《太平天國史料・天平天國文書之四・義興公司告示》：
　　「渼溇渑義興公司出示告民……。」

溇　太平天國新造字。《太平天國史料・天平天國文書之四・義興公司告示》：
　　「渼溇渑義興公司出示告民……。」

渑　太平天國新造字。《太平天國史料・天平天國文書之四・義興公司告示》：
　　「渼溇渑義興公司出示告民……。」

澗　同「澗」。按：《說文》作「澗」，今「澗」字通行。

溫　同「溫」。《龍龕手鑑・水部》：「溫，音孟。溫津，河。」

漳　同「漳」。《龍龕手鑑・水部》：「漳，疋詣反。水名。」

澳　同「澳」。《正字通・水部》：「澳，本作澳。」

遊　同「旌」。《改併四聲篇海・水部》引《川篇》：「遊，音旌，義同。」

澹 同「澹」。《龍龕手鑑・水部》：「澹，徒敢反。澹水皃也。又恬靜也。」

濠 同「潒」。《龍龕手鑑・水部》：「濠，徐兩反。遠也。又徒郎反。水大之皃也。」

淳 同「濘」。《改併四聲篇海・水部》引《川篇》：「淳，音佞。泥也。」

滄 qiāng《改併四聲篇海》七羊切。拒。《改併四聲篇海・水部》引《奚韻》：「滄，拒也。」

滄 同「滄」。

潙 音義未詳。元姚守中《粉蝶兒・牛訴冤》：「一箇是曾受戒南莊上的忻都，一箇是累經斷北潙王屠。」

瀆 「瀆」的譌字。《墨子・大取》：「聖人之附瀆也，仁而無利愛。」梅季林金保注：「瀆，當是瀆之形誤。」

澯 太平天國新造字。《太平天國史料・天平天國文書之四・義興公司告示》：「溪漺涊義興公司出示告民……。」

濊 同「濊」。《改併四聲篇海・水部》引《玉篇》：「濊，呼活切。水聲。」

瀑 同「瀑」。《龍龕手鑑・水部》：「瀑」，「瀑」的俗字。

澤 同「澤」。《六書故・地理三》：「澤，雨露之濡為澤。」《正字通・水部》「澤」下釋文均作「澤」。

潄 同「潒」。《龍龕手鑑・水部》：「潄」，同「潒」。

溹 同「潒」。《龍龕手鑑・水部》：「溹，正；潒，今。」

潲 同「瀻」。《龍龕手鑑・水部》：「潲，古麥反。水裂皃。」

潼 同「淳」。《龍龕手鑑・水部》：「潼」，「淳」的古文。

滾 同「瀤」。《改併四聲篇海・水部》引《川篇》：「瀤，戶乖切。水也。」

凛 同「凜」。

澋 同「澴」。《龍龕手鑑・水部》：「澋」，「澴」的俗字。

湑 同「資」。水名。明楊慎《升菴詩話》卷十：「張方詩：『湑水右旋江會合，天台曲直卦文明。』」按：明曹學佺《蜀中廣記》卷八：「近掘得宋張方《題資溪橋》詩，有『資水右旋江會合』之句也。」

潭 同「潭」。《龍龕手鑑・水部》：「潭，火沼深清澄淨曰潭，又水名。」明田藝衡《留青日札摘抄》一：「本官乃操吳音曰：『有舍子難，快掘箇潭埋了罷。』」

溢　同「盪」。《龍龕手鑑・水部》：「溢，古文，正作盪。」

灂　音義未詳。唐王琚《教射經》下篇：「故身前竦為猛武方騰，額前臨為封兒欲鬭，出弓弰為懷中吐月，平箭灂為弦上縣衡。」

滢　同「澀」。《龍龕手鑑・水部》：「滢，或作；澀，今。」

潗　同「瀣」。《改併四聲篇海・水部》引《奚韻》：「潗，戶改切。沆潗，氣也。」

濵　同「濱」。《玉篇・水部》：「濵，涯也。」《龍龕手鑑・水部》：「濱，正；濵，今。水際畔也。」

澍　同「澍」。《龍龕手鑑・水部》：「澍」，「澍」的俗字。

濆　同「漬」。《龍龕手鑑・水部》：「濆，正體漬字。」

潁　同「頤」。《龍龕手鑑・頁部》：「潁」，「頤」的俗字。

瀄　同「瀄」。《龍龕手鑑・水部》：「瀄，水名。」《正字通・水部》：「瀄，俗瀄字。」

溋　同「溢」。《龍龕手鑑・水部》：「溋，音孟。溋津，河。」

瀝　同「瀝」。《改併四聲篇海・水部》引《川篇》：「瀝，音歷。水兒。」

濟　同「濟」。《龍龕手鑑・水部》：「濟」，同「濟」。

瀍　同「瀍」。宋文天祥《賀京尹曾尚書》：「露綸渙渥，星履陞華。東澗西瀍，冠十連之元帥；南昌北斗，表六典之地官。」

潊　同「潊」。《龍龕手鑑・水部》：「潊」，「潊」的俗字。

灞　同「灞」。《改併四聲篇海・水部》引《龍龕手鑑》：「灞，必嫁切。水名。」

潏　同「潏」。

灘　〔灘鵜〕同「灘鵜」。水鳥名。《劉知遠諸宮調・知遠充軍三娘剪髮生少主》：「屏山畫出魚戲水，描成鴛鴦共灘鵜。」

潘　同「潘」。《龍龕手鑑・水部》：「潘，或作；潘，今。」

瀘　音義未詳。宋吳自牧《夢梁錄》：「又有擔架子賣香辣罐肺、香辣素粉羹……羊血湯猢瀘、海蟄螺頭瀘、爵饊兒瀘麪等，各有叫聲。」

瀷　〔渜〕水動貌。《集韻・寖韻》：「渜，渜瀷，水動兒。」

潭　同「潭」。《六書故・地理三》：「潭，川深深匯為潭也，《說文》曰：『水出武陵鐔成玉山，東入鬱林。』」

澣　同「澐」。《龍龕手鑑·水部》：「澣」，「澐」的俗字。〔註2〕

　　我們可以看到，新增的字數量可謂不少，這體現了學界豐厚的研究成果。其中比較具有代表性的比如對《龍龕手鑑》的研究成果的吸收。《龍龕手鑑》是遼僧行均編纂的一部字書，由於其收字多偏於佛典用字（很多是專為佛經造的字）但也不乏文獻典籍中的傳承字，在中國字書史上具有獨特的地位，歷代對其內容和價值的看法都有不同。〔註3〕到現代，19世紀末20世紀初，學界對《龍龕手鑑》的價值褒貶不一，隨著敦煌俗字學的興起，《龍龕手鑑》的價值才越來越受到重視。其中，研究其對文字學以及《漢語大字典》等大型語文辭書的價值的以張涌泉、鄭賢章等為代表。張涌泉先生的《敦煌俗字研究》〔註4〕專有一章是講「研究敦煌俗字的重要參考書——《龍龕手鑑》」；還有其《漢語俗字叢考》〔註5〕，對《大字典》和《中華字海》中所收的難字或譌字進行考證，多論及《龍龕手鑑》。鄭賢章先生的一系列有關俗字研究的文章都是圍繞《龍龕手鑑》，並於2004年出版其博士論文《〈龍龕手鑑〉研究》，對《龍龕手鑑》進行了全面深入的研究。

二、刪除的字頭

　　以水部為例，第二版也刪掉了一些字頭，如下：

汧　舊版有汧有汧，新版只保留汧，去掉汧。

澗　舊版：〔澗門〕地名。宋曾慥《類說》二十四引谷神子《博異志》：「邢鳳萬居長安平康里，故豪澗門曲房之地也。」

　　按：新版去掉了這個字。《中華字海》中收錄：音未詳。〔澗門〕地名。見《類說》卷二十四。

溫　舊版：同「温」。《字彙·水部》：「溫，俗作温。」

　　按：新版實際上是去掉了舊字形。

鰈　舊版：同「鰈（鰈）」。《穆天子傳》卷四：「秋，癸亥，天子觴重趄之人

〔註2〕需要注意的是，《大字典》（第二版）對其中個別歸部不妥或難於查檢的字略加調整，由於筆者主要關注的水部字，以上所列不排除有極個別是歸部發生了變化而未查檢到。

〔註3〕陳家寧《〈龍龕手鑑〉研究及評價簡述》，《中國文字研究》2007年第2期。

〔註4〕張涌泉《敦煌俗字研究》，上海教育出版社，1996年，354～357頁。

〔註5〕張涌泉《漢語俗字叢考》，中華書局，2000年。

鯀鱟。」按：「鯀」，各本如是，翟校本作「鯀」。洪頤宣校據《曹全碑》「鯀寡」字作「鯀」。

按：新版調整歸部，將**鯀**歸入月部。

潹　同「瀶」。《正字通・水部》：「潹，俗從林。」

按：新版規範字頭為「潹」，不再收錄「**潹**」，舊版規範字頭為「**潹**」，新舊字形不同，也收錄「潹」。

潛　同「潛」。《正字通・水部》：「潛，俗從二旡。」

按：新版規範字頭為「潛」，不再收錄「潛」，舊版規範字頭為「潛」，新舊字形不同，也收錄「潛」。

灝　同「灝」。《正字通・水部》：「灝，本作灝。」

按：新版規範字頭為「灝」，不再收錄「**灝**」，舊版規範字頭為「**灝**」，新舊字形不同，也收錄「灝」。

三、次序調整

（一）新舊字體不同的順序調整

《大字典》第二版凡例：字形以中華人民共和國文化部和中國文字改革委員會公佈的《印刷通用漢字字形表》為依據，採用新字形。個別使用新字形會產生混淆的保留舊字形；對譌字保留原形體，不作字形處理。由於第一版採用舊字形，第二版採用新字形，字體不一導致有些字新舊字形筆畫不一，進而造成一二版字頭順序不一。據《大字典》（第二版）《新舊字形對照表》，共涉及 78 種字形，如八→丷，其中影響筆畫數的有 46 種，如幷→并。以水部字為例，列舉如下（未影響字頭順序的不列入）：

汱　因為新舊字形的不同，導致筆型不同，位置置後，舊版寫作**汱**。

沛　因為新舊字形的不同，導致筆型不同，位置置後，舊版寫作**沛**。

沓　因為新舊字形的不同，導致筆畫數不同，位置提前，舊版寫作沓。

洏　因為新舊字形的不同，導致筆型不同，位置提前，舊版寫作洏。

洋　因為新舊字形的不同，導致筆畫數不同，位置提前，舊版寫作洋。

滋　因為新舊字形的不同，導致筆畫數不同，位置提前，舊版寫作**滋**。

溫　因為新舊字形的不同，導致筆畫數不同，位置置後，舊版寫作**溫**。

浸　因為新舊字形的不同，導致筆型不同，位置置後，舊版寫作浸。

净　因為新舊字形的不同，導致筆畫數不同，位置提前，舊版寫作淨。

涃　因為新舊字形的不同，導致筆畫數不同，位置提前，舊版寫作涃。

渶　因為新舊字形的不同，導致筆畫數不同，位置提前，舊版寫作渶。

滰　因為新舊字形的不同，導致筆畫數不同，位置提前，舊版寫作滰。

淺　因為新舊字形的不同，導致筆畫數不同，位置提前，舊版寫作淺。

涝　因為新舊字形的不同，導致筆畫數不同，位置提前，舊版寫作澇。

涅　因為新舊字形的不同，導致筆型不同，位置提前，舊版寫作涅。

潩　因為新舊字形的不同，導致筆型不同，位置提前，舊版寫作潩。

浽　因為新舊字形的不同，導致筆型不同，位置置後，舊版寫作浽。

浮　因為新舊字形的不同，導致筆型不同，位置置後，舊版寫作浮。

奮　因為新舊字形的不同，導致筆型不同，位置提前，舊版寫作奮。

洘　因為新舊字形的不同，導致筆畫數不同，位置提前，舊版寫作洘。

淄　因為新舊字形的不同，導致筆畫數不同，位置提前，舊版寫作淄。

渶　因為新舊字形的不同，導致筆畫數不同，位置提前，舊版寫作渶。

渼　因為新舊字形的不同，導致筆畫數不同，位置提前，舊版寫作渼。

洄　因為新舊字形的不同，導致筆型不同，位置提前，舊版寫作洄。

汛　因為新舊字形的不同，導致筆型不同，位置置後，舊版寫作汛。

港　因為新舊字形的不同，導致筆型不同，位置置後，舊版寫作港。

溼　因為新舊字形的不同，導致筆畫數不同，位置提前，舊版寫作溼。

淀　因為新舊字形的不同，導致筆畫數不同，位置提前，舊版寫作淀。

渚　因為新舊字形的不同，導致筆型不同，位置提前，舊版寫作渚。

溶　因為新舊字形的不同，導致筆畫數不同，位置提前，舊版寫作溶。

流　因為新舊字形的不同，導致筆畫數不同，位置提前，舊版寫作流。

測　因為新舊字形的不同，導致筆型不同，位置後置，舊版寫作測。

塊　因為新舊字形的不同，導致筆畫數不同，位置提前，舊版寫作塊。

滔　因為新舊字形的不同，導致筆型不同，位置置後，舊版寫作滔。

酒　因為新舊字形的不同，導致筆型不同，位置置後，舊版寫作酒。

潘　因為新舊字形的不同，導致筆畫數不同，位置提前，舊版寫作潘。

溥　因為新舊字形的不同，導致筆畫數不同，位置提前，舊版寫作溥。

溍　因為新舊字形的不同，導致筆畫數不同，位置提前，舊版寫作溍。

涺　因為新舊字形的不同，導致筆畫數不同，位置提前，舊版寫作涺。

潚　因為新舊字形的不同，導致筆畫數不同，位置提前，舊版寫作潚。

漨　因為新舊字形的不同，導致筆畫數不同，位置提前，舊版寫作漨。

通　因為新舊字形的不同，導致筆畫數不同，位置提前，舊版寫作通。

潋　因為新舊字形的不同，導致筆畫數不同，位置提前，舊版寫作潋。

潫　因為新舊字形的不同，導致筆畫數不同，位置提前，舊版寫作潫。

溠　因為新舊字形的不同，導致筆畫數不同，位置提前，舊版寫作溠。

澢　因為新舊字形的不同，導致筆畫數不同，位置後置，舊版寫作澢。

溓　因為新舊字形的不同，導致筆畫數不同，位置提前，舊版寫作溓。

濇　因為新舊字形的不同，導致筆畫數不同，位置提前，舊版寫作濇。

溛　因為新舊字形的不同，導致筆畫數不同，位置提前，舊版寫作溛。

漆　因為新舊字形的不同，導致筆型不同，位置置後，舊版寫作漆。

潐　因為新舊字形的不同，導致筆型不同，位置置後，舊版寫作潐。

潳　因為新舊字形的不同，導致筆畫數不同，位置提前，舊版寫作潳。

潔　因為新舊字形的不同，導致筆型不同，位置提前，舊版寫作潔。

澭　因為新舊字形的不同，導致筆畫數不同，位置提前，舊版寫作澭。

澍　因為新舊字形的不同，導致筆畫數不同，位置提前，舊版寫作澍。

漢　因為新舊字形的不同，導致筆畫數不同，位置提前，舊版寫作漢。

減　因為新舊字形的不同，導致筆畫數不同，位置提前，舊版寫作減。

潢　因為新舊字形的不同，導致筆畫數不同，位置提前，舊版寫作潢。

潟　因為新舊字形的不同，導致筆畫數不同，位置提前，舊版寫作潟。

潼　因為新舊字形的不同，導致筆畫數不同，位置提前，舊版寫作潼。

澈　因為新舊字形的不同，導致筆畫數不同，位置提前，舊版寫作澈。

潨　因為新舊字形的不同，導致筆畫數不同，位置提前，舊版寫作潨。

潻　因為新舊字形的不同，導致筆畫數不同，位置提前，舊版寫作潻。

潿　因為新舊字形的不同，導致筆畫數不同，位置提前，舊版寫作潿。

潩　因為新舊字形的不同，導致筆畫數不同，位置提前，舊版寫作潩。

潕　因為新舊字形的不同，導致筆型不同，位置置後，舊版寫作潕。

潙　因為新舊字形的不同，導致筆型不同，位置置後，舊版寫作潙。

漙　因為新舊字形的不同，導致筆型不同，位置置後，舊版寫作濞。

溍　因為新舊字形的不同，導致筆型不同，位置置後，舊版寫作潧。

演　因為新舊字形的不同，導致筆畫數不同，位置提前，舊版寫作演。

溢　因為新舊字形的不同，導致筆畫數不同，位置提前，舊版寫作溢。

濂　因為新舊字形的不同，導致筆畫數不同，位置提前，舊版寫作濂。

濩　因為新舊字形的不同，導致筆畫數不同，位置提前，舊版寫作濩。

湞　因為新舊字形的不同，導致筆畫數不同，位置提前，舊版寫作湞。

澝　因為新舊字形的不同，導致筆畫數不同，位置提前，舊版寫作澝。

澳　因為新舊字形的不同，導致筆畫數不同，位置提前，舊版寫作澳。

溢　因為新舊字形的不同，導致筆型不同，位置提前，舊版寫作溢。

濬　因為新舊字形的不同，導致筆畫數不同，位置提前，舊版寫作濬。

瀘　因為新舊字形的不同，導致筆畫數不同，位置提前，舊版寫作瀘。

濊　因為新舊字形的不同，導致筆畫數不同，位置提前，舊版寫作濊。

瀗　因為新舊字形的不同，導致筆畫數不同，位置提前，舊版寫作瀗。

潦　因為新舊字形的不同，導致筆畫數不同，位置提前，舊版寫作潦。

瀟　因為新舊字形的不同，導致筆畫數不同，位置提前，舊版寫作瀟。

蓼　因為新舊字形的不同，導致筆畫數不同，位置提前，舊版寫作蓼。

潤　因為新舊字形的不同，導致筆畫數不同，位置提前，舊版寫作潤。

瀷　因為新舊字形的不同，導致筆畫數不同，位置提前，舊版寫作瀷。

滴　因為新舊字形的不同，導致筆畫數不同，位置提前，舊版寫作滴。

薄　因為新舊字形的不同，導致筆畫數不同，位置提前，舊版寫作薄。

溥　因為新舊字形的不同，導致筆畫數不同，位置提前，舊版寫作溥。

濆　因為新舊字形的不同，導致筆畫數不同，位置提前，舊版寫作濆。

澧　因為新舊字形的不同，導致筆畫數不同，位置提前，舊版寫作澧。

濱　因為新舊字形的不同，導致筆畫數不同，位置提前，舊版寫作濱。

濱　因為新舊字形的不同，導致筆畫數不同，位置提前，舊版寫作濱。

潴　因為新舊字形的不同，導致筆畫數不同，位置提前，舊版寫作潴。

選　因為新舊字形的不同，導致筆畫數不同，位置提前，舊版寫作選。

潀　因為新舊字形的不同，導致筆畫數不同，位置提前，舊版寫作潀。

瀟　因為新舊字形的不同，導致筆畫數不同，位置提前，舊版寫作瀟。

瀅 因為新舊字形的不同，導致筆畫數不同，位置提前，舊版寫作瀅。

瀌 因為新舊字形的不同，導致筆畫數不同，位置提前，舊版寫作瀌。

濯 因為新舊字形的不同，導致筆畫數不同，位置提前，舊版寫作濯。

瀻 因為新舊字形的不同，導致筆畫數不同，位置提前，舊版寫作瀻。

藻 因為新舊字形的不同，導致筆畫數不同，位置提前，舊版寫作藻。

蘯 因為新舊字形的不同，導致筆畫數不同，位置提前，舊版寫作蘯。

瀟 因為新舊字形的不同，導致筆畫數不同，位置提前，舊版寫作瀟。

瀍 因為新舊字形的不同，導致筆畫數不同，位置提前，舊版寫作瀍。

藻 因為新舊字形的不同，導致筆畫數不同，位置提前，舊版寫作藻。

邊 因為新舊字形的不同，導致筆畫數不同，位置提前，舊版寫作邊。

瀇 因為新舊字形的不同，導致筆畫數不同，位置提前，舊版寫作瀇。

澧 因為新舊字形的不同，導致筆畫數不同，位置置後，舊版寫作澧。

按：新版和舊版由於新舊字形的不同導致字頭的筆畫數或筆型不同，進而引起了字頭排列順序的不同，有的導致位置提前，有的則置後。由上面所列可看，水部主要涉及以下幾種字形差異：

舊字形	筆畫數	新字形	筆畫數	字　例
儿	2	八	2	畚→畚
八	2	㇍	2	湴→湴
艹	4	艹	3	澇→澇
辶	4	辶	3	滝→滝
丰	4	丰	4	潙→潙
王	4	王	4	湦→湦
爪	4	爫	4	浸→浸
业	6	业	5	澲→澲
臼	7	臼	6	㳫→㳫
羽	6	羽	6	灂→灂
者	9	者	8	潴→潴
彔	8	彔	8	瀁→瀁
蚤	10	蚤	9	潘→潘

（二）筆形的順序調整

《大字典》凡例：單字按照與《漢語大詞典》共同商定的二百部分部排列，

部首按筆畫多少順序排列，同筆畫數的部首按一（橫）、｜（豎）、丿（撇）、丶（點）、乙（折）五種筆形順序排列。同部的單字排列也按照這種順序。《大字典》（第二版）凡例：正文字頭按部首分部編排。部首採用《漢語大字典》、《漢語大詞典》共同商定的，以《康熙字典》214 部為基礎，酌情刪併而設立的 200 部。所部首和單字按筆畫多少排列；筆畫數相同的，按起筆筆形一（橫）、｜（豎）、丿（撇）、丶（點）、一（折）的順序排列；筆畫數和起筆筆形相同的，按第二筆筆形，餘以此類推。還有，帶有附形的部首中，同筆劃的單字按正形和附形部首分別排列。我們所討論的水部便屬於這一類，所以包含「水」的字一律先排列在包含「氵」的字之前，然後各自再遵前則。

　　部首內部字的編排雖說已經有了比較好的辦法，但是使用它的人，由於對同一標準掌握有所不同，有時也會出現偏差。第二版重新對新字形進行排列，很多字的順序有所微調，以水部字為例，有以下調整：

字　頭	調　整	調整前	調整後
求	在水部位置提前	在凼之後，汁之前	在㲈之前，兩畫第一字
汛、訊	順序調換	訊、汛	汛、訊
氾、汍	順序調換	汍、氾	汍、氾
汲	調到汋、氻前	汋、氻、汲	汲、汋、氻
汨、汜	順序顛倒	汜、汨	汨、汜
汐、汲	順序調換	汲、汐	汐、汲
㲿	調到杳字前、㤍字後		
沘、汥	順序調換	汥、沘	沘、汥
汻、泮	順序調換	泮、汻	汻、泮
泛、汹	順序調換	汹、泛	泛、汹
汹、次	順序調換	次、汹	汹、次
泰	位置提前	在㴑字後	在五畫第一位，荥字前
泇、油	順序調換	油、泇	泇、油
泖、淰	順序調換	淰、泖	泖、淰
泥、泯	順序調換	泥、泯	泯、泥
挈、㴌	順序調換	㴌、挈	挈、㴌
湀、洐	順序調換	洐、湀	湀、洐
㳜	位置排後	在涅後	在濕後
洛、洺	順序調換	洺、洛	洛、洺
浏、济	順序調換	济、浏	浏、济

泄	位置排後	在浯後	在沏後
浝、洳	順序調換	洳、浝	浝、洳
鄉	位置提前	由於筆畫書目的統計，舊版在八畫，新版提前在七畫	
沸、涉	順序調換	沸、涉	涉、沸
浬	位置後置	在渐後	後置，放在涵後
渠、㧕	順序調換	渠、㧕	㧕、渠
洓、洂	順序調換	洂、洓	洓、洂
洧	位置提前	浃、浤、洧	洧、浃、浤
淶	位置提前	在淹後，渝前	在漸後，淞前
減、湅	順序調換	湅、減	減、湅
渠、漸	順序調換	漸、渠	渠、漸
洲、湮	順序調換	湮、洲	洲、湮
潘、淑	順序調換	淑、潘	潘、淑
涪、浚	順序調換	浚、涪	涪、浚
潊、湮	順序調換	潊、湮	湮、潊
湏、滙	順序調換	滙、湏	湏、滙
湏	順序提前	渦、温、湏	湏、渦、温
潘、湫	順序調換	湫、潘	潘、湫
涅、溲	順序調換	溲、涅	涅、溲
澆	位置提前	在湟後，溙前	在溢後，颯前
溠、溴	順序調換	溴、溠	溠、溴
湄、滑	順序調換	滑、湄	湄、滑
滿、濟	順序調換	濟、滿	滿、濟
溽、渾、湿、湮	順序調整	湮、溽、湿、渾	溽、渾、湿、湮
潤	位置提前	在溢後，潷前	在滉後，濕前
溲、洴	順序調換	洴、溲	溲、洴
澬、潟	順序調換	澬、潟	潟、澬
潟	位置提前	在湉後，潧前	在滬後，郷前
湉	位置提前	潎、湈、湉	湉、潎、湈
涮、涓	順序調換	涓、涮	涮、涓
壞、橪、黜、纍	順序調整	橪、纍、黜、壞	壞、橪、黜、纍
潋、湏	順序調換	湏、潋	潋、湏
漢、潢	順序調換	潢、漢	漢、潢
洸、溇	順序調換	溇、洸	洸、溇
漸、滅	順序調換	滅、漸	漸、滅

漱、潄	順序調換	潄、漱	漱、潄
漊、漫	順序調換	漫、漊	漊、漫
潓、澖、沱、潔	順序調整	潓、澖、沱、潔	沱、潔、澖、潓
澡	位置提前		
潧、瀆	順序調換	瀆、潧	潧、瀆
濦、滴、滴	順序調換	滴、滴、濦	濦、滴、滴
浣、溽	順序調換	溽、浣	浣、溽
溜、溢	順序調換	溜、溢	溢、溜
潘	位置提前		
澔、濛	順序調換	澔、濛	濛、澔
潤、潤、澗、潤、澗	位置提前		
潞	位置置後	在潰前	在灃前
澗、渾	順序調換	渾、澗	澗、渾
添、淆	順序調換	添、淆	淆、添
澡、潲、潐	順序調整	潐、潲、澡	澡、潲、潐
溹、溙	順序調換	溙、溹	溹、溙
潯、潚	順序調換	潯、潚	潚、潯
澪、淨	順序調換	澪、淨	淨、泑
灘、澫、瀧	順序不同	瀧、灘、澫	灘、澫、瀧
節、澀	順序調換	節、澀	澀、節
澆	位置前置	在潑後，溫前	在潯後，激前
澰、澢	順序調換	澢、澰	澰、澢
澷、瀆、滴	順序調換	澷、瀆、滴	滴、瀆、澷
潝、溢	順序調換	溢、潝	潝、溢
潿、潩	順序調換	潩、潿	潿、潩
瀧、瀞	順序調換	瀧、瀞	瀞、瀧
瀾	位置置後		
澰、澱、瀾	順序調整	澱、瀾、澰	澱、澰、瀾
潤、澗、澗	位置後置		
濠、瀹、瀗	順序調整	瀹、瀗、濠	濠、瀹、瀗
澀、濯、澤	順序調整	澤、澀、濯	澀、濯、澤
瀾	位置提前瀿、瀠		
瀠、瀿	順序調換	瀿、瀠	
瀨、灌	順序調換	灌、瀨	瀨、灌

瀾、澗、潤、瀾、濶、瀏、濁、瀾	位置提前		
潹	位置提前	在灑後，瀘前	在灤後，灘前
灑、瀍	順序調換	瀍、灑	灑、瀍
灡、瀹	順序調換	瀹、灡	灡、瀹
灝、灢	順序調換	灢、灝	灝、灢

兩版在筆順的問題上有較多的不一致，主要是對一些漢字的筆順有了新的書寫規範，字頭排列也做了相應的調整，因此變動很多都是成系統的，比如字裏面含「門」部件的位置都發生了變化等。且新版在筆畫相同筆型也相同的情況下，基本按照筆畫先分離、再相接、再相交的順序排列，這也造成了很多字序的調整。

（三）有待商榷的順序

由於編纂工作量巨大，且每個人對每個字的書寫理解有差異，難免造成了一些不明所以的順序調整，有待商榷，現舉例如下。

洴、汧　順序顛倒。

A. 汧、洴

B. 洴、汧

按：新版按照筆畫先相接再相交排列，此處存疑。

汨、汩　順序調換。

A. 汩、汨

B. 汨、汩

按：不明調整所依的具體原則。

沟、没　順序調換。

A. 没、沟

B. 沟、没

按：參看其他字頭順序，橫折鉤當在橫折折之後，此處存疑。

沫、沬　順序調換。

A. 沬、沫

B. 沫、沬

按：不明調整所依的具體原則。

沱、沇　位置調換。

　　A. 沇、沈、沱

　　B. 沱、沈、沇

　　按：參看其他字頭順序，橫折鉤應該在豎折勾前，沈應在沱前，此處存疑。

泇、沼　順序調換。

　　A. 沼、泇

　　B. 泇、沼

　　按：新版按照筆畫先相接再相交，此處存疑。

洧、沛　順序調換。

　　A. 沛、洧

　　B. 洧、沛

　　按：新版按照筆畫先相接再相交，此處存疑。

泬、浓　順序調換。

　　A. 浓、泬

　　B. 泬、浓

　　按：參看其他字頭順序，橫應該在提前面，此處存疑。

浦　位置提前。

　　A. 浭、涑、浦

　　B. 浦、浭、涑

　　按：參看其他字頭順序，橫折鉤應該在橫折後面，此處存疑。

汧、淠　順序調換。

　　A. 淠、汧

　　B. 汧、淠

　　按：不明調整所依的具體原則。

湞、漳　順序調換。

　　A. 漳、湞

　　B. 湞、漳

　　按：參看其他字頭順序，當先豎再撇，此處存疑。

第二節 注音變化

《漢語大字典》(第二版)凡例注明:按照有重點、適當地反映漢字字音歷史演變和發展的原則,注音分現代音、中古音、上古音三段標注。現代音依據《漢語拼音方案》標注。中古音列中古反切及主音反切的聲、韻、調。中古反切以《廣韻》《集韻》為主要依據。上古音只標注韻部,以近人考訂的三十部為準。出現於近現代的字不標注中古音和上古韻部,出現於中古的字不標注上古韻部。……有異讀的字,已經普通話審音委員會審訂的,依照普通話審音委員會的審訂音。未經審訂的,由《漢語大字典》審音組合《漢語大詞典》審音組共同商量酌定。商量酌定的依據是當今實際讀音和古今著名工具書,以及其他注音資料。……傳統上有兩讀又比較通行的,酌收兩讀;酌收影響較大的舊讀音。……音未詳字不注音,也不標示「音未詳」等字樣,而在字頭下直接釋義、引證。按此原則,第二版《大字典》在注音方面也有所改善。以水部字為例,主要體現在以下方面:

一、刪減多餘反切

趙振鐸先生說過「《漢語大字典》選取《廣韻》的反切作為中古音的代表,《廣韻》有幾個切語的,先選用一個和今天讀音比較接近的作為主切,其餘的切語作為又音收列。……如果《廣韻》有不足之處,無法表示出某個字的中古音源,可以考慮採用《集韻》的切語作補充。」[註6]儲定耕先生指出:「對於又音的取捨,也有嚴格的限制。除《廣韻》的又音全收外,《集韻》等書中那些不起辨義作用的又切,一般不予收錄。」[註7]《廣韻》《集韻》收錄的又音數量繁多,若不加挑選一概羅列則繁雜難辨,二版酌刪了作用不大的反切,做到了要而不繁。如:

字頭	第一版	第二版
湯	(三)shāng《廣韻》式羊切,平陽書。又他郎切。陽部。	(三)shāng《廣韻》式羊切,平陽書。陽部。

按:新版刪掉了「又他郎切。」

〔註6〕趙振鐸《字典論》,上海辭書出版社,2012年,79~80頁。

〔註7〕儲定耕《簡論〈漢語大字典〉和〈康熙字典〉》,《西華師範大學學報》,1987年第1期。

字頭	第一版	第二版
渉	shé《改併四聲篇海》引《川篇》音虵。《字彙補》崇斜切。	shé《改併四聲篇海》引《川篇》音虵。

按：新版刪掉了「《字彙補》崇斜切。」

字頭	第一版	第二版
洢	mǐ《廣韻》綿婢切，上紙明。又《集韻》美隕切。支部。	mǐ《廣韻》綿婢切，上紙明。支部。

按：新版刪掉了「又《集韻》美隕切。」

二、糾正聲調疏誤

中古語音與現代漢語的讀音具有很強的對應性，因此將《廣韻》反切折合成現代漢語讀音，無論是聲母、韻母、聲調，還是語音的結構系統都有很強的規律性可以遵循。〔註8〕第二版重新處理了一些依據古音轉換的注音。如：

字頭	第一版	第二版
溠	zhā《廣韻》側駕切，去禡莊。又側加切，七何切。歌部。	zhà（又讀 zhā）《廣韻》側加切，平麻莊。又側駕切，七何切。歌部。

字頭	第一版	第二版
浬	lí《集韻》陵之切，平之來。❶〔泥浬〕古波斯酋長名。《集韻·之韻》：「浬，泥浬，波斯酋長名。」	（一）lí《集韻》陵之切，平之來。〔泥浬〕古波斯酋長名。《集韻·之韻》：「浬，泥浬，波斯酋長名。」

三、標注新義今讀

由於《大字典》秉著「古今兼收，源流並重」的宗旨，對新出現的詞義也收錄，但新義無據古音，故二版用拼音標注今音。如：

字頭	第一版	第二版
浬	❷海里（計量海洋上距離的長度單位）的舊稱。	（二）lí（又讀 hǎilǐ）海里（計量海洋上距離的長度單位）的舊稱。

四、重置音項

新版《大字典》在吸收了新的研究成果的基礎上，調整了古音的選取來對

〔註8〕蔡夢麒《從〈廣韻〉看〈漢語大字典〉的注音缺失》，《華東師範大學學報（哲學社會版）》2006 年第 2 期。

應現代注音，也據意義重新規範了音項設置。如：

字頭	第一版	第二版
湛	jìn《集韻》子鴆切，去沁精。又將廉切。侵部。 浸泡。也作「浸」。	jiān《集韻》將廉切，平監精。又子鴆切。侵部。 同「漸」。浸泡。

按：此字兩版的古注和書證同，但據古注選擇的字際關係不同。《集韻·沁韻》：「湛，漬也。」又：「浸，漬也。或作湛。」又《鹽韻》：「湛，漬也。《禮》：『湛饎必絜。』通作漸。」《周禮·考工記·鍾氏》：「染羽，以朱湛丹秫，三月而熾之，淳而漬之。」鄭玄注引鄭司農云：「湛，漬也。」《禮記·內則》：「漬取牛肉，必新殺者，薄切之，必絕其理，湛諸美酒。期朝而釋之，以醢若醯醷。」鄭玄注：「湛亦漬也。」

字頭	第一版	第二版
湮	yīn《廣韻》於真切，平真影。又烏前切。真部。 ❶沉沒；沒落。 ❷通「堙」。塞；阻。 ❸液體著物向四外散開。後作「洇」。 ❹水名。	（一）yān《廣韻》烏前切，平先影。又於真切。真部。 ❶沉沒；沒落。 ❷通「堙」。塞；阻。 （二）yīn《廣韻》伊真切，平淳影。 ❶液體著物向四外散開。後作「洇」。 ❷水名。

按：此字新版設置了兩個音項，並將四個義項重新歸置在兩個音項下。

五、補全讀音

新版凡例明確指出「音未詳」不再標注。若《廣韻》或《集韻》等權威韻書中未收錄則可依據其他考證成果酌收。如：

字頭	第一版	第二版
濞	音未詳。水名。	bǐ《篇海》引《搜真玉鏡》音比。水名。

六、待商榷問題

第二版還是有一些存疑的問題，有的源自學術界長期的爭論，有的來自新的研究成果，有的則可能是不同的審訂專家的不同處理方式。如：

字頭	第一版	第二版
湨	mào《類篇》眉教切。去效明。 同「涀」。大水貌。《類篇·水部》:「湨，大水皃。」按:《集韻·效韻》作「涀」。	同「涀（浣）」。大水貌。《類篇·水部》:「湨，大水皃。」按:《集韻·效韻》作「涀」。
涀	（一）mào《集韻》眉教切，去效明。 大水貌。《集韻·效韻》:「涀，大水皃。」 （二）huǎn《龍龕手鑑》胡管反。 同「澣」。《龍龕手鑑·水部》:「涀」,「澣」的俗字。	同「浣」。《龍龕手鑑·水部》:「涀，俗；澣，正；浣，通。」

按：這兩個字與其他情況不同，反而是新版刪掉了注音，無論是《集韻》注音還是漢語拼音都刪掉了。《類篇》收錄「湨，眉教切，大水皃。」《正字通》收錄「涀，莫報切，音貌，大水貌。」

第二版《大字典》在審音方面做了大量有價值的工作，除了以上提到的，還有如補全上古音，補全《廣韻》《集韻》反切，重新依韻定聲，找出現代音的中古音源，訂正字形訛誤，注音互相對照等等方面〔註 9〕，由於許多未在水部字中體現，本文暫不討論。

第三節　釋義變化

義項的建立是辭書編寫的關鍵。一部辭書的質量如何很大程度上取決於它的釋義。建立義項應該注意符合詞義的歷史性、概括性、社會性、準確簡練等要求。新版《大字典》的釋義遠比舊有辭典周備恰切，達到新的水平。

一、增加新內容

（一）增加義項（順序不變的其他義項序號順延）

汋　新版增加義項：（四）chuò《集韻》尺約切，入藥昌。〔汋約〕姿態美好的樣子。《楚辭·九章·哀郢》:「外承歡之汋約兮，諶荏弱而難持。」王逸注：「汋約，好貌。」

汎　增加（一）⑦古代指在定期考績制度外，普遍晉升官職。《通典·選舉三》:「今以汎六年昇一階，檢無僭犯，倍年成級，以此推之，明以汎代考也。

〔註 9〕具體可參見鄭曉冰《〈漢語大字典〉一二版比較研究》，福建師範大學碩士學位論文，2015，23～32 頁。

洰　增加義項（二）qú《古俗字略》強魚切。同「渠」。《古俗字略·魚韻》：
　　「洰」，同「渠」。

　　（三）jǔ　水名。《黃公說字·水部》：「洰，《水經注》齊安郡有洰水。或
　　作舉，舉州之水也。」

洴　（一）〔瀎洴〕增加 2. 水貌。《集韻·屑韻》：「瀎，瀎洴，水貌。」

泊　新版增加（一）②停放（車輛）。如：泊車。

洼　增加（一）⑤「窪」的簡化字。

洛　新版增加義項③：北宋理學以洛陽程顥、程頤為首的「洛陽學派」的簡稱。
　　明徐渭《送通府王公序》：「其他支裔不可勝數，濂洛所不敢輕，而關汾
　　所不能窺也。」

洋　增加（二）⑧古州名。西魏置，治豐寧縣（今陝西省西鄉縣西）。
　　增加（二）⑨縣名。在陝西省。明洪武三年（西元 1370 年）降洋州置。

涿　增加（一）④古邑名，即今河北省涿州市。《韓非子·有度》：「燕襄王以
　　河為境，以薊為國，襲涿、方城，殘齊，平中山。」
　　增加（一）⑥古州名。唐置，治范陽縣（今河北省涿州市）。

涔　增加（一）③水不流動。唐慧琳《一切經音義》卷六十五「涔水」：
　　「（涔），江南謂水不流爲涔。音乃點反，關中乃斬反。」

澀　新版增加音項（二）sè《龍龕手鑒》色力反。同「澀」。《龍龕手鑑·水
　　部》：「澀，俗。」《大智度論》卷五十五：「餘一切智慧皆麤澀叵樂，故
　　言微妙。」按：「澀」，聖本作「澀」。

港　增加（一）③航空港。如：飛機離港。
　　增加（一）⑤形容有香港的特色。如：她這身打扮真港！
　　增加（一）⑥姓。

溞　增加義項（二）zǎo　動物名。為淡水中常見的浮游動物，可作魚類的餌
　　料。

滎　新版增加義項（三）yíng 滎經，縣名，在四川省。

溶　增加義項⑧溶解，一種物質以分子或離子狀態均勻分散於另一種物質，
　　成為溶液的過程。

滹　新版增加（一）②〔滹沱〕水名。也作「滹池」。在河北省西部。源出山
　　西省五臺山東北泰戲山，東流入河北平原，在獻縣附近與滏陽河匯合為

子牙河。唐李頎《欲之新鄉答崔顥綦毋潛》:「寒風卷葉渡滹沱,飛雪覆地悲峨峨。」

漳 增加義項③縣名。在甘肅省東部。東漢置郭縣(亦作障縣、彰縣),明改漳縣。

漩 新版增加義項③水流旋轉貌。《文選・郭璞〈江賦〉》:「旋澴滎濚,渨灅濆瀑。」李善注:「皆波浪回旋,潰涌而起之兒也。」

潰 新版增加義項(二)huì(瘣)潰爛。如:潰膿。

(二)增加新按語

沖 字本義解釋時新版增加:按:古籍多用「沖」字,今「沖」字通行。

汔 增加:按:張涌泉《漢語俗字叢考》云:「此字當是『汽』的俗字。」

沈 chén 字形解說後增加:又:古籍中多作「沈」,今「沉」字通行。

沉 增加:按:古籍中多作「沈」,今「沉」字通行。

決 字義說解增加:按:古籍中多作「決」,今「决」字通行。

泪 增加:按:古籍中多作「淚」,今「泪」字通行。

況 字義說解後增加:按:古籍中多作「況」,今「况」字盛行。

涼 新版字形解說增加按語:古籍中多作「涼」,今「凉」字通行。

渠 新版增加:按:鄧福祿、韓小荊《字典考正》:「『渠』是『渠』的俗書異寫字,這種寫法非常普遍,而非僅見於個別詞彙的特例。」

湊 新版字義說解增加按:古籍中多作「湊」,今「凑」字通行。

減 新版增加按:古籍中多作「減」,今「减」字通行。

潭 新版增加按:此當即「潭(淳)」的譌俗字。

(三)增加條目互見

汗 新版〔可汗〕條目不再解釋,見「可(kè)」。

汝 rěn〔沴汝〕詞條改為見「沴(zhěn)」。

淊 yǎn〔潭淊〕舊版解釋:水滿。《廣韻・琰韻》:「淊,潭淊,水滿。」新版見「潭」。

潧 (三)miàn〔泫潧〕舊版:昏暗無光。新版:含混。參見「泫(xuàn)」。

溷 hún〔憝溷〕新版:見「憝」。

瀙 〔瀨瀙〕新版見「瀨」。

溁　義項一〔溁溁〕舊版詳解。新版見「溁」。

二、刪減義項

新版《大字典》在義項調整上也刪減了一些義項，水部字中如下：

汲　去掉義項④引導。《穀梁傳・襄公十年》：「汲鄭伯。」范寧集解：「汲，猶引也。鄭伯髡原為臣所弒，而不書弒，此引而致於善事。」

沐　新版刪掉義項⑤休沐。猶「休假」。《文選・沈約〈和謝宣城〉》：「晨趨朝建禮，晚沐臥郊園。」李善注：「沐，休沐也。」唐王維《酬賀四贈葛巾之作》：「早朝方暫掛，晚沐復來簪。」

洒　去掉義項（二）⑤「灑」的簡化字。

淰　去掉音項（三）nà《正字通》音納。以石壘小堤不讓水分流。《字彙・水部》：「《諸經音義》：『江南謂石水不派為淰。乃默切，音近納。關中奴感切，南上聲。』」《正字通・水部》：「淰，又合韻音納，江南謂石水不派為淰。」

渫　xiè義項（一）②去掉舊版4. 止息。《文選・曹植〈七啟〉》：「為歡未渫，白日西頹。」李善注：「《方言》曰：『渫，歇也。』」按：《方言》卷十作「泄，歇也」。錢繹箋疏：「渫，與泄同。」

湢　新版去掉義項（一）①〔湢湢〕見「湢」。

漣　新版去掉義項（一）④縣名。在江蘇省北部。

澿　去掉舊版義項②汁。《集韻・感韻》：「澿，汁也。」

三、分設義項

水　義項①新版將「又汲水。南朝梁蕭統《陶淵明傳》：『今遣此力助汝薪水之勞，此亦人子也，可善遇之。』」單列為義項⑤。其後義項排序順延。

沓　義項（一）⑤舊版：鬆懈；鬆弛。如：拖沓；疲沓。新版去掉「疲沓」。將「疲沓」單列出來作輕聲：（二）ta〔疲沓〕鬆懈拖沓。如：他做事疲沓。

沴　義項（二）zhěn〔沴冹〕舊版：濕相著；垢濁。《集韻・軫韻》：「沴，沴冹，濕相著。」清段玉裁《說文解字注・水部》：「冹，沴冹，與澱澀同。沴冹，濕相箸也，亦垢濁也。」新版分開：1. 濕物互相粘在一起。《集韻・

軫韻》：「沴，沴汋，濕相著。」2. 垢濁。也作「淟涊」。清段玉裁《說文解字注·水部》：「沴，沴汋，與淟涊同。沴汋，濕相箸也，亦垢濁也。」

湪　舊版義項①中新版分出義項②：將水果浸漬並密封使之發酵所形成的漿汁。《集韻·感韻》：「湪，汁也。」《齊民要術·作葅藏生菜》：「梨葅法：先作湪，用小梨，瓶中水漬，泥頭，自秋至春。至冬中，須亦可用……將用，去皮，通體薄切，奠之，以梨湪汁，投少蜜，令甜酢。」按：唐段成式《酉陽雜俎·酒食》載作「梨湪法」。後面刪掉「今以熱水或石灰水浸泡柿子，使之去澀味，也叫湪。」改為義項③：用熱水或石灰水浸泡柿子，使去澀味。如：湪柿子。

滯　義項（一）①舊版：凝聚；積聚；積壓。新版：凝聚；積聚。
　　義項（一）②舊版：靜止；停止。新版：停止。

四、更新義項

隨著社會的發展，許多義項中的舊有表述需要及時更新，具體到水部字中，主要包括對河流流經地的區縣等行政區劃的名稱更新，如縣級變市級等；還有相關科學名詞的定義的更新和完善等。

（一）更新並規範行政區劃命名

水　一版義項㉑：水族。我國少數民族之一，居住在貴州省。二版義項⑳：我國少數民族名。主要分布在貴州省。
　　義項⑦⑧都將「湖南省零陵縣」改為「湖南省永州市」（隋改零陵郡為永州）。
　　義項⑧將「故治在今內蒙古自治區西拉木倫河與老哈河會合處。」改為「故治在今內蒙古自治區翁牛特旗東北新蘇莫蘇木巴彥諾爾。」

汙　義項（二）yú 古水名。已湮。舊版：故道在今河南省臨漳縣西南。新版：故道在今河北省磁縣西南。

江　義項④周代諸侯國名。舊版：故址在今河南省息縣西南。新版：故址在今河南省正陽縣南。
　　義項⑤古州名。舊版：1. 晉置，轄境約當今江西全省并西延至湖北省武昌附近。後專指江西省九江一帶。新版：1. 晉置，轄境約當今江西省、福建省並湖北省長江以南、陸水以東以及湖南省春陵水中上游以東地區。

後專指江西省九江市一帶。

汲 義項⑥舊版：縣名。在河南省。新版：舊縣名。即今河南省衛輝市。

汈 舊版：古水名。在今湖北省襄陽縣。新版：古水名。在今湖北省襄樊市襄陽區。

汜 義項④舊版：水名。源出河南省方山，在滎陽縣境注入黃河。新版：古水名。源出河南省鞏義市東南，在滎陽市境注入黃河。

池 義項（一）⑩舊版：1. 池河，淮河支流，源出安徽省定遠縣西根山，後折向東北，在舊縣城附近入淮河。新版：1. 池河，淮河支流，源出安徽省定遠縣西根山，後折向東北，經明光市女山湖，至小柳巷附近入淮河。

　　義項（一）⑪：舊版：治所在今安徽省貴池（唐稱秋浦）。新版：治所在今安徽省池州市（唐稱秋浦）。

汝 義項①水名，舊版：1. 淮河支流。源出河南省魯山縣大盂山，流經寶豐、襄城、郾城、上蔡、汝南，而注入淮河。新版：1. 古水名。上游即今河南省北汝河；自郾城縣以下，故道南流至西平縣東會洭水（今洪河），又南經上蔡縣西至遂平縣東會瀙水（今沙河）；此下及南汝河及新蔡縣以下的洪河。元至正間在郾城縣堨斷南流，上游遂改道東出灄水（今沙河）入潁河，稱北汝河；下游改以汝水為源，名南汝河。明嘉靖末洭水又改道東注澧水稱為洪河，南汝遂改以瀙水為源，如今勢。

沛 義項⑫古郡名 2. 南沛郡，故治在今安徽省天長市境。改舊版的天長縣為市。

沔 義項②古州名。舊版：1. 西魏置，北周廢，故治在今湖北省漢川縣東南。1. 新版：1. 西魏置，北周廢，故治在今湖北省漢川市東南。舊版：隋置。故治即今湖北省沔陽縣。2. 新版：2. 隋置。故治即今湖北省仙桃市。舊版：唐武德四年置，後廢。故治即今湖北省武漢市漢陽區及漢陽縣地。3. 新版：3. 唐武德四年置，後廢。故治即今湖北省武漢市漢陽區。

　　義項③「縣名」改為「舊縣名」。

沭 水名。在山東省高密市。改舊版高密縣為市。

沌 （四）zhuàn〔沌水〕古水名。舊版：在湖北省。上游為東荊河，至漢陽縣沌口入江。新版：在湖北省。上游為東荊河，至武漢市蔡甸區東南沌

口入江。

沙　義項（一）⑯（原義項⑮）河流名，10. 今名大沙河，在遼東半島南部，發源於雞冠山，經復縣向南入黃海。新版改為「經瓦房店市向南入黃海」。

義項（一）⑰（原義項⑯）「州名。」改為「古州名。」1. 舊版：晉咸康元年前涼張駿置，治所在今甘肅省敦煌西，轄境相當於今甘肅安西縣及新疆維吾爾自治區吐魯番縣地。新版：晉咸康元年前涼張駿置，治所在今甘肅省敦煌市西，轄境相當於今甘肅省玉門市及新疆維吾爾自治區吐魯番市之間地。2. 舊版：南朝齊建元初置，旋入梁，改為北益州，兼置平興郡，西魏改為沙州。治所在今四川北部與甘肅交界白水江畔的白水鎮。新版：南朝齊建元初置，旋入梁，改為北益州，兼置平興郡，西魏改為沙州。治所在今四川省青川縣東北的白水鎮。3. 舊版：南朝梁置，治白沙關，在今湖北省麻城北部與河南省交界處。新版：南朝梁置，治白沙關（今湖北省紅安縣東北）。

沂　義項（一）①古水名。1. 舊版：源出山東省曲阜縣東南的尼山，西流至滋陽縣合於泗水。新版：源出山東省曲阜市東南的尼山，西流至兗州市合於泗水。2. 舊版：大沂河古又稱沂水。源出山東省的沂山，南流經沂水縣、臨沂縣、郯城縣境入江蘇省。古沂水本至邳州（今江蘇省邳縣）入泗，後泗水下遊淤塞，沂河注入江蘇省邳縣南駱馬湖。新版：大沂河古又稱沂水。源出山東省的沂山，南流經沂水縣、臨沂市、郯城縣境入江蘇省。古沂水本至邳州（今江蘇省邳州市）入泗，後泗水下游淤塞，沂河注入江蘇省邳州市南駱馬湖。書證不變。

汾　義項（一）②古州名。將舊版「后魏」改為「北魏」。「汾陽縣」改為「汾陽市」。

沈　義項（二）②shěn 西周諸侯國名。姬姓。一說姒姓。舊版：故址在今河南省汝南縣和安徽省阜陽縣之間。新版：故址在今河南省平興縣北。

沁　義項①水名。舊版：1. 源出山西省沁源縣東北縣山東谷，南流至河南省武陟縣南入黃河。新版：1. 源出山西省沁源縣北太嶽山東麓，南流至河南省武陟縣南入黃河。

泰　義項⑭十四古州名。2. 舊版：南唐置，治所在海陵（今江蘇省泰州市）。

轄境相當於今江蘇省泰州市、泰縣、如皋、泰興、興化等縣地。宋以後略小，清不轄縣。1912 年改為縣。新版：南唐置，治所在海陵（今江蘇省泰州市）。轄境相當於今江蘇省泰州市、姜堰市、如皋市、泰興市、興化市等縣地。宋以後略小，清不轄縣。1912 年改為縣。3. 舊版：遼置。治所在樂康（今吉林省洮安縣東）。金大定二十五年廢。承安二年復置，移治長春（今吉林省乾安縣北），轄境擴至今洮兒河下游地區，為當時邊防重地。金末廢。新版：遼置。治所在樂康（今吉林省洮南市東北）。金大定二十五年（西元 1165 年）廢。承安二年（西元 1197 年）復置，移治長春（今吉林省前郭爾羅斯蒙古族自治縣西北），轄境擴至今洮兒河下游地區，為當時邊防重地。金末廢。

義項⑮舊版：縣名。在江蘇省中部。漢置海陵縣，明為泰州，1912 年改為泰縣。解放後析置泰州市。新版：舊縣名。在江蘇省中部。漢置海陵縣，明為泰州，1912 年改為泰縣。1994 年改為薑堰市。

泉　增加義項⑥古州名。1. 隋開皇九年置，治原豐縣（今福建省福州市）。2. 唐景雲二年改武榮州置，治晉江（今福建省泉州市）。

泲　義項（一）④水名。舊版：在今山東省長清縣南。新版：在今山東省濟南市長清區南。

泄　義項（一）①古水名。舊版：即今安徽省六安地區的汲河。新版：即今安徽省六安市的汲河。

河　義項①黃河。我國第二大河流。舊版：上源卡日曲出青海省巴顏克拉山脈各姿各雅山麓，東流經四川、甘肅、寧夏、內蒙古、陝西、山西、河南等省區，在山東省北部入渤海。新版：上源卡日曲出青海省巴顏喀拉山脈各姿各雅山麓，東流經四川省、甘肅省、寧夏回族自治區、內蒙古自治區、陝西省、山西省、河南省等省區，在山東省北部入渤海。

義項⑤古州名。「民和縣」改為「民和回族自治縣」。

沮　義項（一）①水名。5. 舊版：源出山東省濮縣，本灘水支流，今已湮。新版：源出河南省范縣，本灘水支流，今已湮。

油　義項（一）①古水名。也作「繇」。舊版：發源於湖北五峰縣界，東流經松滋縣界，至公安縣西南油口注入長江。今其上游匯入松滋河，南流注入澧水；下游為荊江分洪區，故址已不復存。新版：發源於湖北省宜都

市西南，東流經松滋市界，至公安縣北古油口注入長江。今其上游匯入今松滋市以上稱界溪河，下游改入松滋河，公安縣境內已堙塞。

泗　義項①古水名。舊版：水名。在山東省中部。源出山東省泗水縣東蒙山南麓，西流經泗水、曲阜、兗州，折南至濟寧市東南魯橋鎮入運河。古泗水自魯橋以下又南流至江蘇省徐州市東北循淤黃河東南流至淮陰市北，注入淮河，為淮河下游一大支流。後淤廢。新版：在山東省西南部。源出山東省泗水縣東蒙山南麓，西流經泗水縣、曲阜市、兗州市，折南至濟寧市東南魯橋鎮入運河。古泗水自魯橋以下又南流至江蘇省徐州市東北循淤黃河東南流至淮安市西南，注入淮河，為淮河下游一大支流。後淤廢。

泜　古水名。即今槐河。源出今河北省讚皇縣西北（舊版是「西南」），東流折南入滏陽河。

洵　義項（一）①水名。舊版：新版：1. 源出河北省薊縣北，西南流經平穀縣南，折東南至三河縣東，至寶坻縣東北流注薊運河。1. 源出河北省興隆縣，西南流經北京市平穀區南，折東南至天津市寶坻區東北流注薊運河。

注　義項（一）⑮古地名。舊版：故址在河南省臨汝縣西。新版：故址在今河南省汝州市西。

沱　義項（一）②古水名。舊版：2. 指湖北省枝江縣百里洲北今長江正流一段，又或以為即此段至江陵縣東流，經監利縣、沔陽縣入漢之古夏水。2. 新版：2. 指湖北省枝江市百里洲北今長江正流一段，又或以為即此段至荊州市東流，經監利縣、仙桃市入漢之古夏水。

泥　義項（一）①古水名。1. 舊版：涇水支流，即今甘肅省慶陽地區的東河及其下流馬連河。新版：涇水支流，即今甘肅省元城川、柔遠河、馬蓮河。

洭　古水名。舊版：即今廣東省西北部的湟江、連江兩水，源出粵、湘交界山地，東南流經連縣、陽山縣，至英德縣連江口注入北江。又北江的清遠縣以上一段（包括溱水、滇水）也稱洭水。新版：即今廣東省西北部的湟江、連江兩水，源出廣東省、湖南省交界山地，東南流經廣東省連州市、陽山縣，至英德市連江口注入北江。又北江的清遠縣以上一段（包括溱水、滇水）也稱洭水。

洼　義項（一）④古水名。舊版「敦煌縣」，新版改為「敦煌市」。

洹　古水名。源出「林縣」改為「林州市」。

涔　義項（二）cún〔涔鄔〕同「郁鄔」。舊版：漢縣名。在今四川省宜賓縣西
　　南。新版：古縣名。西漢置，治今雲南省宣威市東北。屬犍為郡。

洌　義項③古水名。舊版：在朝鮮。新版：在今朝鮮民主主義人民共和國。
　　即今大同江。

洸　義項（一）③罡城壩改為埕城壩。

洄　義項（一）④古州名，咸寧地區改為咸寧市。
　　義項（一）⑤湖名。襄陽縣改為襄樊市襄陽區。

沶　伊縣改為伊川縣。

派　義項（三）bài 山谷名。舊版：在山西省安邑。新版：在山西省運城市安
　　邑鎮。

洮　義項（一）①1. 水名里都增加「省」。書證《水經注・河水》河水後去掉
　　二。3. 廣西全州縣西改為「廣西壯族自治區全州縣西」。
　　義項（一）②1. 舊版：故址在今山東省鄄城西。新版：故址在今河南省
　　濮陽市東南。2. 舊版：故址在今山東省泗水縣境。新版：故址在今山東
　　省寧陽縣東北。
　　義項（二）yáo 湖名。地名都增加「市」。

洛　水名。義項①1. 地名增加「縣」。3. 舊版：發源於陝西省雒南縣華山東
　　麓，東南流經河南省盧氏縣，折向東北，經偃師縣至鞏縣洛口入黃河。
　　新版：發源於陝西省洛南市華山東麓，東南流經河南省盧氏縣，折向東
　　北，經偃師市至鞏義市洛口入黃河。

洺　義項①水名。北折北匯入滏陽河改為「北澧河」。

洨　義項①水名。1. 舊版：古汶水發源於河北省井陘縣，新版：古汶水發源
　　於河北省鹿泉市南，2. 舊版：在安徽省宿縣靈璧一帶。新版：在安徽省
　　靈璧縣一帶。《水經注・淮水》引舊版（在今宿縣南三十六里），新版：
　　（在今宿縣南）。

洣　水名。舊版：源出湖南省桂東縣北境，西北流至衡山縣洣河鎮入湘江。
　　新版：源出湖南省炎陵縣南境，西北流至衡東縣境入湘江。

津　義項⑩枝江縣境內改為枝江市西。

涇　義項（一）②古州名。舊版：故地在今甘肅省涇川縣。新版：轄境約今
　　寧夏回族自治區涇源，甘肅省平涼、華亭、崇信、涇川、靈臺，陝西省
　　彬縣、旬邑、永壽等市縣及甘肅省鎮原縣部分地區。

涅　義項⑧2. 舊版：今河南省鎮平縣之趙河。新版：今河南省西南部之趙
　　河。

浩　義項（一）⑧3. 舊版：今四川省茂汶羌族自治縣境。新版：今四川省茂
　　縣境。
　　義項（三）舊版：1. 至民和縣享堂入湟水。新版：至民和回族自治縣享
　　堂入湟水。2. 舊版：故城在今甘肅省樂都縣東。新版：故城在今甘肅省
　　永登縣西南大通河東岸。

海　義項⑭古州名。舊版：即今江蘇省連雲港市。新版：轄境相當於今江蘇
　　省連雲港、東海、沭陽、贛榆、灌雲、灌南等市縣及新沂、濱海部分地
　　區。

涂　義項（一）①水名。1. 舊版：即今雲南省牛欄江。發源於尋甸回族彝族
　　自治縣，北流至威寧折向西北，至魯甸縣注入金沙江。新版：即今雲南
　　省牛欄江。發源於嵩明縣，北流至貴州省威寧彝族回族苗族自治縣折向
　　西北，至雲南省魯甸縣注入金沙江。2. 榆次縣改為榆次市。
　　義項（二）水名。舊版：至江蘇省六合縣，新版：江蘇省南京市六合區。
　　義項（三）蒙古人民共和國改為蒙古國。

浣　義項⑤舊版：江名。新版：古水名。諸暨縣改為諸暨市。

浪　義項（二）⑮舊版：州名。新版：古州名。

涌　義項（一）⑥舊版：約在今湖北省監利縣境。新版：約起今湖北省荊州
　　市沙市區南，分江水東流，下流仍入長江。

浚　義項（一）㊀〔浚稽〕古山名。舊版：約在蒙古人民共和國圖拉河與鄂
　　爾渾河間。新版：即今蒙古戈壁阿爾泰山脈中段。
　　義項（二）縣名。舊版：在今河南省安陽地區。新版：在今河南省。

清　義項（一）㉗3. 山東省長清東南改為山東省濟南市長清區東南。5. 河南
　　省中牟縣改為河南省中牟縣西南。
　　義項（一）㉘4. 四川省開縣境改為重慶市開縣境。

淩　義項②古縣名。舊版：在今江蘇省宿遷縣東南五十里。新版：在今江蘇

省泗陽縣西北。

淇 義項①1. 水名。舊版：古為黃河支流，自其發源地河南省林縣東南曲折
流至今汲縣東北淇門鎮南入黃河。新版：古為黃河支流，自其發源地河
南省林州市東南曲折流至今衛輝市東北淇門鎮南入黃河。

淅 義項④舊版：轄今河南省商縣、西峽、淅川、內鄉等縣境。新版：轄今
河南省西峽縣、淅川縣、內鄉縣等縣境。

涿 義項（一）⑤（舊版義項④）古郡名　舊版：相當於今北京市房山縣以
南，河北省易縣、清苑以東，安平、河間以北，霸縣、任丘以西地區。
隋代以後，相當於今北京市通縣、昌平西南，河北省霸縣和天津市以北，
涿縣、琢鹿以東地區。新版：相當於今北京市房山區以南，河北省易縣、
清苑縣以東，安平縣、河間市以北，霸州市、任丘市以西地區。隋代以
後，相當於今北京市通州區、昌平區西南，河北省霸州市和天津市以北，
涿州市、琢鹿縣以東地區。

義項（一）⑦（原義項⑥）縣名改為舊縣名。

渠 義項（一）⑥水名。1. 舊版：渠江，在四川境內。古稱宕渠丞。上源集
川、陝兩省邊境米倉山、大巴山諸水，西南流至三匯始稱渠江，又流經
渠縣、廣安等縣，至重慶合川縣匯入嘉陵江。新版：渠江，在四川省中
部和重慶市北部。古稱宕渠丞。上源集川、陝兩省邊境米倉山、大巴山
諸水，西南流至三匯始稱渠江，又流經四川省渠縣、廣安等縣市，至重
慶合川市匯入嘉陵江。2. 舊版：渠水，在湖南省靖縣境內。一名渠河。
新版：渠水，在湖南省靖州苗族侗族自治縣境內。一名渠河。

淠 義項（一）①2. 舊版：在安徽省西部，又名沘水。源出霍山縣南，北流
經六安縣市，至正陽關入淮河。新版：在安徽省西部，又名沘水。源出
大別山，北流經霍山六安等縣市，至正陽關入淮河。

淦 義項（一）⑦源出清江縣改為源出樟樹市。

涼 義項（一）⑩古州名。舊版隴縣（今甘肅省清水縣北），新版：隴縣（今
甘肅省張家川回族自治縣。）

義項（一）⑪山名。2. 舊版：在雲南省雙江縣西北，新版：在雲南省雙
江拉祜族佤族布朗族傣族自治縣西北。

涪 義項（一）①水名。舊版：在四川省中部，源出松潘縣，東南流經平武、

綿陽、三臺、遂寧、潼南縣，至合川縣入嘉陵江。新版：在四川省中部和重慶市北部，源出九寨溝縣南，東南流經平武縣、江油市、綿陽市、三臺縣、射洪縣、遂寧市、潼南縣，至重慶合川市入嘉陵江。

義項（一）②古州名。舊版：故治所在今四川省涪陵縣。新版：故治所在今重慶市涪陵區。

淯　義項①水名。舊版：源出河南省嵩縣西南功離山，東南流經南召、南陽諸縣，入湖北襄陽縣會唐河入漢水。新版：源出河南省嵩縣西南伏牛山，東南流注鴨河口水庫，折向南流，入湖北省襄樊市襄陽區會唐河入漢水。

漢　水名。舊版：在湖北省荊門縣境內。新版：源出湖北省荊門市南，南流入荊州市長湖之橋河。

瀎　今大渡河改為今四川省大渡河。

港　義項（一）④（原義項③）舊版：我國香港的簡稱。新版：香港特別行政區的簡稱。

湖　義項②吳興縣改為湖州市。

義項③靈寶縣西改為靈寶市西北。

義項④靈寶縣改為靈寶市。

湳　義項①　內蒙古自治區伊克昭盟改為內蒙古自治區鄂爾多斯市。

湘　義項①　水名。舊版：源出廣西壯族自治區興安縣海陽山西麓。東北流貫湖南省東部，經衡陽、湘潭、長沙等市，至湘陰縣豪河口入洞庭湖。新版：源出廣西壯族自治區興安縣海洋山西麓。東北流貫湖南省東部，經衡陽市、湘漳市、長沙市等市，至湘陰縣蘆林潭入洞庭湖。

義項③　古州名。新版在「晉永嘉初置」後增加「治今湖南省長沙市」

渤　義項②海名。舊版：為我國內海，在今遼寧、河北、山東三省間。東以遼東半島南端老鐵山至山東半島北岸登州角間的渤海海峽同黃海相通。新版：為我國內海，在今遼寧省、河北省、山東省、天津市三省一市間。東以遼東半島南端老鐵山角至山東半島北岸蓬萊角間的渤海海峽同黃海相通。

義項③古州名。長春市改為吉林省長春市。

滇　水名。舊版：在廣東省境內。源出南雄縣東北大庾嶺，西南流經始興縣，

至曲江縣與武水匯合。新版：廣東省北江的東源。源出江西省信豐縣大茅山，在廣東省韶關市與武江匯合。

湯　義項（一）⑦古州名。1. 舊版：唐置，轄境在今越南民主共和國的諒山、朗高、鴻基之間地區。新版：唐置，轄境在今越南的諒山、朗高、鴻基之間地區。2. 舊版：唐渤海置，金廢。故治在今遼寧省遼中縣東北。新版：唐渤海國置，金廢。故治在今吉林省敦化市西北。

　　義項（二）⑧ 昌平縣改為昌平區。

溫　義項（一）① 3. 舊版：在今四川省溫江縣。新版：在今四川省成都市溫江區。

　　義項（一）⑪ 地名加「市」「縣」。

渭　義項②古州名。1. 隴西縣西南改為隴西縣東南。2. 平涼縣改為平涼市。3. 舊版：遼置，在今遼寧省黑山縣境。新版：遼置，治今遼寧省彰武縣。

渾　義項（一）⑫河名。3. 即小遼河。舊版：遼河最大的支流，發源於遼寧省東部清原縣東龍崗山脈，向西南流至遼陽市北，匯太子河後入遼河。新版：遼河最大的支流，發源於遼寧省東部清原滿族自治縣東滾馬嶺，向西南流至海城市，匯太子河後入遼河。4. 渾江，又名佟家江，舊版：源出吉林省龍崗山脈，經渾江市、通化市、桓仁流入鴨綠江。新版：源出吉林省白山市北哈爾雅範山，經白山市、通化市、遼寧省桓仁滿族自治縣等地，在集安市境流入鴨綠江。

湍　義項（二）水名。舊版：源出河南省內鄉縣熊耳山，東南流至新野縣入淯水。新版：白河支流。源出河南省內鄉縣天寶寨山東麓，東南流至新野縣入白河。

滑　義項（一）⑬ 偃師縣南改為偃師市西南。

　　義項（一）⑯ 2. 舊版：當在今安徽省巢縣與無為之間。新版：當在今安徽省巢湖市與無為縣之間。

湟　義項（一）①水名。2. 舊版：源出連縣北部。新版：源出連州市北部。

渝　義項⑥古水名。2. 舊版：即今四川省渠縣之流江溪。新版：即今四川省南江及其下游渠江。

　　義項⑦古州名。舊版：隋開皇間改楚州為渝州，宋改置重慶府。新版：隋開皇間改楚州為渝州，治巴縣（今重慶市巴南區）。

溢 義項（一）③水名。舊版：又名盆水。今名龍開河。源出江西省瑞昌縣
　　西清溢山，東流至九江市，名溢浦港，北入長江。入江處稱溢口。新版：
　　又名盆水。今名龍開河。源出江西省瑞昌市西南青山，東流至九江市西，
　　北入長江。入江處稱溢口。

渡 義項⑤古州名。舊版：約在今廣西壯族自治區西南大新、崇左、龍州等
　　縣間。新版：約在今廣西壯族自治區西南大新縣、崇左市江州區、龍州
　　縣等地。

湔 所有的灌縣改為都江堰市。

溉 義項（一）③水名。濰縣改為濰坊市。

湋 義項③水名。舊版：源出陝西鳳翔縣西北雍山下。東南流經岐山、扶風
　　入渭水。新版：源出陝西省岐山縣東北湋谷。東南流，至扶風縣西、岐
　　山縣東入雍水，又東南會入渭水。

湑 義項（二）舊版：同「壻」。水名。源出陝西省佛坪縣，西流經秦嶺之麓，
　　折東南經城固縣入漢水。下游有湑惠渠工程。新版：水名。源出陝西省
　　秦嶺南坡，經太白縣、洋縣，南流至城固縣入漢水。下游有湑惠渠。

滁 義項①水名。舊版：經滁縣至江蘇省六合縣注入長江。新版：經滁州市
　　至江蘇省南京市六合區注入長江。
　　義項②古州名。舊版：在安徽省境內。新版：隋初改南譙州置，治所新
　　昌（後改清流，即今安徽省滁州市）。

滎 義項（一）④舊版：在今河南省鄭州市滎陽縣境，後周時置。新版：在
　　今河南省滎陽市境，北周時置。

溱 義項（一）①古水名。2. 舊版：源出河南省密縣東北，新版：源出河南
　　省新密市東北，3. 泌陽縣改為泌陽市。
　　義項（一）②古州名。舊版：在今四川省綦江縣南，與貴州省桐梓縣接
　　界。新版：唐置，治所在今重慶市綦江縣南。

溹 義項（一）②水名。今稱索河，舊版：源出河南省滎陽縣南，後流入賈
　　峪河。新版：源出河南省滎陽市南，後流入賈魯河。

漣 義項（一）義項③水名。2. 在湖南省中部，舊版：源出新邵縣，東流經
　　湘乡，至湘潭市注入湘江。新版：源出新邵縣觀音山西南麓，流經漣源
　　市、湘乡市等縣市，至湘潭市注入湘江。

滆 湖名。舊版：在江蘇省南部宜興、武進兩縣間。新版：在江蘇省南部宜興市、常州市武進區境內。

溧 高淳縣改為江蘇省高淳縣。

溳 義項（一）水名。溳水又名溳川。舊版：源出湖北省隨州的大洪山，北流繞經隨州折向南，經安陸到漢陽新沟入漢水。新版：源出湖北省隨州市的大洪山，北流繞經隨州市折向南，經安陸市到武漢市西新溝入漢水。

溪 義項②古州名。舊版：在湖南省境內。新版：治所在今湖南省永順縣東南。

滄 義項③水名。懷來縣改為河北省懷來縣。

義項④古州名。舊版：治所在今河北省鹽山縣與山東省樂陵縣之間。唐至元因之，治所向北移至今河北省滄州市。新版：北魏置，治所在今河北省鹽山縣西南。唐移治今河北省滄縣東南，元移治今河北省滄州市。

滃 義項（一）③舊版：浙江省定海縣滃洲的簡稱。新版：浙江省舟山市定海區滃洲的簡稱。

滈 義項（一）③古水名。舊版：在今山西省戶縣與長安縣境。新版：在今山西省西安市。

義項（一）④同「鎬」。古地名。舊版：在今陝西省長安縣境，為周初舊都。新版：在今陝西省西安市長安區境，為周初舊都。

潞 通縣均改為通州區。

漢 義項（一）⑩2. 四川省成都市北的廣漢縣改為四川省廣漢市。3. 湖北省襄陽西北改為湖北省襄樊市襄陽區西北。

滿 義項（一）⑬我國少數民族名。新版增加：主要分佈在遼寧及黑龍江、吉林、河北、內蒙古、北京等地。

漆 義項（一）①古水名。2. 邠縣改為彬縣。3. 耀縣改為銅川市耀州區。

義項（一）②地名。1. 鄒縣改為鄒城市。

漊 義項（三）鶴峰縣改為鶴峰土家族自治縣。

潩 水名。舊版：一名清流水，今稱清潩河，發源於河南省密縣東南大隗山，東南流經新鄭縣，經長葛縣，南入潁河。新版：一名清流水，今稱清潩河，發源於河南省新密市東南大隗山，東南流經新鄭市，經長葛市，南

入潁河。

漯　義項（二）〔漯河〕解放後設市改為1948年設市。

濱　義項（一）①水名。巴中改為巴中市巴州區。

澪　義項（二）江蘇省吳縣西北改為江蘇省蘇州市吳中區西北。

漳　林縣均改為林州市。江陵縣改為荆州市。漳浦縣改為雲霄縣。

漾　義項①四川省重慶市改為重慶市。

演　義項（一）⑪古州名。舊版：在今越南社會主義共和國河內南部。新版：治今越南義安省演州縣。

潖　水名。舊版：源出廣東省佛岡縣，西南流注入北江。新版：源出广東省佛冈縣西南，流注入北江。

漖　義項（三）地名、水名用字。舊版：今廣西壯族自治區東興各族自治縣濱海處有漖尾，富川縣舊有漖源。新版：今廣西壯族自治區防城港市濱海處有漖尾，富川瑤族自治縣舊有漖源。

潛　義項⑬水名。1. 潛江縣改為潛江市。2. 今四川省的渠江改為今四川省中部和重慶市北部的渠江。

　　義項⑭春秋時魯地名。舊版：在今山東省濟寧市西南喻屯一帶。新版去掉「喻屯一帶」。

潕　水名。2. 舊版：經芷江，至黔陽縣。新版：經芷江，至湖南省洪江市。

潘　義項（一）③山名。茂名市改為高州市。

　　義項（一）④古州名。1. 茂名市改為高州市。2. 舊版：在今四川省松潘縣。新版：在今四川省若爾蓋縣。

潤　義項⑪古州名。2. 舊版：故城在今秦皇島市西北郊。新版：故城在今河北省撫寧縣東北。

澧　義項①水名。2. 舊版：發源於湖南省西北與湖北省鶴峰縣交界處，向東南流經桑植，再向南向東經大庸、慈利、石門、澧縣、津市市、再向南流入七里湖。新版：發源於湖南省桑植縣北東流經張家界市、慈利縣、石門縣、澧縣、津市市、安鄉縣等地，注入洞庭湖。

　　義項②古州名。大庸改為桑植縣。

澤　義項（一）⑮舊版州名。新版古州名。2. 舊版：遼置，轄境在今河北省平泉縣，治所在今平泉縣南。新版：遼置，治所在今河北省平泉縣南。

澴　義項（一）①水名。舊版：源出河南省信陽縣南，南流經湖北省應山，孝感等縣市，至武漢市入長江。新版：溳水支流。源出河南省信陽市南，南流入湖北省大悟縣，至孝感市西南注入溳水。

濁　義項①水名。1. 舊版：源出山東省益都縣西南，北流注入小清河。新版：源出山東省青州市西南，北流注入清水泊。2. 舊版：即今甘肅省境內的白水江，源出甘肅省西和縣，故道流經成縣，至陝西省略陽縣入西漢水（嘉陵江），今改在成縣南入黑峪河。新版：即今甘肅省境內的白水江，源出甘肅省成縣西北，東經縣南至徽縣南入嘉陵江。4. 鞏縣改為鞏義市。5. 湘、贛改為湖南省、江西省。

澮　義項（二）①2. 澮河。舊版：在安徽省北部，上游為東沙河和包河，在臨渙匯合後，向東南流經固鎮、連城，又向東流至五河縣北與沱河匯合，最後流注洪澤湖。新版：在安徽省北部，上游為東沙河，源出河南省商丘市北，東南流經安徽省五河縣，匯沱河後，流入江蘇省，經峰山切嶺，入窯河、下草灣引河，注入洪澤湖。

濱　城步縣改為城步苗族自治縣。

灅　水名。舊版：約在今河北省定線、曲陽等縣境內。新版：約在今河北省定州市境內。

（二）完善科學定義

汞　定義增改為「一種金屬元素，符號 Hg，原子序數 80，通稱水銀。常溫下呈銀白色液態，易流動，能溶解金、銀、錫、鉀、鈉等。可用來製鏡子、溫度計、氣壓計、水銀燈等，還是製殺蟲藥的原料。」

泵　bèng 英語 pump 的音譯字。舊版：吸入和排除流體的機械，能把流體抽出或壓入容器，也能把液體提送到高處。新版：增加流體的壓力並使之流動的機械，能把流體抽出或壓入容器，也能把液體提送到壓力、位置較高或位置較遠的地方。

淬　義項（一）②舊版：金屬製品熱處理方法，可使金屬獲得某種特殊性能。通常是將金屬製品加熱到一定溫度，然後浸入水或油裏，急速冷卻，使之硬化。也作「焠」。新版：金屬與玻璃的一種熱處理方法，可使金屬或玻璃獲得某種特殊性能。通常是將工件加熱到一定溫度，然後浸入水或油裏，急速冷卻，使之硬化，稱為淬火（玻璃淬火又稱鋼化）。也作「焠」。

潯 義項（一）⑤量詞。舊版：海洋測量中計量水深的專用單位。1潯＝1.852米。新版：海洋測量中計量水深的專用單位「海尋」的舊稱。

（三）修改重擬義項

林 義項（二）灘磧相湊之處。舊版：長江自嘉州至荊門灘間有地名石桅林、折桅林。新版：長江有地名石桅林、折桅林。

沙 義項（一）⑤顆粒鬆散。舊版「又指多沙粒的東西。如：豆沙；鐵沙。」新版：「又指似沙粒的東西。如：豆沙；鐵沙。」

沂 義項②舊版：崖岸。新版：水邊。

沈 義項（一）⑬舊版：中醫學脈象之一，指脈搏隱伏。新版：中醫脈象，指脈搏隱伏。

法 義項⑪相法，即通過人的形貌特徵以推知命運吉凶的一種方術。新版「方術」前去掉「迷信」二字。

油 字義解說按語舊版：段玉裁注：「俗用為油膏字。」新版：按：段玉裁改「南」為「北」，並注：「俗用為油膏字。」

洪 義項⑧舊版：中醫脈象名。新版：中醫脈象，指脈搏如洪波洶涌，來盛去衰。

沊 舊版：《廣韻》即夷切，平脂精。〔具沊〕山名。約在河南省滎陽一帶。《廣韻·脂韻》：「沊，具山，在滎陽。沊出《山海經》。」按：今本《山海經》無此山。

新版：《廣韻》即夷切，平脂精。沊〔具〕同「具茨」。古山名。在今河南省禹州市北。《集韻·脂韻》：「沊，具沊，山名，在滎陽。或作茨。」按：《莊子·徐無鬼》：「黃帝將見大隗乎具茨之山。」

涔 義項（一）②舊版：路上的積水。新版：路上牛蹄跡中的積水。

義項（一）⑥舊版：地名。新版：〔涔陽〕古地名。

涌 義項（一）②舊版：象水升騰那樣冒出，升起。新版：像水升騰那樣冒出，升起。象改為像。

滓 義項①〔滓溟〕1. 舊版解釋：自然之氣混茫貌。新版：天地未形成時的自然之氣，指宇宙混茫狀態。

湅 義項（一）①練絲，舊版：煮絲使成熟絲。新版：把生絲或織品煮得柔

軟潔白。

減　義項（二）②舊版：數學的運算方法之一，即計算兩數之差的方法。新版：數學的運算方法，即計算兩數之差。

滑　義項（一）③舊版：中藥。滑石。新版：滑石，一種中藥。

　　義項八例詞舊版：滑翔；在跑道上滑行。新版：滑翔；滑行。

溲　義項（二）④2. 舊版：壞；不高明。新版：不高明的。

渼　義項②增加〔渼陂〕。

溴　義項（二）一種非金屬元素，新版增加了「原子序數35」「（新拉 bromium）」。

溢　義項⑪量詞。1. 古容量單位。新版刪掉「約今之二市兩。」

溟　義項（二）〔溟涬〕1. 混茫狀態改為混沌狀態。

涵　舊版：同「涵」。水澤多。新版去掉「水澤多」。

漕　義項（一）①舊版：水道運糧，也指水運他物。新版：通過水道運輸（糧食或其他物資）。

漂　義項（三）③舊版：落空；將要成功的事，突然失敗。新版：落空，將要成功的事突然不成功。

　　義項（三）④舊版：「漂賬」的省稱。不付所欠的賬。新版：漂賬，不付所欠的賬。

潰　義項（二）舊版：噴水；水噴出。新版：（水）噴出。

潦　義項（四）①〔潦冽〕舊版：寒氣。新版：寒冷。

潰　義項（一）③舊版：散溢，亂流。新版：溢出，亂流。

瀹　義項②舊版：用沸水泡（茶）。猶今「沏」。新版：沏，用沸水泡「茶」。

濁　義項④舊版：平庸；庸俗。新版：平庸。

　　義項⑤舊版：品行壞，貪鄙，卑劣。新版：品行壞；貪鄙。

五、調整義項順序

新版還有一些字的個別義項的順序進行了調整，具體到水部如下：

沌　義項（一）③、③順序調換。

沙　原義項（一）⑳「聲音嘶啞」，提前至義項⑩。

潦　新版義項（四）③和④順序調換。且③增加（又讀 liào）。

六、溝通字際關係

永　二版去掉拼音，改為「流」的異體字。一版：「《改併四聲篇海‧一部》
　　引《類篇》：「永，音流。」《字彙補‧水部》：「永，力求切，音流。出《西
　　江賦》。」」二版：「同「流」。《改併四聲篇海‧一部》引《類篇》：「永，
　　音流。」《古俗字略‧尤韻》：「永」，「流」的古字。」」

枛　新版改為「同「汎」。」去掉「《字彙補‧水部》：「枛，音汎。見《篇
　　韻》。」」增加「《直音篇‧水部》：「枛，汎同。水貌。」」

汇　「匯」的簡化字。改為「匯」、「彙」的簡化字。

汋　義項（五）舊版義項（四）：用同「爍」。《敦煌曲子詞‧浪濤沙》滿眼
　　風波多陝汋，看山恰是走來迎。」按：陝汋，即「閃爍」。新版：〔陝汋〕
　　同「閃爍」。《敦煌曲子詞‧浪濤沙》滿眼風波多陝汋，看山恰是走來迎。」

沌　義項（一）②舊版義項（一）③：同「忳」。愚昧無知貌。新版：〔沌沌〕
　　也作「忳忳」。愚昧無知貌。

泲　舊版：jié《改併四聲篇海‧水部》引《搜真玉鏡》：「泲，子泄切。」
　　新版：同「沙」。《改併四聲篇海‧水部》引《搜真玉鏡》：「泲，子泄切。」
　　按：張涌泉《漢語俗字叢考》云：此字「為『沙』字的俗寫」。

洄　舊版：同「硇（碯）」。《廣韻‧肴韻》：「洄，洄沙，藥名。」《集韻‧爻
　　韻》：「囟，囟沙，藥石。或作洄、硇。」《字彙補‧水部》：「洄，與硇
　　同。」
　　新版：náo《廣韻》女交切，平肴娘。〔洄沙〕同「硇沙」。《廣韻‧肴韻》：
　　「洄，洄沙，藥名。」《集韻‧爻韻》：「囟，囟沙，藥石。或作洄、硇。」
　　《字彙補‧水部》：「洄，與硇同。」

浮　舊版：同「漙」。新版：〔浮池〕同「漙池」。即「漙沱」。水名。

淬　舊版：〔淬妃〕硯神。《字彙補‧水部》：「淬，音未詳。《談薈》：『硯神曰
　　淬妃。』」
　　新版：「淬」的訛字。《字彙補‧水部》：「淬，音未詳。《談薈》：『硯神曰
　　淬妃。』」按：《說郛》卷三十一引《致虛雜俎》：「硯神曰淬妃。」《玉芝
　　堂談薈》誤引作「淬妃」。

洳　舊版：jù《集韻》將豫切，去御精。
　　濕；濕潤。《玉篇‧水部》：「洳，溼也。」《集韻‧御韻》：「洳，洳洳，

浸潤也。」

澤名。《集韻·御韻》:「洳,澤名。」

新版:jǔ《廣韻》將預切,去御精。

同「沮」。濕;濕潤。《玉篇·水部》:「洳,溼也。」《廣韻·御韻》:「沮,沮洳,漸濕。亦作洳。」

澤名。《集韻·御韻》:「洳,澤名。」

洞　舊版:雨貌。新版:同「沰」。滴。

澎　舊版:shā《改併四聲篇海·水部》引《奚韻》所加切。〔澎石〕古地名。《改併四聲篇海·水部》引《奚韻》:「澎,澎石,地名。見《漢書》。」《字彙補·水部》:「澎,澎石,漢時地名。」

新版:「砂」的訛字。《改併四聲篇海·水部》引《奚韻》:「澎,澎石,地名。見《漢書》。」《字彙補·水部》:「澎,澎石,漢時地名。」張涌泉《漢語俗字叢考》:「考《史記·絳侯周勃世家》、《漢書·周勃列傳》皆云:『後擊韓信軍於澎石,破之。』『澎』當是『砂』字之訛。」

溗　舊版:sù《改併四聲篇海·水部》引《類篇》音速。雨聲。《改併四聲篇海·水部》引《類篇》:「溗,雨聲也。」

新版:同「涑」。《改併四聲篇海·水部》引《類篇》:「溗,雨聲也。」張涌泉《漢語俗字叢考》:「今本《類篇》未見『溗』字,『溗』當是『涑』的訛俗字。」

溉　義項(二)舊版:同「灌」。新版:〔沆溉〕同「沆瀣」。

澄　〔澄澄〕舊版:1. 同「皚皚」。也作「潅澄」。潔白貌。新版去掉同「皚皚」。

涮　舊版:jiāo《龍龕手鑑·水部》:「涮,俗音交。」《字彙補·水部》:「涮,義未詳。」

新版:同「洨」。朝鮮本《龍龕手鑑·水部》:「涮」,同「洨」。

瀧　舊版:néng《集韻》奴登切,平登泥。古水名。《玉篇·水部》:「瀧,水。」《集韻·登韻》:「瀧,水名。」

新版:同「灖」。《龍龕手鑑·水部》:「灖,正;瀧,通。百買反。水名。」

滅　舊版:zāng《龍龕手鑑》則郎反。水名。《龍龕手鑑·水部》:「滅,水也。」

新版：同「臧」。《可洪音義》卷二十八《辯正論》第六卷音義：「臧競，上子郎反。」又卷二十九《弘明集》第十一卷音義：「臧民，上子郎反。」按：今對應經文「臧」字作「臧」。

涀 新版：增加同「涀（涎）」。增加按：唐慧琳《一切經音義》卷四十九：「涎，史籀大篆作涀。」王仁昫《刊謬補缺切韻·旱韻》：「侃，正作侃。」《龍龕手鑑》「音延」當作「音涎」。

滐 舊版：càn《改併四聲篇海·水部》引《川篇》音璨。清貌。《改併四聲篇海·水部》引《川篇》：「滐，清兒。」

新版：同「澯」。《改併四聲篇海·水部》引《川篇》：「滐，清兒。」按：張涌泉《漢語俗字叢考》：「此字當為『澯』的俗字。」

潜 同「潛」。舊版：按：今為「潛」的簡化字。新版：按：古籍中多作「潛」，今「潜」字通行。

濍 舊版：sōng《字彙補》先公切。水聲。《字彙補·水部》：「濍，水聲也。」

新版：同「漎」。《改併四聲篇海·水部》引《川篇》：「濍，先公切。水聲也。」按：濍、漎音義相同，「濍」字右形當即「漎」字右形的俗寫。

七、音項和義項相配合

洓 新版將「水有所敗。」義項重新劃分出一個音項shòu《集韻》所救切，去宥生。水有所敗。《集韻·宥韻》：「洓，水有所敗。」舊版這個義項也歸入shù音中。

渾 新版和舊版音項和義項的配合調整了。

舊版：（一）hún　①水漬涌聲。②渾濁，污濁。③混合；合為一體。④全，滿，整個。⑤副詞。⑥河名。⑦我國古代少數民族吐谷渾的省稱。⑧姓。

（二）hùn[4]　①同「混」。②大。③盛。④糊塗，不明事理。⑤質樸；自然。⑥純，無雜質。⑦我國古代天體學說之一。⑧逗趣的，開玩笑的。

新版：（一）hún　①水漬涌聲。②渾濁，污濁。③混合；合為一體。④糊塗，不明事理。⑤質樸；自然。⑥純，無雜質。⑦我國古代天體學說之一。⑧全，滿，整個。⑨大。⑩盛。⑪副詞。⑫河名。⑬我國古代少數民族吐谷渾的省稱。⑭姓。

（二）hùn ①同「混」。②逗趣的，開玩笑的。

澎 音項和義項的對應調整了。

舊版：（一）pēng《廣韻》撫庚切（《集韻》披庚切），平庚滂。

義項①〔澎濞〕或作「澎湃」。義項②濺。

（二）péng《廣韻》薄庚切，平庚並。

義項①古縣名。義項②水名。

新版：（一）pēng 濺。

（二）péng² ①（又讀 pēng）《廣韻》撫庚切（《集韻》披庚切），平庚滂。

〔澎湃〕也作「澎濞」。

②《廣韻》薄庚切，平庚並。

義項①古縣名。義項②水名。

溠 舊版：（一）zhè《廣韻》直炙切，入昔澄。又《集韻》治革切。同「澶」。水稍滲入土。

（二）zhì《廣韻》知義切，去寘知。水名。

新版：zhì《廣韻》知義切，去寘知。又直炙切。

義項①水稍滲入土。

義項②水名。

八、改動較大

前面提到的方面可以說都是在第一版的基礎上進行的改善，不屬於大的改動。但也還有一部分字的義項改動比較大，有的還進行了重新考釋。這都是吸收了學界新的研究成果。具體改變如下：

汞 舊版：kè《改併四聲篇海·水部》引《搜真玉鏡》：「汞，音克。」《字彙補·水部》：「汞，苦格切。見《篇韻》。」

新版：同「尅（剋）」。《改併四聲篇海·卜部》引《龍龕手鑑》：「汞，衆，二古文尅字。」

汧 重新考釋的。新版從新增加了石鼓文、陶文、說文小篆等字形。義項也跟舊版完全不同。

泫 除了（一）hù，（二）（三）（四）新版全改：

（二）chí《龍龕手鑑》音遲。同「泜」。《龍龕手鑑・水部》：「泫」，同「泜」。

（三）hé《廣韻》下各切，入鐸匣。同「涸」。《集韻・鐸韻》：「泫」，同「涸」。

（四）hú《篇海類編》洪孤切。同「洿」。《篇海類編・地理類・水部》：「泫，漫泫，水皃。」按：《集韻・模韻》字作「漫洿」。

舊版：

（二）chí《改併四聲篇海》引《俗字背篇》音遲。水名。《改併四聲篇海・水部》引《俗字背篇》：「泫，水名。」

（三）hé《篇海類編》下各切。水乾枯。《篇海類編・地理類・水部》：「泫，水竭也。」

（四）hú《篇海類編》洪孤切。〔漫泫〕水貌。《篇海類編・地理類・水部》：「泫，漫泫，水皃。」

泐　舊版：（一）lì《廣韻》林直切，入職來。水凝合貌。《廣韻・職韻》：「泐，水凝合皃。」（二）lè《篇海類編》歷德切。同「泐」。《篇海類編・地理類・水部》：「泐，與泐同。」

新版：去掉了義項（一），也改了（二）的出處。

lè《龍龕手鑑》音勒。同「泐」。凝合。《龍龕手鑑・水部》：「泐，或作；泐，正。凝合也。」

泎　舊版：yā《集韻》乙甲切，入狎影。〔泎洭〕下濕。《集韻・狎韻》：「泎，泎洭，下濕。」

新版：同「浹」。《龍龕手鑑・水部》：「泎，胡甲反。」又《氵部》：「泎，胡甲反。正作浹。」鄧福祿、韓小荊《字典考正》：「『押』、『冲』音同形近，當是一字之變。」《大智度論》卷十六：「摳波羅獄中，凍冰浹（石本作『泎』）渫，有似青蓮花。

洰　舊版：地名用字。清顧炎武《天下郡國利病書・北直二・關支》：「興州後屯前屯二衛洰石倉，義穀吳家橋二倉。」

新版：同「汗」。《可洪音義》卷十四《正法念處經》第三十五卷音義：「流洰，寒案反。正作汗。」鄧福祿、韓小荊《字典考正》：「今《大正藏》對應經文正作『流汗』。」也用作地名用字。清顧炎武《天下郡國

利病書・北直二・關支》:「興州後屯前屯二衛潯石倉,義穀吳家橋二倉。」

洉　舊版:(一)mào《類篇》眉教切。去效明。大水貌。《集韻・效韻》:「洉,大水皃」

　　(二)huǎn《龍龕手鑒》胡管反。同「澣」。《龍龕手鑒・水部》:「洉」,「澣」的俗字。

　　新版:同「浣」。《龍龕手鑒・水部》:「洉,俗;澣,正;浣,通。」

洭　舊版:kuáng《集韻》渠王切,平陽羣。水貌;水溢貌。《集韻・陽韻》:「洭,水皃。」《正字通・水部》:「洭,水溢貌。」

　　新版:同「汪」。《經律異相》卷四十八王舍城東南嶼有一洭水。」按:宋、元、明、宮本作「汪」。鄧福祿、韓小荊《字典考正》:「『洭』當是『汪』的後起俗字。」

溜　(三)mǐn《龍龕手鑒》音泯。舊版:合。《字彙補・水部》:「溜,合也。《楞嚴經》:『心愛綿溜。』」新版:同「湣」。《可洪音義》卷九《大佛頂如來密因修證了義諸菩薩萬行首楞嚴經》第九卷音義:「溜,正作泯、湣二形也。」鄧福祿、韓小荊《字典考正》:「『溜』是『湣』的避諱替換字。」

澋　舊版:音義未詳。《字彙補・水部》:「澋,《天文大成》:『澋圀圙。』或云清字之譌。」

　　新版:(一)xī《五侯鯖字海》音浠。水名。《五侯鯖字海・水部》:「澋,音浠。水名。」(二)qīng「清」的訛字。《字彙補・水部》:「澋,《天文大成》:『澋圀圙。』或云清字之譌。」

澿　舊版:qín《廣韻》巨金切,平侵羣。水名。《廣韻・侵韻》:「澿,水名。」

　　新版:同「凜」。《萬象名義・冫部》:「凜,渠錦反。寒。」《龍龕手鑑・水部》:「澿,渠飲、渠禁二反。身寒澿也。」鄧福祿、韓小荊《字典考正》:「『澿』為『凜』的異寫字。『澿』訓水名乃望形生訓。

九、待商榷問題

浚　義項(一)⑥按:開州 1913 年改為開縣,1914 年改濮陽縣,今屬河南省。

按：按語應該再補充上改為濮陽市的時間。參照新版 1763 頁涿字義項七。

涗　義項②唐代州名。新版增加「治今河南省鄖城縣」。

按：鄖城縣應改為偃師市。

第四節　書證變化

　　《漢語大字典》的義項是從大量語料中歸納、提煉、概括出來的，毫無疑間，它需要實際用例來支撐、證明。詞典學界普遍把例證語料作為義項的重要組成部分，甚至將其喻為字典的血肉。對於古今兼收、源流並重的《漢語大字典》來說，豐富、可靠的例證更顯得尤其重要，按照慣例，其例句一般要引用 3～5 個。在引用例證的廣泛性、豐富性方面是空前的，得到學術界的充分肯定和好評。但是毋庸置疑，也偶或存在書證欠妥、書證有誤、引文失誤、引書格式不統一等問題，第二版主要對其中的硬傷性、體例性、明顯存在的疏誤問題進行修訂，取得了一定的成效。

一、規範書證

（一）規範補正引書名

水　義項⑧（原義項⑦）去掉書名《且介亭雜文·病後雜談之餘》後的「二」。

丞　《山鄉巨變》第十三章改為《山鄉巨變》上十三。

没　義項（一）⑤中書證題目由「《王知古》」改為「《三水小牘》」。

泰　義項⑧極大。後作「太」。書證之一題目《漢書·禮樂志·郊祀歌》改為《漢書·禮樂志》。

沫　義項①水名。新版書證「郭沫若《我的童年》」後刪掉「第一篇一」。

洒　義項（二）④書證名《水滸全傳》改為《水滸傳》。

消　義項⑪書證書名舊版為《本草綱目·石部》新版改為《本草綱目·金石部·朴硝》。

海　義項⑥舊版書證《洛陽伽藍記·城西·寶光寺》，新版：《洛陽伽藍記·寶光寺》。

浪　義項（二）⑦舊版《北史·藝術傳下·徐謇附之才》，新版《北史·藝術傳下·徐謇附徐之才》。

　　義項（二）⑪舊版《牡丹亭·肅花》，新版《牡丹亭·肅苑》。

清　義項（一）①書名《山鄉巨變・入鄉》改為《山鄉巨變》
　　義項（一）⑰作品名《送應氏》其二改為《送應氏二首》之二。
　　義項（一）㉘2.《水經注・渭水》改為《水經注・渭水上》

济　書證名舊版：《水經注・河水三》新版去掉「三」。

淘　義項⑩《孽海花・第一幕》改為《孽海花》第一幕。

涮　義項（一）①書證名《山鄉巨變・入鄉》改為《山鄉巨變》上一。

渧　義項①書證《水經注・河水三》新版都去掉「三」。

湟　義項（一）①水名。1.《水經注・河水二》改為《水經注・河水》。

淵　義項③書證名《後漢書・文苑傳・杜篤》改為《後漢書・文苑傳上・杜篤》

滄　舊版書證《和雜詩十一首》新版改為《和陶雜詩十一首》。

溺　義項（一）②書名《漢書・五行志中之上》改為《漢書・五行志》。

溺　義項（二）④鄭觀應《盛世危言・強兵・海防下》改為清鄭觀應《盛世危言・海防下》。

漸　義項（二）④書證名《和平甫舟中望九華山》改為《和平甫舟中望九華山二首》之二。

滴　義項②《己亥雜詩》改為《己亥雜詩三百一十五首》之二百七十九。

潼　義項（二）書證《水經注・河水四》新版去掉「四」。

潤　義項⑦書證名舊版《易林・益・巽》，新版《易林・益之巽》。

潑　義項（一）⑧書證名舊版《山鄉巨變・夫妻》，新版改為《山鄉巨變》上。

澴　義項（一）②舊版書證《水經注・河水二》和《河水四》，新版去掉「二」「四」。
　　義項（二）④書證名舊版《樂府詩集・鼓吹曲辭一・戰皋城南》改為《樂府詩集・鼓吹曲辭一・戰城南》

（二）規範補正朝代、作者名

永　義項③作者朝代將「晉阮籍」改為「三國魏阮籍」。

汔　義項③作者鄭觀應前加朝代「清」。

汕　義項（一）④作者名由「徐飴」改為「徐再思」。

決　義項（一）⑯通「訣」。1. 告別，訣別。書證作者和作品名舊版「三國魏

　　　嵇康《阮德如答二首》」改為「三國魏阮德如《答嵇康詩二首》」。

泠　義項（一）③清涼貌。新版書證作者宋玉前加戰國。

泣　義項（一）②阮籍舊版作晉，新版統一改為三國魏。

洛　義項⑤（舊版義項④）書證《古今姓氏書辯證·鐸韻》前去掉作者「宋
　　鄧名世」。

浸　義項（一）④作者名肖華改為蕭華。

清　義項（一）㉜《古今姓氏書辯證·清韻》去掉作者名「宋鄧名世」。

淑　義項（一）⑥去掉作者名「宋鄧名世」。

減　義項①書證《文選·宋玉〈登徒子好色賦〉》改為戰國宋玉《登徒子好色
　　賦》。

溟　義項（一）③《文選·張協〈雜詩〉》改為晉張協《雜詩》。

漕　義項（一）①書證《文選·潘岳〈西征賦〉》改為晉潘岳《西征賦》。

漢　義項（一）⑥魯迅《漢字和拉丁化》改為《花邊文學·漢字和拉丁化》。
　　義項（一）⑩1. 宋陳亮《曹公》改為《酌古論·曹公》。

激　義項（一）⑩憤慨、憤怒。書證舊版《文選·趙景真〈與嵇茂齊書〉》改
　　為晉趙至《與嵇茂齊書》。

（三）規範補正引證內容

水　義項⑦（原義項⑥）中《荀子·勸學》的例證中增加「君子生非異也，
　　善假於物也。」《水滸全傳》第三十八回：「李逵雖然也識得水，却不甚
　　高，當時慌了手脚。」書證增改為《水滸傳》第三十八回：「說時遲，那
　　時快，那人只要誘得李逵上船，便把竹篙往岸邊一點……那隻漁船，箭
　　也似投江心裏去了。李逵雖然也識得水，却不甚高，當時慌了手脚。」

洪　義項⑧書證第三個引《紅樓夢》，舊版：《紅樓夢》第八十三回：「關脈獨
　　洪，肝邪偏旺。」新版去掉「肝邪偏旺」。

流　舊版：《說文·水部》，新版改為：《說文·林部》。

淪　義項（一）⑤書證《己亥雜詩》改為《己亥雜詩三百一十五首》之二百
　　五十七。

二、增加書證

　　水　義項⑱（原義項⑰）新增文獻例證《醒世姻緣傳》第二十六回「頭一水

穿將出去，已是綁在身上的一般。」原來是自造例句：這種布剛洗兩水就變了色。

按：補充書證，盡量避免自造例句。

池　義項（一）⑨增加書證宋趙德麟《侯鯖錄》卷一：「今人被頭別施帛爲緣者，猶呼爲被池。」

汳　新版增加書證《鐔津文集》卷十九：「筆峰廻嶻崒，詞海彌湢沕。」

沌　義項（三）增加書證：唐道宣《詠懷詩五首》之四：「慨矣玄風濕，皎皎離染沌。」

沼　文字解釋新版增加：段玉裁據《詩·召南》傳改「池水」爲「池也」。

浍　增加書證：《廣弘明集》卷二十九：「直以心，城無主，邪戲塵勞，杳浍欲流，將心源而共遠。」

淠　義項②新增書證《萬善同歸集》卷三：「以尸羅而檢過防誹，用禪定而除昏攝亂。」

湆　新版增加古注《廣韻·緝韻》：「湆，湆渫，沸貌。」

溢　新版增加書證：《大乘悲分陀利經》卷四：「第五名婆羅浮殊，與純金澡溢，而告之曰：『汝等何以此物供養佛及比丘僧。』」

瀁　義項①新版增加古注：《集韻·皆韻》：「瀁，瀁瀁，水不平皃。」

漩　義項①新版增加書證《清史稿·地理志·安徽》：「港南紫氣河，漩狀深洪海舶入江處。」

湉　新版增加書證《佛果圜悟禪師碧巖錄》卷八：「投子也須倒退三千里，直得百川倒流鬧湉湉。」

三、刪減書證

汙　義項（一）②去掉書證《史記·滑稽列傳》：「飯已，盡懷其餘肉持去，衣盡汙。」

治　義項（二）②治理；統治。將書證《孟子·滕文公上》：「或勞心，或勞力。勞心者治人，勞力者治於人。治於人者食人，治人者食於人。」刪掉。增加《戰國策·秦策一》：「商君治秦，法令至行。」

汅　義項①溫水。新版段注後去掉「桂馥義證：汅也者，徐鍇本作『安』，通作『燸』。《莊子·徐無鬼》：『有燸需者。』注云：『燸需，謂偷安須

與之頃。』」

洸 義項（一）②威武貌。新版刪舊版引《集韻·唐韻》:「洸,或作潢。」

泫 新版去掉書證宋佚名《沈下賢文集序》:「當時學者,泫濡游泳,攬其英華,洗濯磨淬,輝光日新。」

浪 義項（二）④李善注舊版:「《楚辭》曰:『漁父鼓枻（枻）而去。』王逸曰:『（叩）船舷也。』浪猶鼓也。」

　　新版:「《楚辭》曰:『漁父鼓枻（枻）而去。』……浪猶鼓也。」

浚 義項（一）⑤新版刪掉按:《詩·邶風·凱風》「爰有寒泉,在浚為衛邑名,在濮陽,與此浚水無關。」

湯 義項（一）⑤溫泉。刪掉舊版:晉李玄盛:「疾風飄於高木,迴湯沸於重泉。」

潃 義項②《水經注·河水四》新版去掉「四」。去掉書證康有為《大同書》:「惟有子者,夕膳晨潃,扶杖潔被,問寒滌穢,搔爬盥洗,起居寒其安否,飲食具夫甘旨。」

潢 義項（一）①刪掉書證唐李師政《通命二》:「高下之相懸也,若培塿之與崑崙;淺深之不類也,匹橫汙之與江漢。何可同年而語哉?」

滿 義項（一）④刪掉一個書證《淮南子·本經》:「甘露下,竹實滿。」高誘注:「滿,成也。」

漩 義項①迴旋的水流。新版刪掉舊版其中兩個書證:唐司空圖《詩品·委曲》:「水理漩洑,鵬風翱翔。」楊廷芝淺解:「漩,回泉也,波浪迴旋之貌。」清王夫之《九昭》:「涉漩洑而濡首兮,洵猶賢夫今昔。」

濁 義項⑥去掉舊版書證之一:《新書·道術》:「行善決衷謂之清,反清為濁。」

四、調整書證順序

治 義項（二）④書證《孫子兵法·軍爭》和《莊子·人間世》順序調換。

津 義項④書證唐陸龜蒙《木蘭堂》位置提前。

淘 義項⑤書證《警世通言》和《唐會要》順序調換。

五、義項和書證相搭配

汝 義項③將書證《晋略‧國傳六‧後秦姚氏》:「弋仲性狷直，人無貴賤皆汝之。」從前面幾個書證中劃分出來放在後面，前加「又用作動詞。以「你」相稱。」

六、待商榷問題

活 幾個義項的書證《駱駝祥子》後的數字應該刪掉，與其他書證體例保持一致。

派 書證《駱駝祥子》後面的十一刪掉，與其他書證體例保持一致。

小　結

通過比較《漢語大字典》一二版水部字，可知新版《大字典》較第一版在各個方面都有較大完善。

首先是收字有所增加。就整部字典而言，由原來的 54678 個字頭增加到 60370 個，增加了 10%。具體到水部字，增加了 59 個類推簡化字字頭和 133 個新收字。

其次是字形處理得更規範統一。按照新版凡例，新版字形以中華人民共和國文化部和中國文字改革委員會公佈的《印刷通用漢字字形表》為依據，採用新字形。個別使用新字形會產生混淆的保留舊字形；對訛字保留原形體，不作字形整理。有繁體字、簡化字對應關係的字頭，以繁體字作領頭字，並在其右上角括弧內用黑體字附列相應的簡化字。解決了首版新舊字形混用的問題，同時刪掉了個別不恰當的古文字形體。由於字頭字形的改變也相應地調整了字頭編排順序。

釋義方面，第二版秉著詞義具有概括性、歷史性、社會性、準確性等要求對詞義進行了完善。有的增加義項，包括增加新按語和增加條目互見；還有對專名義項進行及時更新，包括行政區劃的名稱更新和科學名詞的定義的更新等；當然也刪減了某些不恰當的義項；還有吸收了學界新的研究成果對舊有義項進行重編輯的等等。這些都使得新版《大字典》在質量上有了不小的提升。

例證方面，針對第一版存在的書證欠妥、書證有誤、引文失誤、引書格式

不統一等疏漏，新版主要對其中的硬傷性、體例性、明顯存在的疏誤問題進行了修訂。首先更加規範書證，包括規範補正朝代、作者名以及某些引證內容，改正了第一版書證中出現的脫、衍、誤等硬傷；其次補充書證，增補更具有代表性的書證，根據佛經材科、文字學新研究成果等增補新書證，書證不豐的盡量避免自造例句；同時也刪減掉了一些不準確不恰當的書證，更方便讀者理解。

　　這幾個方面是新版《大字典》所做的主要修訂工作，同時也是它相對於舊版而言的優點和成就。但是不可避免地，二版還是存在很多問題：就字頭來說，增加了很多新字，並且採用了新字形，但是有部分相應的字頭順序調整得不一致。就釋義方面來說，二版同樣存在釋義方面的疏漏，仍需仔細斟酌。書證方面新版雖然修正了很多硬傷性錯誤，但還是存在引文斷句不當等問題，且首見書證方面也需要繼續更新和完善。

第三章 《漢語大字典》與《漢語大詞典》水部字比較研究

　　《漢語大字典》與《漢語大詞典》作為最權威的大型語文辭書姊妹篇，代表了當今中國語文辭書的最高水平。郭錫良先生主編的高等教育自學考試《古代漢語》稱《漢語大字典》「無疑是目前為止大型漢語字典中質量最高的。」〔註1〕聯合國教科文組織稱《漢語大詞典》是「國際性的權威工具書」。二者在編排和內容的編纂上都是極具代表性的，古今兼收、體量巨大、內容宏富是其突出特點。但畢竟書成眾手且編纂過程複雜，況且無論多麼完善的工具書都是一定時代的產物，隨著學術的發展和研究的深入，吸收現有的研究成果進行修訂是完善工具書的必由之路。〔註2〕

　　由於此二典有較強的統一性，之間的不一致性（除了體例限定的外）才更應該受到重視。因此，我們認為將《漢語大字典》和《漢語大詞典》進行對比對照研究能更為先行地發現漢語史研究中存在的一些問題，也對提高這兩部大型辭書的編纂品質有重要意義。目前，我們發現從將二典進行對比考察的研究並不算豐富。例如有馬汝惠的《漢語辭書中的兩姊妹——〈漢語大字典〉與〈漢

〔註1〕郭錫良《古代漢語》（上冊），商務印書館，1999年，73頁。

〔註2〕麻愛民《〈漢語大字典〉〈漢語大詞典〉個體量詞編纂疏誤》，《南昌大學學報（人文社會科學版）》，2011（1），151頁。

語大詞典〉》〔註3〕，張標《〈漢語大字典〉〈漢語大詞典〉編排訓釋中的若干問題》〔註4〕，二者主要是從編排角度描述了二者各自的編排體例以及編排的疏漏指正；陳春風《〈漢語大字典〉與〈漢語大詞典〉的字形規範研究》〔註5〕以二典共同收錄的兩萬一千多個單字字頭作為研究對象，從字形規範的角度，在單字的歸部、筆畫、字形、字序等方面進行了對比分析；劉海燕《〈漢語大字典〉〈漢語大詞典〉中的古今字問題管窺》〔註6〕從大型語文辭書編纂中的古今字問題進行了梳理和考正。其他進行辨誤指正研究的如李婷玉《〈漢語大字典〉〈漢語大詞典〉「竹」部存在的問題》〔註7〕、溫美姬《從客方言古語詞看〈漢語大字典〉〈漢語大詞典〉之疏漏》〔註8〕、魏淨《由〈比雅〉的釋義看〈漢語大字典〉和〈漢語大詞典〉的釋義疏忽》〔註9〕等。

　　我們將此二典從收字、音項、義項、書證等各方面進行了全面對比，發現其中還是存在大量的不一致性。當然，世界上沒有任何兩部辭書在目的、功能、格式、規模等方面是相同的，每部辭書的規劃設計都有一定依據，構成總體框架的宏觀結構、微觀結構、參見結構〔註10〕。《漢語大字典》（第二版）「水（氵）」部字共收錄字頭 2148 個（包含簡化字、類推簡化字），《漢語大詞典》「水（氵）」部字共有字頭 904 個（第五卷並第六卷續）。《大詞典》所收的 904 個字頭基本上《大字典》都有收錄，除了以下字：淬、淉（《大字典》有湦。）、湘、淠、浚、灣、滾、�、瀟。〔註11〕我們在逐字頭比較後發現，《大字典》《大詞典》有所

〔註3〕馬汝惠《漢語辭書中的兩姊妹——〈漢語大字典〉與〈漢語大詞典〉》，《青島教育學院（綜合版）》，1994 年 3 月，66～67 頁。

〔註4〕張標《〈漢語大字典〉〈漢語大詞典〉編排訓釋中的若干問題》，《河北師範大學學報（社會科學版）》，1996 年 7 月，68～72 頁。

〔註5〕陳春風《〈漢語大字典〉與〈漢語大詞典〉的字形規範研究》，河北師範大學碩士學位論文，2004 年 4 月。

〔註6〕劉海燕《〈漢語大字典〉〈漢語大詞典〉中的古今字問題管窺》，內蒙古師範大學碩士學位論文，2007 年 6 月。

〔註7〕李婷玉《〈漢語大字典〉〈漢語大詞典〉「竹」部存在的問題》，《西南科技大學學報（哲學社會科學版）》，2009 年 10 月，36～38 頁。

〔註8〕溫美姬《從客方言古語詞看〈漢語大字典〉〈漢語大詞典〉之疏漏》，《嘉應學院學報（哲學社會科學）》，2009 年 4 月，12～15 頁。

〔註9〕魏淨《由〈比雅〉的釋義看〈漢語大字典〉和〈漢語大詞典〉的釋義疏忽》，《攀枝花學院學報》，2017 年 5 月，91～95 頁。

〔註10〕徐時儀《漢語語文辭書發展史》，上海辭書出版社，2016 年，124 頁。

〔註11〕據伍宗文《大型語文辭書修訂漫談》（《四川大學學報（哲學社會科學版）》，1997 年第 1 期），整本《大字典》中，未收錄《大詞典》所收字頭有 440 個。

不同的共涉及 519 個字頭，占《大詞典》水部字字頭的 57%。包括音項設置不同、義項設置不同、義項的分合不同、方言的標注不同、字際關係的溝通不同、相同義項歸在不同的音項下等問題。這些問題產生的原因是多方面的，除了體例要求不同之外，有的是因為編者的疏漏，有的是沒有很好地貫徹編纂條例，有的則是因為對書證及古注的文本理解不同，還有的則是無法避免的學術分歧和尚不能搞清的問題。本書研究不足之處會爭取在今後的研究中逐漸完善，希冀可以為其他學者的研究略盡綿薄之力。〔註12〕

第一節　音項設置不同

　　二典在音項設置上的不同首先從數量上看，某字音項設置數量《大字典》比《大詞典》多的情況涉及 124 個字頭，而《大詞典》音項設置數量比《大字典》多的情況涉及 9 個字頭。從數量差異上來看，《大字典》的音項設置多於《大詞典》。造成這種差異的原因主要是《大字典》收列義項的條件比《大詞典》略寬泛，只見於古注但無詳細書證者也收列，因此收列義項更全，相應地也會多出很多音項。其次，《大字典》在收列音項時，對古音反切的取捨可能有些還可再進行商榷。而《大詞典》比《大字典》多設置的音項則主要源於有些字的某些義項和音項只出現在某些無法拆分的複音詞中，而這些詞有些未被《大字典》收錄。具體見下文。

一、《大字典》比《大詞典》多音項

　　1. 丞

《大字典》比《大詞典》多兩個音項

（二）chéng《集韻》辰陵切，平蒸禪。

①同「承」。《集韻·蒸韻》：「承，《說文》：『奉也，受也。』或作丞。」

②姓。《字彙·水部》：「丞，姓。」

按：「承」或作「丞」。《朱文公校韓昌黎先生集》：「田侯兩有文武訖其外庸，可作承輔。（朱注）承或作丞。」《類篇》：「丞，辰陵切，奉也，受也。又

〔註12〕需要說明的是，由於畢竟一個是「字」典，一個是「詞」典，所以為了比較的合理性，《大詞典》中我們主要進行對比的是字頭下的義項，收詞則暫未考察。

·83·

姓，或作承。」《司空表聖文集》：「每承詔命，若覲天顏。」《北堂書鈔》卷第一百六十：「家大人承先曾祖先王父所遺寶」。《靖炎兩朝見聞錄》（清抄本）：「亦必不敢累承示諭」，又「祖宗之奮，仰承天意」。

（三）zhèng《集韻》諸應切，去證章。

〔承鄉〕同「承鄉」。漢侯國名。《集韻·證韻》：「承，承鄉，漢侯國名。或作丞。」

按：文獻中多作「承鄉」，有異文作「丞鄉」。《漢書地理志補注》：「王子侯表、魯孝王子當楚孝王孫閎先後皆封承鄉侯並即此。」《漢書補注》：「魯孝王子當楚孝王孫閎，皆封承鄉侯即此。《元和志縣》：『西北有承水，故名。』」

2. 氿

《大字典》比《大詞典》多一個音項

（二）qiú《集韻》渠尤切，平尤羣。水岸。《集韻·尤韻》：「氿，水厓也。」

按：《集韻》：「氿，矩鮪切，《說文》：『水厓枯土也』。引《爾雅》：『水醮曰氿，又渠尤切，水厓也。』文一重音一。」《康熙字典》：「氿，《唐韻》居洧切。《集韻》《韻會》矩鮪切。《正韻》古委切。並音軌。」

3. 汍

《大字典》比《大詞典》多一個音項

（二）huán《玉篇》胡端切。同「洹」。水名。在今河南省。《玉篇·水部》：「洹，水出汲郡隆慮縣。汍，同洹。」

按：蓋洹、汍音同可通。明胡紹曾《詩經胡傳》卷三《溱洧》：「洹，《說文》作汍。」段玉裁《說文解字注》卷十一：「《詩》曰溱與洧方汍汍兮。汍，音丸，藥之丸。各本作『渙渙』。今毛詩作『渙渙』，春水盛也。《釋文》曰：『《韓詩》作『洹洹』。音丸。《說文》作『汎汎』，音父弓反。』」按：作汎，父弓反，音義俱非。蓋『汍汍』之誤。『汍汍』與『洹洹』同。」清鈕樹玉《說文新附考》卷五：「蓋渙、洹、汍音同可通。」清王闓運《周易說》卷六：「象曰風行水上渙。渙、洹、汍通用。」鄭珍《說文新附考》卷五：「按：《玉篇》：『洹，重文作汍』則汍本洹之俗別。」

4. 沓

《大字典》比《大詞典》多一個音項

（二）ta〔疲沓〕鬆懈拖沓。如：他做事疲沓。

按：疲沓，沓為輕聲。《現代漢語詞典》：「疲沓 pí‧ta 鬆懈拖沓。」

5. 沝

《大字典》比《大詞典》多一個音項

（一）zhuǐ《廣韻》之累切，上紙章。微部。二水。一說同「水」。《說文‧沝部》：「沝，二水也。闕。」王筠句讀：「既釋以二水也，而又云闕者，蓋沝即水之異文。許君未得確據，故不質言之，而與屾亦自字、麻與林同異文也。《集韻》曰：『閩人謂水曰沝。』則謂水、沝為兩字。安康王玉樹松亭曰：『鄭氏《易》『坎為水』。水作沝。郭忠恕《佩觿集》：『音義一而體別：水為沝，火為炎。』是水與沝音義並同。』筠案：此說最精。凡疊二成文者，如棘、炎、夶、棘、竸、屾、豩、鱻、所等字，皆當與本字無異，惟沝之即水有據，故於此發之。」

按：二水。一說同「水」。《玉篇》：「沝，之水切，二水也。」《字彙》：「沝，之壘切，音捶。《說文》『二水也。或委也，之委，二水是源分為委也。』」《龍龕手鑑》：「沝，之累反，二水流合也。」《說文解字六書書證》卷二：「吳穎芳曰：『二水猶一水，而異其呼，火燬之例。』嚴可均曰：『此何所闕，蓋校者疑脫從二水耳。然玨、棘、夶、棘、弜、鱻諸文下均不言從。明此不闕。』段玉裁曰：『此謂闕其聲也，其讀若不傳。今之壘切以意為之。』王筠曰：『沝即水之異文，與屾亦自麻與林字同例。』《集韻》：『閩人謂水曰沝。』王玉樹曰：『鄭氏《易》『坎為水』。水作沝。』倫按次之重文作㳻。盜字石鼓文作盜，明水沝一字。此以有從之者故為部首。二水也蓋本作水也。」

6. 汪

《大字典》比《大詞典》多一個音項

（三）hóng《集韻》烏宏切，平耕影。同「泓」。水深廣貌。《集韻‧耕韻》：「汪，水皃。」《字彙補‧水部》：「汪，與泓同。水貌。」

按：古注有「汪」同「泓」。明楊慎《古音叢目》卷二：「汪，與泓同。」

7. 汧

《大字典》比《大詞典》多一個音項

（二）yán《集韻》倪堅切，平先疑。淨。《集韻‧先韻》：「汧，淨也。」

按：此音項不知所據。《玉篇》：「汧，苦田切，汧水，出扶風汧縣，西北入渭。又水不流皃。又水決入澤也。」《龍龕手鑑》：「汧，音牽，水名也。又苦見反，泉出不流也。」宋本《廣韻》：「汧，水名，在安定。《說文》曰：『水出扶風，西北入渭。』《爾雅》云：『汧，出不流。』又苦薦切。」《集韻》：「汧，《說文》：『水出扶風汧縣，西北入渭。』《爾雅》：『汧出不流，謂水泉潛出自停成汙池。一曰水決入澤中者。』」

8. 沌

《大字典》比《大詞典》多了一個音項

（三）chún《集韻》殊倫切，平諄禪。同「純」。純粹。《集韻·諄韻》；「沌，粹也。通作純。」唐道宣《詠懷詩五首》之四：「慨矣玄風濕，皎皎離染沌。」

按：「沌」的「純粹」義當是「混沌」義引申的，文獻「混沌」常和「純靜」「純蒙」等一起出現。宋范應元《老子道德經古本集注》：「我獨愚人之心也哉沌沌兮。《音辯》云：『沌，音囤，不分皃，世本作純純，又省獨字，今從古本。』聖人之心渾然天理終日如愚，謂我獨愚，蒙人之心也哉，沌沌兮，混然不分也。」

9. 汭

《大字典》比《大詞典》多一個音項

（二）tūn《集韻》他昆切，平魂透。同「涒」。《集韻·魂韻》：「涒，《說文》：『食已而復吐之。』引《爾雅》『太歲在申曰涒灘』。史作汭。」

按：古注中見「汭」與「涒」通。《康熙字典》：「汭，又他昆切。音暾。與涒通。」《康熙字典》：「涒，又《爾雅·釋天》：『太歲在申曰涒灘。注：涒，《史》作汭。』」《大字典》例證中「《說文》：『食已而復吐之。』」放此處不當。另，書證中「史」是「《史記》」應加書名號。

10. 汽

《大字典》比《大詞典》多兩個音項

（二）gài《集韻》居代切，去代見。同「㶚」。接近。《集韻·代韻》：「㶚，切近也。或作汽。」又《未韻》：「汽，相摩近也。」按：《爾雅·釋詁下》：「㶚，汽也。」郭璞注：「謂相摩近。」陸德明釋文：「汽，古愛反。施：音既。樊、

孫：虛乞反。」刑昺疏：「水涸盡則近於地。故汽又訓近也。」

按：《康熙字典》：「又《集韻》居代切。音溉，義同。」《類篇》：「汽，上既切，水气也。又居氣切，相摩近也。又居代切，近也。文一重音二。」

（三）yǐ《集韻》億姞切，入質影。去飯水。《集韻·質韻》：「汽，今謂去飯水為汽。」

按：此「去飯水」意義不明。《集韻》卷九：「汽，水涸，今謂去飯水為汽。」《說文解字義證》卷三十五：「汽，水涸也。或曰泣下從水气。《聲詩》曰：『汽可小康。』許訖切。水涸也者，《廣韻》：『汽，水盡涸。』《廣雅》：『汔盡也。』《集韻》：『今謂去飯水為汽。』」此義或當為「汔（qì）」，義為水乾涸。

11. 汵

《大字典》比《大詞典》多兩個義項

（二）hán《集韻》胡南切，平覃匣。同「涵」。水澤多；包容。《集韻·覃韻》：「涵，《說文》：『水澤多也。』引《詩》：『僭始既涵。』或從函，從今。」

按：涵或從今作汵。《古今韻會舉要》卷十平聲下：「涵，《說文》『水澤多也。』本作『涵』，從水函聲，今作涵。涵，濡也。《集韻》或作汵，通作函。《文選》：『漢君天下函如海。』」

（三）cén《集韻》鋤簪切，平侵崇。池。《集韻·侵韻》：「汵，池也。」

按：《類篇》卷三十一十四部：「汵，鉏簪切，池也。」《五音集韻》卷六：「汵，池也。」

12. 汾

《大字典》比《大詞典》多一個音項

（二）pén《集韻》步奔切，平魂並。同「湓」。水名；水漫溢。《集韻·魂韻》：「湓，水名。在潯陽。一曰水溢也。或省。」

按：「汾」與「湓」通。《正字通》：「湓與汾、坌，音通，義小別，不必溷為一同，文鐸沿《集韻》：『湓或作汾。』」《謫居漢陽白沙口阻雨因題驛亭》中「漢陽無近遠，見說過汾城」一句異文頗多。宋李昉《文苑英華》卷三百十五：「漢陽無近遠，見說過汾城。汾，一作湓。」宋計有功《唐詩紀事》卷第三十一：「漁陽知近遠，見說過湓城。」明曹學佺《石倉歷代詩選》卷一百十八晚唐拾遺五：「漁陽知近遠，見說過湓城。」明高棅《唐詩品彙》卷六十六：「漢陽無

近遠，見說過溢城。」明朱衣《（嘉靖）漢陽府志》卷三：「漢陽無近遠，見說過溢城。」清曹寅《全唐詩》卷三百十一：「漢陽無遠近（一作知近遠），見說過溢城。」

13. 泛

《大字典》比《大詞典》多一個音項

（二）fěng《集韻》方勇切，上腫非。覆，翻。《集韻·腫韻》：「覂，《說文》反覆也。或作泛。」漢賈誼《論積貯疏》：「殘賊公行，莫之或止；大命將泛，莫之振救。」《史記·呂太后本紀》：「太后怒，迺令酌兩卮酖，置前，令齊王起為壽。齊王起，孝惠亦起，取卮欲俱為壽。太后迺恐，自起泛孝惠卮。」《文選·漢武帝〈詔〉》：「夫泛駕之馬，跅弛之士，亦在御之而已。」李善注引應劭曰：「泛，覆也。馬有餘氣力，乃能敗駕。」

按：泛，覆也。《漢書》卷六：「夫泛駕之馬。師古曰：『泛，覆也，音方勇反。字本作覂，後通用耳。覆駕者，言馬有逸氣而不循軌轍也。』」明黃淮《歷代名臣奏議》卷一百一十：「大命將泛，莫之振救。泛，覆也。」明嚴衍《資治通鑒補》卷十三：「孟康曰：『泛，覆也。振舉也，泛音捧。』」

14. 汶

《大字典》比《大詞典》多一個音項

（二）wén《廣韻》無分切，平文微。

①黏唾。《廣韻·文韻》：「汶，黏唾。」

②姓。《萬姓統譜·文韻》：「汶，見《姓苑》。」

按：只據古注。《類篇》：「無分切，水名，在魯北。」《古今通韻》卷四：「汶，黏唾也。」《類音》卷五：「汶，黏唾。」清章履仁《姓史人物考》：「汶，見《姓苑》。」

15. 沆

《大字典》比《大詞典》多兩音項

（二）háng《廣韻》胡郎切，平唐匣。

①水流貌。《集韻·唐韻》：「沆，水流皃。」

②渡。《廣韻·唐韻》：「沆，渡也。」

按：《類篇》：「沆，寒剛切，水流皃。」《集韻》卷三：「沆，水流皃，一曰

渡也。」

（三）kàng《洪武正韻》口浪切。水流聲。《洪武正韻·漾韻》：「沆，水流聲。」

按：水流聲。《增修互注禮部韻略》卷四：「沆，水流聲，增入。」《古今通韻》卷十：「沆，水流聲。」《字彙》：「沆，又口浪切，康去聲，水流聲。」但此義項字書中注音也有不同。《正字通》：「沆，下黨切，杭上聲，水流聲。」

16. 溮

《大字典》比《大詞典》多一個音項

（三）shì《集韻》神至切，去至船。〔溮鄉〕古縣名。三國魏置。在今湖北省南漳縣西南。《集韻·至韻》：「溮，溮鄉，縣名。」《水經注·漳水》：「荊山在景山東百餘里新城溮鄉縣界。」《晉書·地理志下》：「（荊州）新城郡，魏置，統縣四：房陵，綏陽，昌魏，溮鄉。」

按：文獻中溮鄉縣多見。《春秋釋例》：「十三年鄢，出新城溮鄉縣，東經襄陽至宜城縣，南入漢。」又「宣四年漳，出新城溮鄉縣，南至荊山，東南經襄陽南郡當陽縣入沮。」《讀史方輿紀要》：「溮水，在縣西，《水經注》：『溮水上通梁州汎陽縣，東逕新城之溮鄉縣，謂之溮水。』」

17. 浍

《大字典》比《大詞典》多一個音項

（二）huǐ《集韻》詡鬼切，上尾曉。同「沺」。水流貌。《集韻·尾韻》：「沺，水流兒。或從卉。」

按：浍同「沺」。《字彙》：「浍，與沺同。」《正字通》：「浍，沺並俗字。舊注：同沺。」《玉篇》：「沺，許鬼切，流兒。浍，同上。」

18. 沾

《大字典》比《大詞典》多一個音項

（三）diàn《廣韻》都念切，去㮇端。

①古水名。即今山西省昔陽縣的松溪河，東北流至河北省井陘縣注入冶河。《廣韻·㮇韻》：「沾，水名。在上黨。」清顧祖禹《讀史方輿紀要·山西二·太原府》：「沾水，在（樂平）縣西南（今昔陽縣），源亦出沾嶺，東流合鳴水及小松水，過昔陽城，東北流入澤發水（冶河）。」

②漢縣名。故治在今山西省昔陽縣西南。《集韻·栝韻》:「沾,縣名,在樂平。」清顧祖禹《讀史方輿紀要·山西二·太原府》:「沾縣城,(樂平)縣西南三十里,漢沾縣治此。」按:樂平 1914 年改為昔陽縣。

按:沾水、沾縣文獻均多見。

19. 沮

《大字典》比《大詞典》多兩個音項

(四) jiān《集韻》將先切,平先精。〔涓沮〕小水流。《集韻·先韻》:「沮,涓沮,小流。」

按:《類篇》:「沮,又將先切,涓沮,小流。」《王魏公集》:「張延登俊良有彙征之眾,允涓沮讒慝無動悔之。」

(五) zǔ《集韻》壯所切,上語莊。〔沮陽〕漢縣名。故治在今河北省懷來縣南。《漢書·地理志下》:「上谷郡,縣十五:……沮陽。」王先謙補注:「《一統志》:故城今懷來縣南。」

按:沮陽縣文獻中多見。

20. 汷

《大字典》比《大詞典》多一個音項

(二) yōu《集韻》夷周切,平尤以。同「攸」。水流貌。《集韻·尤韻》:「攸,《說文》:『行水也。』或作汷。」

按:同「攸」當表示姓氏。《集韻》:「汷,《說文》:『行水也。』徐鍇曰:『支入水所杖也。』又姓,秦刻石嶧山文作汝,或作攸,古文作汷。」:「攸、汝、攸、汷,所也,又姓也。」

21. 洇

《大字典》比《大詞典》多了兩個音項

(二) yíng《集韻》玄扃切,平青匣。耕部。〔洇澤〕古地名。《集韻·青韻》:「洇,洇澤,地名。」《竹書紀年》卷下:「(惠王)十七年,衛懿公及赤狄戰於洇澤。」

按:「洇澤」古地名,疑是澤名。《類篇》:「洇,又玄扃切,洇,澤名。」明楊慎《古音叢目》:「洇,滎洇澤即今滎澤。」《古音駢字》:「洇澤,滎澤。《春秋傳》後序引《汲冢周書》。」

（四）jiōng《集韻》涓熒切，平青見。

①〔洞〕地名。《集韻·青韻》：「洞，大洞，地名。」

②水貌。《集韻·青韻》：「洞，水皃。」

按：《類篇》：「洞，又涓熒切，大洞，地名。」宋王質《詩總聞》：「一洞滄也，一大洞，地名，一曰水貌。」

22. 泆

《大字典》比《大詞典》多一個音項

（二）dié《廣韻》徒結切，入屑定。〔泆蕩〕蕩滌。《廣韻·屑韻》：「泆，泆蕩。」《集韻·屑韻》：「泆，泆蕩，滌也。」

按：《方言疏證》卷七：「又泆與跌同音，云泆蕩。」「泆蕩」一詞不止有蕩滌義，還有放蕩不羈義，與「跌蕩」同。如元朱祖義《尚書句解》：「又大為恣縱，以侵淫泆蕩於非常詭異之事。」《大詞典》未收錄「泆蕩」一詞。

23. 沴

《大字典》比《大詞典》多一個音項

（二）zhěn《集韻》止忍切，上軫章。〔沴汈〕①濕物互相粘在一起。《集韻·軫韻》：「沴，沴汈，溼相著。」②垢濁。也作「㴐涊」。清段玉裁《說文解字注·水部》：「汈，沴汈，與㴐涊同。沴汈，溼相箸也，亦垢濁也。」

按：「沴汈」一詞未見於文獻，只字書中互見。《集韻》：「沴，沴汈，溼相著。」又「汈，沴汈，溼相著。」《類篇》：「沴，止忍切，沴汈，溼相著。」又「汈，爾軫切，沴汈，溼相著。」《五音集韻》：「沴，沴汈，溼相著。」又「汈，沴汈，溼相著。」《說文通訓定聲》：「疊韻連語，《集韻》：『沴汈，溼相著也。』按：猶『㴐涊』。《廣韻·釋訓》：『㴐涊，垢濁也。』《文賦》：『㴐涊而不鮮。』」

24. 泠

《大字典》比《大詞典》多一個音項

（二）lǐng《集韻》郎鼎切，上迥來。水貌。《集韻·迥韻》：「泠，水皃。」

按：未見其他注。

25. 沿

《大字典》比《大詞典》多一個音項

（二）yǎn《集韻》以轉切，上獮以。元部。同「沇」。《說文·水部》：「㳜，古文沇。」

按：《說文》「沇」重文。《尚書集注音疏》：「沇古文或謂凸，古文沇作㳜。」《新斠注地理志》卷一：「沇水，沇，古文作㳜。」

26. 泃

《大字典》比《大詞典》多一個音項

（二）gōu《集韻》居侯切，平侯見。水聲。《玉篇·水部》：「泃，水聲也。」

按：水聲。《類篇》：「泃，居侯切，水聲。又俱遇切，水名。文一重音一。」《玉篇》：「泃，古侯切，水聲也。」《集韻》：「泃，水聲。」又水名。《字彙》：「泃，居侯切，音溝，水名。」《正字通》：「泃，其余切，音劬，水名。」

27. 泖

《大字典》比《大詞典》多一個音項

（二）liǔ《集韻》力九切，上有來。水貌。《玉篇·水部》：「泖，水皃。」

按：水貌，只見字書。《字彙》：「泖，力九切，音柳，水貌。」《類篇》：「泖，莫飽切，水名。又力九切，水皃。文一重音一。」《玉篇》：「泖，音柳，水皃。」也有疑，《正字通》：「泖，音卯，舊注音柳，水貌，非。」

28. 治

《大字典》比《大詞典》多一個音項

（一）chí《廣韻》直之切，平之澄。之部。

①古水名。（1）即今山東半島大沽河與支流小沽河。《說文·水部》：「治，水。出東萊曲城陽丘山，南入海。」段玉裁注：「今治水名小沽河，自掖縣馬鞍山南流至平度州東南，與出登州府黃縣之大沽河合流，逕即墨，至膠州之麻灣口入海。」《漢書·地理志上》：「東萊郡……縣十七……曲成……陽丘山，治水所出，南至沂入海。」（2）在山東省境。沂河的支流。源出蒙陰縣西冠石山，東南流經費縣，至臨沂市注入沂河。《漢書·地理志上》：「（泰山郡南武陽）冠石山，治水所出，南至下邳入泗。」按：泗水下游湮廢後，治水至臨沂市入沂河。自費縣以下今稱祊河，上游稱浚河。

按：《大字典》書證已有。

②通「笞」。《睡虎地秦墓竹簡·廐苑律》：「其以牛田，牛減絜，治主者，

寸十。」《漢書·曹參傳》:「帝讓參曰:『與窋胡治乎?乃者我使諫君也。』」王先謙補注:「陳景雲曰:『漢人以笞掠為治,治即笞耳。』錢大昕曰:『與窋胡治,猶言胡與窋笞也。』」

按:通「笞」,字書未收錄。

29. 洁

《大字典》比《大詞典》多一個音項

(一)jí《廣韻》居質切,入質見。古水名。《玉篇·水部》:「洁,水也。」《廣韻·質韻》:「洁,水名。」

按:水名。《字彙》:「洁,居質切,音吉,水名。」《玉篇》:「洁,音吉,水也。」《廣韻》:「洁,水名。」《集韻》:「洁,水名。」也有疑,《正字通》:「洁,譌字,舊注音吉,水名,誤。」

30. 洒

《大字典》比《大詞典》多一个音項

(六)xùn《集韻》思晉切,去震心。洒水掃地。也作「汛」。《玉篇·水部》:「洒,《聲類》:亦汛字也、汛,灑也。」《集韻·稕韻》:「汛,《說文》:『灑也。』或作洒。」

按:此注音據「汛」,恐非。《六臣注文選》:「毛詩曰『洒掃庭內。』毛萇曰:『洒,灑也。洒與汛同,所買切。』」《一切經音義》:「灑,所買反。《通俗文》:『以水掩塵曰灑。』《玉篇》:『汛,思見所賣二切,洒掃也。』」《增修互注禮部韻略》卷三:「灑,所蟹切,汛也,亦作洒。」《資治通鑒釋文》:「灑,沙下切,汛也。」

31. 洤

《大字典》比《大詞典》多一個音項

(二)cún《集韻》徂昆切,平魂從。〔洤鄮〕同「郁鄮」。古縣名。西漢置,治今雲南省宣威市東北。屬犍為郡。《集韻·魂韻》:「郁,郁鄮(鄮),縣名,在犍為。或從水。」

按:「洤鄮」只見一處,文獻多為「郁鄮」,或「郁鄮」。《類篇》:「洤,徂尊切,洤鄮縣名,在犍為。」《集韻》:「洤,郁鄮縣名,在犍為,或從水。」

32. 滹

《大字典》比《大詞典》多一個音項

（二）hù ㊀《廣韻》侯古切，上姥匣。魚部。深。《廣雅·釋詁三》：「滹，深也。」《廣韻·姥韻》：「滹，深皃。」《集韻·姥韻》：「滹，水深謂之滹。」《楚辭·天問》：「九州安錯？川谷何滹？」王逸注：「滹，深也。」

按：後世釋為「深」多沿《廣雅》和王逸注。《一切經音義》四十四：「滹池，上沃古反。《廣雅》：『滹，深也。』《國語》『塞泉源而為潢滹』賈逵注云：『大曰潢，小者曰滹。』經文作污，俗字。」又卷五十三：「滹池，沃孤反。《廣雅》：『滹，深也。』杜注《左傳》云：『濁水不流也』。」《說文解字義證》：「《廣雅》：『滹，深也。』」《經籍籑詁》：「滹，深也。」

㊁《集韻》荒故切，去暮曉。將水舀出。後作「戽」。《集韻·莫韻》：「滹，抒水也。」又：「戽，戽斗，抒水器。」

按：《爾雅翼》：「鶃鵜，猶滹澤也。滹，抒水也。又戽斗，亦抒水器也。滹、滹、戽三字同音其義一也。」

33. 派

《大字典》比《大詞典》多兩個音項

（二）mài《集韻》莫獲切，入麥明。泉潛通。《集韻·麥韻》：「派，泉潛通。」

按：《類篇》卷三十二：「派，又莫獲切，泉潛通。」《五音集韻》卷十五：「派，泉潛通。」

（三）bài《集韻》卜卦切，去卦幫。山谷名。在山西省運城市安邑鎮。《集韻·卦韻》：「派，谷名。在安邑。」

按：宋史炤《資治通鑑釋文》卷十二：「派水，匹拜切，派，谷名，在河東安邑。」《五音集韻》卷十：「派，谷名，在安邑。」

34. 洀

《大字典》比《大詞典》多一個音項

（二）zhōu《集韻》之由切，平尤章。水波紋。《玉篇·水部》：「洀，水文也。」

按：水文，見字書。《字彙》：「洀，之游切，音舟，水文。」《正字通》：「洀，

舊注音舟，汎云水文，非。」《類篇》：「洀，之由切，水文也。」《集韻》：「洀，水文也。」《中州全韻》：「洀，水文。」

35. 洵

《大字典》比《大詞典》多一個音項

（二）xuàn《古今韻會舉要》翾縣切，元部。通「敻」。遠；疏遠。《古今韻會舉要·霰韻》：「洵，遠也。」清朱駿聲《說文通訓定聲·坤部》：「洵，假借為敻。」《詩·邶風·擊鼓》：「于嗟洵兮，不我信兮。」毛傳：「洵，遠。」陸德明釋文：「《韓詩》作敻，敻亦遠也。」

按：多沿毛氏之說。《群經音辨》：「洵，遠也。呼縣切。《詩》『于嗟洵兮』。」段玉裁《毛詩故訓傳定本》：「洵，韓詩作敻，敻，遠也。毛字異而義同，謂洵為敻之叚借也，故讀呼縣反。」《毛詩訂詁》：「毛傳曰：『洵，遠也』。《釋文》曰：『洵，韓詩作敻，敻亦訓遠。』《東萊詩記》曰：『當從毛傳，言遠去而不得伸此志也。』」

36. 淨

《大字典》比《大詞典》多一個音項

（一）chéng《廣韻》士耕切，平耕崇。耕部。春秋魯國都城北城門的護城河名。《說文·水部》：「淨，魯北城門池也。」段玉裁注：「淨者，北城門之池。其門曰『爭門』，則其池曰『淨』。」

按：古注皆沿《說文》。《集韻》：「淨，魯北城門池。」《正字通》：「《說文》：『淨，魯北城門池也。』」《札樸》：「《公羊傳》『魯爭門』當為『淨門』，蓋以水得名。《說文》：『淨，魯北城門池也。』案：淨水發於故魯城東北之五泉。」《說文解字義證》：「魯北城門池也者，顧炎武曰：『《公羊·閔公二年傳》：『桓公使高子將南陽之甲，立僖公而城，魯或曰：自鹿門至於爭門者是也。或曰：自爭門至於吏門者是也。』注：爭門、吏門並闕。』按：《說文》：『淨，魯北城門池也。從水爭聲，士耕切，是淨門即以此水名省文作爭。爾後人以瀞字省作淨，音才性切，而梵書用之自南北史以下俱為才性之淨，而魯之爭門不復知矣。』」馥案：字或作埩，《廣韻》：『埩，魯城北門池也。』」

37. 涑

《大字典》比《大詞典》多三個音項

（一）sōu《廣韻》速侯切，平侯心。屋部。洗滌。《說文·水部》：「涑，澣也。」段玉裁注：「涑，亦假漱為之。《公羊傳》：『臨民之所漱浣也。』何曰：『無垢加功曰漱，去垢曰浣。齊人語。』」《玉篇·水部》：「涑，濯生練也。」《集韻·侯韻》：「涑，以手曰涑，以足曰澣。」

按：涑假借為漱。《說文解字注》：「漱者，盪之大也。《曲禮》：『諸母不漱裳』假漱為涑也。」《一切經音義》卷第四十五：「《說文》：『漱，盪口也，從欠涑聲。』涑，音叟侯反。」《附釋文互注禮部韻略》：「漱，先侯切，澣也。《公羊》『臨民之所漱浣』亦作涑。」《字彙》：「涑，又疏鳩切，音搜，濯垢也，以手曰涑，以足曰澣。」

（二）shòu《集韻》所救切，去宥生。水有所敗。《集韻·宥韻》：「涑，水有所敗。」

按：此義未他見。

（三）shù 同「漱」。漱口。《玉篇·水部》：「涑，與漱同。」《洪武正韻·宥韻》：「漱，盪漱虛口也。《玉篇》亦作涑。」

按：此當與（一）同。《字彙》：「涑，與漱同，先奏切。」關於「涑」和「漱」的關係，也有異議。《正字通》：「《說文》：『涑，澣也，從水束聲，速侯切，漱盪口也，從水欶聲，所右切。』雖分涑、漱為二，但涑水之涑並入聲。孫氏切誤，《說文》不專訓涑水，復訓澣以亂之亦誤。《集韻》因《說文》訓澣妄謂涑，或作漱。《韻會小補》尤韻收涑，讀涑水涑川，如鎪音轉，屋韻，為水名。泥集韻合涑漱為一，不知水名當音速，不當與澣漱之漱合義同音也。《正韻》：『涑，載一屋，速速部，訓涑水涑川。漱，載十九宥嗽部，訓澣滌盪漱。』音義始定，漱涑義通音別，舊注先奏切，與漱同疏鳩切，音搜，濯垢，並非。」

38. 涇

《大字典》比《大詞典》多一個音項

（二）qǐng《集韻》棄挺切，上迥溪。泉。《集韻·迥韻》：「涇，泉也。」

按：未見他證。《類篇》：「涇，又棄挺切，泉也。」

39. 涅

《大字典》比《大詞典》多三個音項

（一）yǐng《廣韻》以整切，上靜以。

①泥；泥滓。《玉篇‧水部》：「湼，泥也，澱也。」《集韻‧靜韻》：「湼，泥滓。」

②沉。《字彙‧水部》：「湼，沈也。」

按：《類篇》：「湼，丈井切，通流也。或省湼又丑郢切，塗泥也。又以井切，泥滓。又於政切，水名，一曰澱也，文二重音三。」《字彙》：「湼，以井切，音郢，沉也。」《正字通》：「湼，以忍切，音郢，沈也。」《龍龕手鑑》：「湼，丑領反，泥。」《玉篇》：「湼，戈井切，泥也，澱也。」《廣韻》：「湼，泥也。」

（四）zhèng《集韻》丈井切，上靜澄。同「涅」。通。《集韻‧靜韻》：「涅，通流也。或省。」《篇海類編‧地理類‧水部》：「湼，通也。」

按：《類篇》：「湼，丈井切，通流也。或省湼又丑郢切，塗泥也。又以井切，泥滓。又於政切，水名，一曰澱也，文二重音三。」

（五）yìng《集韻》於正切，去勁影。水名。《集韻‧勁韻》：「湼，水名。」

按：《類篇》：「湼，丈井切，通流也。或省湼又丑郢切，塗泥也。又以井切，泥滓。又於政切，水名，一曰澱也，文二重音三。」

40. 涀

《大字典》比《大詞典》多一個音項

（二）jiǎn《集韻》吉典切，上銑見。小溝。《集韻‧銑韻》：「涀，小溝。」

按：未見他證。

41. 涓

《大字典》比《大詞典》多一個音項

（二）yuàn《集韻》縈絹切，去霰影。〔涓澴〕水流貌。《集韻‧霰韻》：「涓，涓澴，流貌。」

按：未見他證。《類篇》：「涓，圭玄切，《說文》：『小流也。』又縈絹切，涓澴，流貌，文一重音一。」

42. 涔

《大字典》比《大詞典》多一個音項

（三）zàn《集韻》昨濫切，去闞從。

①洼。《集韻‧闞韻》：「涔，窪也。」

②水涯。《集韻・覽韻》:「灣,水涯。」

按:未見他證。

43. 泃

《大字典》比《大詞典》多一個音項

（二）jiōng《改併四聲篇海》引《川篇》古營切。池名。《改併四聲篇海》引《川篇》:「泃,池名。」

按:池名。《字彙》:「泃,又占營切,音局,池名。」《正字通》:「又庚韻音局,池名。郭璞《江賦》:『鼓帆迅越趨漲截泃。』」

44. 浛

《大字典》比《大詞典》多一個音項

（三）gān《集韻》姑南切,平覃見。同「淊」。水入船中。又水名。《集韻・覃韻》:「淊,水中舟陳謂之淊。一曰水名。或從含。」

按:據古注,也有異議。《古今韻會舉要》:「淊,水入舟陳謂之淊。一曰水名。《集韻》:『或作浛。』」《字彙》:「浛,又胡男切,音含,船沒也。又古南切,音甘,水入船中。」《類篇》:「浛,胡南切,《方言》:『沈也。』又故南切,水入舟隙。」《卷施閣集》:「《說文》:『淊,水入船中也。』《方言》:『浛,沈也。』義亦通。」《正字通》:「浛,音含,船沒。音甘,水入船。並非。」

45. 洇

《大字典》比《大詞典》多一個音項

（二）rěn《廣韻》而軫切,上軫日。古水名。《廣韻・軫韻》:「洇,水名。在上黨。」

按:水名,在上黨。《說文解字篆韻譜》卷三上聲:「洇,水名。」《廣韻》卷三:「洇,水名,在上黨。」《集韻》卷五:「洇,水名。」《類音》卷六:「洇,水名,在上黨。」《中州全韻》卷七:「洇,水名。」《正字通》:「洇,爾軫切,音忍,水名,在上黨。」《龍龕手鑑》:「洇,又音忍,水名也。」

46. 浚

《大字典》比《大詞典》多一個音項

（二）xùn縣名。在今河南省。按:原名「濬縣」,今作「浚縣」。

按：未見他證。《正字通》：「浚，須閏切，音峻，水名，在衛，今浚儀縣。又淪也，深也，與濬通。」

47. 涎

《大字典》比《大詞典》多兩個音項

（二）yàn《廣韻》予線切，去線以。〔洇涎〕水流貌。也作「沔涎」。《廣韻‧線韻》：「涎，洇涎，水流。」《集韻‧綫韻》：「涎，沔涎，水流貌。」

按：《類篇》：「涎，沔涎，水流皃。」《古今通韻》：「涎，洇涎，水貌。」《類音》：「涎，洇涎，水流皃。」《溫熱經緯》：「涎，讀作羨，洇涎也，水流貌。」

（三）diàn《〈漢書‧五行志〉顏師古注》徒見反。〔涎涎〕光澤貌。《駢雅‧釋詁》：「涎涎，光澤也。」《漢書‧五行志》：「燕，燕，尾涎涎，張公子，時相見。」顏師古注：「涎涎，光澤貌也。」按：《玉臺新詠》卷九引此作「尾殿殿」。唐韋應物《燕銜泥》：「銜泥燕，聲嘍嘍，尾涎涎。秋去何所歸？春來復相見。」

按：涎涎，文獻中有美好貌，光澤光淨貌。明馮惟訥《古詩紀》：「涎涎，美好貌。」宋謝維新《古今合璧事類備要》：「漢成帝時謠曰：『燕燕尾，涎涎飛，燕來啄皇孫，皇孫矢（死），燕啄矢。』」注：涎涎，光淨貌，喻趙飛燕害皇子也。」

48. 渙

《大字典》比《大詞典》多一個音項

（二）huì《廣韻》呼會切，去泰曉。

①古水名。原發源於河南省開封市東南，東南流經商丘市、永城市而入安徽省，又東南流至五河縣注於淮河。今自永城市以上已湮，以下即今澮河。《水經注‧淮水》：「渙水又東逕谷陽縣，右會丈八故瀆，瀆上承洨水，南流注於渙。洨水又東南與渙水亂流而入於淮。」楊守敬疏：「會貞按：渙水自今陳留縣東南流經杞縣、睢州、柘城縣、寧陵縣、商丘縣已湮，以下即今澮河，東南經永城縣、宿州、靈壁縣，至五河縣東南入淮。」

②古縣名。即今安徽省宿州市西南的臨渙城。《集韻‧杏韻》：「渙，縣名。在亳。」清顧祖禹《讀史方輿紀要‧江南三‧宿州》：「臨渙城，在州西南九十

一里，唐臨渙縣治也。蕭梁置臨渙郡於故銍城，領白禪、丹城等縣，東魏因之，後齊廢郡為臨渙縣。隋開皇初，縣屬亳州……元至元二年省。」

按：渙水、渙縣文獻中皆有頗多記載。《大詞典》可增補。

49. 添

《大字典》比《大詞典》多一個音項

（二）tiàn《集韻》他念切，去栝透。

①味益。《類篇·水部》：「添，味益也。」

按：未見他證。

②下酒具。明李翊《俗呼小錄》：「呼下酒具為添。」

按：此處疑為誤解古文。明李詡《戒菴老人漫筆》卷五：「……非常事為咤異，喜事為利市，利事出易，憂事為鈍事，呼下酒具為添按，物完全者為囫圇，作揖謂之唱喏……」清馮桂芬《（同治）蘇州府志》卷三：「……非常事曰咤異，喜事曰利市，憂事曰鈍事，下酒具曰添按，物完全曰囫圇，揖曰唱喏……」按上下文，我們認為，此處應當是「呼下酒具為添按」，故「添」不能據此設「下酒具」的義項。

50. 渃

《大字典》比《大詞典》多一個音項

（二）rè《集韻》人夜切，去禡日。城名。在今四川省境內。《集韻·禡韻》：「渃，城名。在彭州。」《字彙補·水部》：「渃，地名。渃城在成都縣近天彭關。」

按：城名。《類篇》卷三十二：「渃，人夜切，城名，在彭城。」《奇字名》卷三：「渃，渃城在成都縣，近天彭關。」或作偌城。《類音》卷七：「偌，城名，在彭州。」

51. 淺

《大字典》比《大詞典》多兩個音項

（四）cán《集韻》財干切，平寒從。水流貌。《集韻·寒韻》：「淺，水流兒。」

按：未見他證。

（五）zàn《集韻》則旰切，去翰精。同「灒」。用污水揮灑。也指水濺到人

身上。《集韻‧換韻》：「灒，《說文》：『汙灑也。一曰水中人。』或作淺。」

按：《一切經音義》卷第七十四：「澆灒，又作淺濺，二形同，子且反。《說文》：『水汙漉也。』」《說文解字義證》卷三十五：「灒，污灑也，一曰水中人，從水贊聲。則旰切。污灑也者，《玉篇》：『灒，相污灑也。』《一切經音義》：『灒又作濺。』《廣韻》：『灒，水濺。』《集韻》：『灒，或作淺、湔、濺。』」張之洞《（光緒）順天府志》：「《一切經音義》云：『江南言灒，子旦反，山東言湔，子見反。』然則灒本與湔、濺音義互通，釋例僅云其音如荐似未之深考。」

52. 淑

《大字典》比《大詞典》多一個音項

（二）chù《集韻》昌六切，入屋昌。〔淑汦〕水貌。《集韻‧屋韻》：「淑，淑汦，水皃。」

按：未見他證。《類篇》：「淑，昌六切，淑汦，水皃。」《類篇》卷三十二：「汦，又而六切，淑汦，水貌。」

53. 滹

《大字典》比《大詞典》多一個音項

（三）hǔ《龍龕手鑑》呼古反。同「滸」。《龍龕手鑑‧水部》：「滹」，「滸」的俗字。

按：未見他證。

54. 淰

《大字典》比《大詞典》多了一個音項

（一）niǎn ㊀《廣韻》乃玷切，上忝泥。侵部。

①濁。《說文‧水部》：「淰，濁也。」段玉裁注：「義與澱、淤、滓相類。」

②水流貌。《廣韻‧忝韻》：「淰，水流皃。」

③水不流動。唐慧琳《一切經音義》卷六十五「淰水」：「（淰），江南謂水不流謂淰。音乃點反，關中乃斬反。」

㊁《廣韻》女減切，上豏娘。

①水無波。《玉篇‧水部》：「淰，水無波也。」

②用工具夾取水底淤泥。《正字通‧水部》：「淰，農具取水底淤泥曰淰。」

按：《一切經音義》：「淰水，江南謂水不流為淰，音乃點反，關中乃斬反。

《說文》：『淰，濁也。』《埤蒼》：『淰，水無波也。』」《集韻》：「淰，濁也。」
清丁晏《禮記釋注》：「淰，式任切，淰淪，水動貌。《說文》水部：『淰，濁也，
從水念聲。』《一切經音義》引《埤蒼》『淰，水無波也。』」《古今通韻》卷八：
「淰，濁也。又淪淰，水動貌。」清朱彬《禮記訓纂》：「淰之言閃也，《正義》：
『淰，水中驚走也。』《說文》：『淰，濁也』。段氏玉裁曰：『義與澱、淤、滓
相類。』《禮運》注：『淰，之言閃。』濁其本義，閃其引申假借之義。」

55. 凋

《大字典》比《大詞典》多一個音項

（二）diāo 用同「凋」。明陶宗儀《輟耕錄》卷十九：「偶墮吸子於湖水中，
百計求之，不可見。悒怏嘅歎，形神為之凋枯。」

按：此恐版本異文或形近訛誤。此例文四庫叢刊版作「凋枯」。

56. 浻

《大字典》比《大詞典》多一個音項

（二）sè《龍龕手鑑》色立反。同「澀」。《龍龕手鑑·水部》：「浻，俗。」
《大智度論》卷五十五：「餘一切智慧皆麤澀叵樂，故言微妙。」按：「澀」，聖
本作「浻」。

按：異文有疑。《一切經音義》卷第二十五：「麤澀，所急反，有作浻，非
也。」

57. 液

《大字典》比《大詞典》多一個音項

（二）shì《集韻》施隻切，入昔書。鐸部。同「醳」。浸泡。《集韻·昔韻》：
「液，漬也。或作醳。」《周禮·考工記·弓人》：「凡為弓，冬析幹而春液角，
夏治筋，秋合三材。」鄭玄注引鄭司農曰：「液，讀為醳。」賈公彥疏：「先鄭
『液讀為醳者』，醳是醳酒之醳，亦是漬液之義，故讀從之也。」清段玉裁《說
文解字注·水部》：「液，鄭司農液讀為醳，謂重繹治之。」

按：文獻與注基本上皆《周禮》此例。

58. 淬

《大字典》比《大詞典》多一個音項

（二）zú《集韻》即聿切，入術精。

①〔淬沒〕水貌。《集韻·術韻》：「淬，淬沒，水貌。」

②流。《集韻·術韻》：「淬，流也。」

按：未見他證。《類篇》：「淬，又即聿切，淬沒水皃。又昨律切，流也。」

59. 渖

《大字典》比《大詞典》多一個音項

（二）pán《集韻》皮咸切，平銜並。

①在泥淖中行走。《集韻·銜韻》：「渖，行淖中也。」

②涉水過河。唐玄應《一切經音義》卷十八：「渖，無舟渡河也。《說文》『涉渡水也』。」莊炘校：「《說文》無渖字。此引未知所本……《廣韻》作遙，步渡水也。」

按：「渖」字兩部字書皆收名詞義項「深泥，爛泥」，但《大詞典》未收錄其動詞用法，即「在泥淖中行走。」渾言應不別。《字彙》：「渖，蒲鑑切，音辦，深泥也，又水泛也。又平聲，白銜切，義同。」《轉注古音略》：「渖，白銜切，渖行淖中也。星命家：『祿前一辰為驛馬，後一辰為渖河。』」「渖河」謂陷入泥淖之中。星命家用來比喻遭逢厄運。《唐六典·太常寺·太蔔署》「凡祿命之義六」唐李林甫等注：「一曰祿，二曰命，三曰驛馬，四曰納音，五曰渖河，六曰月之宿也。」宋沈括《夢溪筆談·辯證一》：「《唐六典》述五行，有『祿』、『命』、『驛馬』、『渖河』之目。人多不曉『渖河』之義……渖，字書亦作『埿』。按古文，埿，深泥也。術書有『渖河』者，蓋謂陷運，如今之『空亡』也。」清俞樾《茶香室續鈔·渖河》：「渖河之義，正謂如行泥淖中。」

60. 涮

《大字典》比《大詞典》多一個音項

（二）shuā《集韻》所劣切，入薛生。水名。《集韻·薛韻》：「涮，水名。」

按：水名，或非。《字彙》：「涮，又所劣切，音刷，水名。」《類篇》：「涮，又所劣切，水名。」《正字通》：「涮，又音刷，汎云水名，並非。」

61. 淴

《大字典》比《大詞典》多一個音項

（二）hù《集韻》呼骨切，入沒曉。同「忽」。水貌。《集韻·沒韻》：「忽，

水兒。或從屈。」

按：未見他證。《五音集韻》卷十四：「洳，水貌。淈，同上。」《類篇》：「淈，又呼骨切，水兒。」

62. 涵

《大字典》比《大詞典》多一個音項

（二）hàn《集韻》胡感切，上感匣。水入船。《廣韻‧感韻》：「涵，水入船。」

按：水入船。《五音集韻》卷九：「涵，水入船。」《說文解字義證》卷三十四：「（淦）或通作涵，《廣韻》：『涵，水入船。』」《類音》卷六：「涵，水入船。」

63. 湛

《大字典》比《大詞典》多一個音項

（三）tán

①水潭。後作「潭」。《管子‧輕重戊》：「夏人之王，外鑿二十宝。韘十七湛，疏三江，鑿五湖，道四涇之水，以商九州之高，以治九藪，民乃知城郭門閭室屋之築，而天下化之。」鄒漢勛《讀書偶識》：「宝，同宄。沈、湛、潯、潭，古通字。韘，同渫。」清毛奇齡《王君墓誌銘》：「重得彷舊事，放燈船於汪園湛中。」

按：此義項及書證《大詞典》歸在湛²zhàn下❺水不流貌。亦指停污不流之水。《管子‧輕重戊》：「夏人之王，外鑿二十宝。韘十七湛，疏三江，鑿五湖，道四涇之水，以商九州之高，以治九藪，民乃知城郭門閭室屋之築，而天下化之。」郭沫若等集校：「鄒漢勛云：……沈、湛、潯、潭，古通字。」又：「章炳麟云：……『湛』者，《文選注》引《倉頡篇》云『湛，水不流也。』然則此謂鑿二十大川，浚十七停污不流之水也。」

②疏緩。《太玄‧玄告》：「是故地坎而天嚴，月遄而日湛。」范望注：「遄，疾也。湛謂潭潭，徐遲之貌也。月日行十三度，故疾；日日行一度，故遲也。」

按：此義項及書證《大詞典》歸在湛²zhàn下❻徐緩貌。漢揚雄《太玄‧告》：「天地相對，日月相劇，山川相流，輕重相浮，陰陽相續，尊卑不相黷，是故地坎而天嚴，月遄而日湛。」范望注：「湛謂潭潭，徐遲之貌也。」宋李

綱《〈易傳內篇〉序》:「日,陽也;月,陰也。月遄日湛,一晝一夜,相推而生明。」

64. 涷

《大字典》比《大詞典》多一個音項

(二)làn《字彙》郎患切。

①釋。《字彙·水部》:「涷,釋也。」

②石山名。《篇海類編·地理類·水部》:「涷,石山名。」

按:《字彙》:「涷,又郎患切,音爛,釋也。」《正字通》:「涷,又諫韻,音爛,釋也。」

65. 沔

《大字典》比《大詞典》多一個音項

(二)miǎn《集韻》彌殄切,上銑明。〔浼沔〕水貌。《集韻·銑韻》:「沔,浼沔,水皃。」

按:未見他證。《類篇》卷三十二:「沔,彌殄切,浼沔,水貌。」《五音集韻》卷八:「沔,浼沔,水皃。」

66. 渴

《大字典》比《大詞典》多一個音項

(三)kài《集韻》丘蓋切,去泰溪。同「愒」。貪。《集韻·太韻》:「愒,貪也。或從水。」

按:《毛詩注疏》:「愒,苦蓋反,貪也,本又作渴,苦葛反。」《陶淵明集》:「惟此百年,夫人愛之,懼彼無成,愒日惜時。愒,一作渴。」明張自烈《芑山文集》:「喝、渴、愒音殊義別,淺學所稔知愒通作愒,京山則云:『愒通作渴,又通作喝。』僕按:《晉語》『虢日愒歲』當作愒,俗本譌為渴;《史蘇秦傳》『衡人務以秦權恐愒諸侯』,當作喝,俗本譌為愒;《王莽傳》『恐猲良民』當作喝,俗本譌為猲,京山謂:『渴、愒通,愒、猲同』,又非也。信如京山之沿譌強通,則是烏焉成馬,即謂之馬與焉通,烏與馬通。」《音學五書》:「《詩》漢箋:『時旱渴雨,故宣王夜仰視天河,望其候焉』,渴,一作愒,音苦蓋反。」《說文解字句讀》:「愒,貪也,或借渴字,《詩》『雲漢』箋云:『時天旱渴雨』,《釋文》作愒,云貪也。」渴、愒疑為形近而通,作為一個義項似欠妥。

67. 湩

《大字典》比《大詞典》多兩個音項

（二）dǒng《廣韻》都鵝切，上腫端。水湩濁。《廣韻·腫韻》：「湩，濁多也。」《集韻·腫韻》：「湩，水濁。」

按：《古今韻會舉要》卷十一上聲：「湩，覩勇切，一曰水濁也，或作重。」《正字通》：「湩，都弄切，又水濁。」《廣雅疏證》：「《漢書》湩作重，案：湩者，重濁之意，故《廣韻》云：『湩，濁多也。』」《佩文韻府》：「湩，都鵝切，濁多也。」

（三）tóng《集韻》徒東切，平東定。〔湩容〕也作「潼容」、「童容」、「幢容」。車帷。《集韻·東韻》：「湩，湩容，車幨帷也。」《周禮·春官·巾車》「皆有容蓋」漢鄭玄注：「容謂幨車，山東謂之裳帷，或曰湩容（一作『幢容』）。」賈公彥疏：「《衛詩》云『漸車帷裳』。毛氏亦云『童容』。是『容』、『潼容』與『幨』及『裳帷』為一物也。」

按：《類篇》：「湩，徒東切，湩容，車幨帷也。」《五音集韻》：「湩，湩容，車幨帷也，或從巾。」《說文解字注》：「《周禮》注『湩容』即《毛詩傳》之『童容也』。」段玉裁《周禮漢讀考》：「葉寫釋文及宋余仁仲載音義云：『湩，本亦作潼。』詩注作童皆音同。通志堂本湩作幢，俗字也。《集韻》『一東曰湩，徒同切，湩容，車幨帷也。』此據釋文。」《說文通訓定聲》：「《周禮》『巾車』注『湩容』。按：猶童容，車帷也。」

68. 溲

《大字典》比《大詞典》多一個音項

（三）shāo《集韻》師交切，平肴生。水盛貌。《集韻·爻韻》：「溲，水盛皃。」《字彙補·水部》：「溲，水盛貌。」

按：未見他證。

69. 湟

《大字典》比《大詞典》多一個音項

（二）kuàng《集韻》許放切，去漾曉。同「況」。《集韻·漾韻》：「況，《說文》：『寒水也。』一曰益也，矧也，譬也，亦姓也。或作湟。」

按：未見他證。

70. 渟

《大字典》比《大詞典》多一個音項

（二）tīng《集韻》湯丁切，平青透。同「汀」。水邊平地。《集韻·青韻》：「汀，《說文》『平也』。謂水際平地。或從亭。」

按：《集韻》：「汀、圢、渟，《說文》『平也』，謂水際平地，或從平從亭。」《正字通》卷三：「圢，同汀，《集韻》作『圢』亦作渟。」

71. 湔

《大字典》比《大詞典》多三個音項

（二）zàn《集韻》則旰切，去翰精。同「瓚」。《集韻·換韻》：「瓚，《說文》：『汙灑也。一曰水中人。』或作湔。」

按：《一切經音義》：「濺，又作儹，同子切反，《三蒼》：『儹，汙灑也，江南言瓚，山東湔，音子見反。』」《集韻》：「瓚、淺、湔、濺，《說文》：『汙灑也，一曰水中人。』」《正字通》：「《正義》曰『濺，音贊，字通作湔。』」按：濺、瓚音義通。」《古今通韻》：「瓚，水濺也，或作濺，又作湔。」

（三）zhǎn《集韻》阻限切，上產莊。同「琖（盞）」。《集韻·產韻》：「琖，玉爵也。亦作湔。」

按：《經典釋文》：「琖，側產反，劉本作湔，音同醆，古雅反。」《古今韻會舉要》卷十三上聲：「琖，爵也。夏曰琖，殷曰斝，周曰爵，或作琖。箋《集韻》『亦作湔』。」《廣雅疏證》：「周官量人釋文云：琖，劉本作湔字，並與醆同，爵謂之醆，杯謂之盞，一也。《方言》注云：盞最小，桮也。」

（四）qián《廣韻》昨先切，平先從。〔湔葫〕藥名。《廣韻·先韻》：「湔，湔葫，藥名。」

按：《類音》：「湔，湔葫，藥名。」

72. 滋

《大字典》比《大詞典》多一個音項

（二）cí《集韻》牆之切，平之從。同「濨」。古水名。《集韻·之韻》：「濨，水名，在定州。旱則竭。或從茲。」

按：未見他證。

73. 潵

《大字典》比《大詞典》多一個音項

（二）zǎo 動物名。為淡水中常見的浮游動物，可作魚類的餌料。

按：此義項為第二版新增音項和義項，但注音不知所據。《現代漢語詞典》：潵 sāo〈書〉水蚤。

74. 滎

《大字典》比《大詞典》多一個音項

（三）yíng 滎經，縣名，在四川省。

按：此義項為第二版新增音項和義項。《現代漢語詞典》：滎經（Yíngjīng），地名，在四川。宋蔡沈《書經集傳》：「晁氏曰：和夷二水名。和水，今雅州滎經縣北和川水，自蠻界羅品州東。」清黃式三《尚書啟幪》：「和川水，在今四川雅州府滎經縣北。」

75. 溱

《大字典》比《大詞典》多一個音項

（二）qín〔溱潼〕鎮名。在江蘇省。

按：《現代漢語詞典》：溱潼（Qíntóng），地名，在江蘇。清顧炎武《肇域志》：「城犄角以海安為咽喉，鹺司布列以溱潼為要膂。」《陶文毅公全集》：「稽查火伏並於海安、溱潼及泰州北六場各要隘卡。」

76. 溥

《大字典》比《大詞典》多兩個音項

（三）bù《集韻》伴姥切，上姥並。塗。《集韻·姥韻》：「溥，塗也。」
按：未見他證。

（四）bó《廣韻》補各切，入鐸幫。水名。《廣韻·鐸韻》：「溥，水名。」
按：《集韻》卷十：「溥，水名。」《洪武正韻》卷十五：「溥，水名。」《類音》：「溥，水名。」

77. 瀠

《大字典》比《大詞典》多一個音項

（二）rú《字彙補》人余切。同「濡」。《字彙補·水部》：「瀠，《古歸藏易》需卦作『瀠』字，同『濡』也。見《楊氏古音附錄》。」

按：未見他證。《正字通》：「溽，俗音如，誤以溽同濡。」

78. 溦

《大字典》比《大詞典》多一個音項

（一）wēi《集韻》無非切，平微微。微部。小雨。《說文·水部》：「溦，小雨也。」朱珔段借義證：「今人詩文凡言『微雨』者，皆當為『溦』之假借，故《廣韻》《集韻》並云『浽溦』。」

按：《說文》此處「溦，小雨也。」學者大多認為「溦」是假借，但有不同理解。《大字典》認為讀作 wēi，表示小雨。《說文解字篆韻譜》卷一上平聲：「溦，小雨。」《類篇》：「溦，浽溦，小雨。」《洪武正韻》：「溦，浽溦，小雨，浽音綏。」《正字通》：「浽，蘇灰切，音綏，浽溦，小雨。」《說文解字注》：「溦，小雨也，今人概作微，《廣韻》《集韻》皆曰：『浽溦，小雨』。按：《爾雅》『谷者溦』，假借字也。」《說文解字義證》：「微雨也者，微當為溦本書，溦，小雨也。」而《大詞典》認為通「湄」。據朱駿聲通訓定聲：「叚借為湄。」王引之《經義述聞·爾雅中》「浹為匡窮瀆汜谷者溦」：「《釋文》曰：『溦，本又作湄。亡悲反。』《釋水篇》：『水草交為湄。』《釋文》曰：『湄本或作溦，亡悲反。』則湄、溦是一字。」

79. 溰

《大字典》比《大詞典》多兩個音項

（一）xì《集韻》許既切，去未曉。水名。《玉篇·水部》：「溰，水。」《集韻·未韻》：「溰，水也。」

按：未見他證。

（二）xiē《集韻》許竭切，入月曉。鹽池。一說以甘水和鹹水為鹽。《集韻·月韻》：「溰，《字林》鹽池。一曰以甘水和鹹水為鹽曰溰。」

按：各字書皆引《字林》此說。

80. 準

《大字典》比《大詞典》多一個音項

（二）zhuó《廣韻》職悅切，入薛章。通「顐」。顴骨。《廣韻·薛韻》：「準，應劭云：『準，頰權準也。』」《漢書·高帝紀》：「高祖為人，隆準而龍顏。」清俞樾《曲園雜纂》三十一：「準字本有二說：從服（虔）音應（劭）

說，則準者頵之叚字，頬權頵也，其音當讀拙；從李（斐）說文（穎）音，則準者鼻也，其音當讀準的之準。兩音兩義，判然不同……今治《漢書》者，皆從李說以為鼻，而或從服音讀拙，此大謬也。《玉篇‧頁部》：『頵，之劣切。漢高祖隆頵龍顏。』疑古本《漢書》自有作頵者。服音應說必有所本，師古非之，殆未審也。」《清朝野史大觀‧清朝藝苑‧江左三鳳皇》：「宜興陳其年檢討少清臞，冠而于思（腮），鬚浸淫及顴準，士友號為陳髯。」

按：此義項還可商榷。《大詞典》此義項釋為「鼻子」。準 zhǔn⑰鼻子。《史記‧高祖本紀》：「高祖為人，隆準而龍顏，美須髯，左股有七十二黑子。」司馬貞索隱引李斐曰：「準，鼻也。始皇蜂目長準，蓋鼻高起。」《金瓶梅詞話》第二九回：「承漿地閣要豐隆，準乃財星居正中。」清魏源《聖武記》卷六：「（俄羅斯人）面白微頳，高準，采鬢髯，紅氊帽，油韡。」

《正字通》：「《史》：『高祖隆準』，注鼻頭也。服虔讀拙。文穎讀如準的之準。改準作頵尤非。」《說文通訓定聲》：「頞、齃，鼻莖也，從頁安聲，或從鼻曷聲。《廣雅‧釋親》：『頞，頵也。』按：鼻中直莖謂之準，言高平中直也。頵即準之轉音。《孟子》『舉疾首蹙頞』。《史記‧蔡澤傳》『魋顏蹙齃』。《素問‧氣厥論》『膽移熱於腦則辛頞鼻淵』。」

81. 滃

《大字典》比《大詞典》多一個音項

（二）wēng 水名。滃江，在廣東省。

按：《現代漢語詞典》：「wēng 滃江，水名，在廣東。」《太平廣記‧聖鼓枝》：「含洭縣滃水口下東岸有聖皷，即楊山之皷枝也。」《明史》：「三水，嘉靖五年析南海及高要縣置，以洭水、滃水、陶水三水合流而名。」

82. 漨

《大字典》比《大詞典》多一個音項

（三）bèng《集韻》蒲蠓切，上董並。〔漨滃〕水濆貌。《集韻‧董韻》：「漨，漨滃，水濆皃。」

按：《正字通》：「漨，又蓁韻，蓬上聲，漨滃，水濆貌。」水濆，汙灑也。《一切經音義》：「水濆，子且反，汙灑也，江南言濆，山東言滿，音子見反。」

83. 滴

《大字典》比《大詞典》多一個音項

（二）xuè《廣韻》許角切，入覺曉。又《集韻》呼酷切。

①〔滴瀑〕也作「濭瀑」。水沸涌貌。《集韻·覺韻》：「滴，滴瀑，水沸涌貌。或作濭。」

按：滴瀑，水沸涌貌。《類篇》：「滴，又黑角切，滴瀑，水沸涌貌。」《玉篇》：「濭，許角切，水激聲。滴，同上。」清談遷《北游錄》：「出清口曰北河，洶涌滴瀑，心目廓落。」

②水貌。《廣韻·覺韻》：「滴，水皃。」

按：《五音集韻》：「滴，水貌。」《類音》：「滴，水皃。」

③水激蕩的聲音。《玉篇·水部》：「濭，水激聲。滴，同濭。」

按：水激聲。《字彙》：「滴，又轄覺切，音學，水激聲。」《正字通》：「滴，又藥韻，音學，《廣韻》：『水貌』，《玉篇》：『水激聲』。」明夏樹芳《詞林海錯》：「滴瀑，《蜀都賦》『龍池濭瀑噴其隈，漏江㵼流潰其阿。』濭，音學，濭瀑，水沸聲。」《全唐詩》：「白黿渦：南山之瀑水兮，激石濭瀑似雷驚，人相對兮不聞語聲。濭，一作滴。」

④大雨。《集韻·沃韻》：「滴，大雨。」

按：未見他證。

84. 漵

《大字典》比《大詞典》多一個音項

（二）xù〔漵仕〕越南地名。

按：《現代漢語詞典》：漵　xù　漵仕（Xùshì），越南地名。

85. 漬

《大字典》比《大詞典》多一個音項

（三）qì《類篇》七迹切，入昔清。水名。《類篇·水部》：「漬，水名，在北地。」

按：漬水。唐徐堅《初學記》卷六：「信都，今冀州絳水所在。絳水，亦曰漬水，一曰漳水也。」《資治通鑑補》卷二十：「應劭曰：『滇水，出南海龍川，西入秦水，水經漬水，經桂郡陽之滇陽縣。』」《（嘉慶）大清一統志》卷四百

三：「鐵索橋，在雅安縣東門漬水江上。」

86. 漢

《大字典》比《大詞典》多一個音項

（二）tān《集韻》他干切，平寒透。〔汭漢〕同「涒灘」。歲陽名。《集韻·寒韻》：「漢，太歲在申曰汭漢。通作灘。」按：《爾雅·釋天》：「太歲……在申曰涒灘。」

按：汭漢，同「涒灘」，歲陽名。明徐應秋《玉之堂談薈》卷二十一：「歲陽歲名……協洽為叶洽，涒灘為汭漢……」。《爾雅義疏》卷中之四：「《占經》引孫炎云：『物萌色，赤奮動，順其心而氣始芽也。赤奮若，《曆書》作汭漢。』」《經義述聞》：「在子曰大淵獻，在丑曰汭漢獻。」

87. 溥

《大字典》比《大詞典》多一個音項

（二）zhuān《集韻》朱遄切，平仙章。同「湍」。水名。《集韻·僊韻》：「湍，水名，出酈縣。或從專。」

按：未見他證。

88. 漕

《大字典》比《大詞典》多一個音項

（二）cào《正字通》「曹」去聲。方言。蜀江險地名。《正字通·水部》：「漕，俗謂水如轉轂曰漕。今蜀江險地名野豬漕。」

按：此義項與《大詞典》注音和釋義不同。《大詞典》：「漕 cáo❺水流急轉處。明楊慎《譚苑醍醐·蜀江水路險名》：『灘磧相湊曰林，水如轉轂曰漕。』原注：『今有野豬漕』。」《補續全蜀藝文志》卷四十七：「……灘磧相湊曰林，水如轉轂曰漕，水漫不流曰沱，潭下急流曰灘，其名甚多，不盡書也。」按上下文的語境，《大詞典》的解釋比較合理，《大字典》的釋義也是由此得來的。

89. 滸

《大字典》比《大詞典》多一個音項

（二）hǔ《集韻》火五切，上姥曉。同「汻」。水邊。《集韻·姥韻》：「汻，《說文》：『水厓也。』或作滸、滸。」

按：未見他證。《玉篇》：「溆，許乎切，水進也，又音潊。」

90. 溇

《大字典》比《大詞典》多一個音項

（一）lǚ《廣韻》力主切，上麌來。侯部。

①雨不絕貌。《說文·水部》：「溇，雨溇溇也。」王筠句讀：「謂密雨屢屢不絕也。」

②飲酒成習不醉。《說文·水部》：「溇，汝南謂飲酒習之不醉為溇。」段玉裁注：「謂不善飲者每日飲少許，久久習之，漸能不醉，其方言曰溇。」《玉篇·水部》：「溇，飲酒不醉。」

按：《說文》：「溇，雨溇溇也。從水，婁聲。一曰汝南謂飲酒習之不醉為溇。」《字彙》：「溇，兩舉切，音呂，溇溇，小雨不絕貌。又習飲不醉曰溇。」《正字通》：「溇，兩舉切，音呂，溇溇，小雨不絕貌。又方言汝南謂飲酒習之不醉曰溇。」《玉篇》：「溇，力主切，雨溇溇也，又飲酒不醉。」馬敘倫認為有疑。《說文解字六書疏證》卷二十一：「鈕樹玉曰：『《廣韻》引飲作歓，南下有人字。《韻會》引為作曰。』倫按：雨溇溇也非本訓，或字出《字林》也。溇瀧音同來紐，同為雨皃，蓋轉注字。一曰以下校語，蓋汝南人以其方言加之。」

91. 灅

《大字典》比《大詞典》多一個音項

（三）lěi《集韻》魯水切，上旨來。

①同「灅」。古水名。發源於山西省代縣，上游為桑干河，下游為永定河。《集韻·旨韻》：「灅，水名，出鴈門。或作灅。」

②同「灅」。古水名。源出河北省遵化市北，今名沙河。《類篇·水部》：「灅，水出右北平浚靡，東南入庚。」按：《說文·水部》作「灅」。《漢書·地理志下》右北平郡俊靡下云：「灅水南至無終東入庚。」《水經注·鮑丘水》亦作灅水。

按：灅、灅、灅三字形近，文獻長期有混用，未釐清。清趙一清《水經注釋》卷十三：「道元所謂濕水即灅水也。丁度《集韻》『灅、灅、灅三字同，注云：水出雁門。亦有見於此矣。』灅，《類篇》『音魯，水翻蓋』，梅磵既不知灅水之非灅水，又不識濕字之義，宜其輾轉支離反覆而不可通也。《說文》『灅水

出雁門陰館累頭山，東入海或曰治水也，從水纍聲，力追切。灅水出右北平俊靡東南入庚，從水壘聲，力軌切。』其言與《漢志》合，此篇之水是灅水，非灅水也，而丁度以為灅、灅同出雁門，是為悠謬也。至於濕，本濟濕之濕，音他合翻。《說文》作濕，隷改曰為田，又省一糸作㵾字，而濕字反相沿作燥溼之溼矣。灅水導源累頭山，故《集韻》又同出。㵾，灅字也。㵾為灅之省文，然已混於濟㵾之㵾矣，宜別白之。」

92. 潎

《大字典》比《大詞典》多一個音項

（三）piào《玉篇》孚妙切。同「漂」。波浪貌。《玉篇·水部》：「潎，波浪皃。今作漂。」

按：未見他證。

93. 演

《大字典》比《大詞典》多一個音項

（二）yàn《集韻》延面切，去線以。淺流。《集韻·綫韻》：「演，淺流。」

按：未見他證。

94. 渣

《大字典》比《大詞典》多一個音項

（二）zhā《集韻》陟加切，平麻知。〔渣淨〕沾濕。《集韻·麻韻》：「渣，渣淨，沾溼也。」

按：《正字通》：「渣，莊加切，音楂，渣淨，沾溼也。」《類篇》：「渣，又陟加切，渣淨，沾溼也。」

95. 滲

《大字典》比《大詞典》多一個音項

（二）xiào《集韻》下巧切，上巧匣。

①水流中斷。《集韻·巧韻》：「滲，水中絕。」

按：馬瑞辰《毛詩傳箋通釋》：「《文選·琴賦》注引韓詩曰：『潛，滲魚池』是韓詩亦有作潛者，徐璈按：『《集韻》：滲，水中絕也。蓋以薪木之類於水中絕斷之，以聚魚也。』今按：取魚者以繩網斷絕中流，四面扣舟使魚入積柴中。」

②凍。《類篇‧水部》：「潫，凍也。」按：《集韻‧巧韻》作「潭也」，方成珪考正：「凍譌潭。」

按：未見他證。

96. 漚

《大字典》比《大詞典》多兩個音項

（二）ǒu 同「藕」。《字彙補‧水部》：「漚，與藕同。」

按：未見他證。

（三）wàn 地名、水名用字。今廣西壯族自治區防城港市濱海處有漚尾，富川瑤族自治縣舊有漚源。清顧祖禹《讀史方輿紀要‧廣西二‧平樂府》：「漚源，（富川）縣北二十里，其北水流，下九疑，入瀟湘。」

按：未見他證。

97. 潭

《大字典》比《大詞典》多兩個音項

（三）yǐn《廣韻》以荏切，上寑以。〔潭瀁〕水動搖貌。《廣韻‧寑韻》：「潭，潭瀁，水動搖皃。」《集韻‧寑韻》：「潭，水動貌。」

按：胡紹煐《文選箋證》：「注善曰：『潭淪，動搖之貌。』按：淪，亦作瀁。《廣韻》：『潭瀁，水動搖貌』。《集韻》作『薄瀁，水動也。』」

98. 霅

《大字典》比《大詞典》多一個音項

（二）shà《集韻》實洽切，入洽崇。〔潝霅〕見「潝」。

按：潝霅，湍急的水流。《集韻‧洽韻》：「潝，潝霅，湍流。」《類篇》：「霅，又實洽切，潝霅，湍流。」

99. 潘

《大字典》比《大詞典》多兩個音項

（二）pàn《集韻》普半切，去換滂。

①古泉水名。在今河北省涿鹿縣西南潘縣故城中。《水經注‧灅水》：「（灅水）又北逕潘縣故城左，會潘泉故瀆，瀆舊上承潘泉於潘城中。其泉縱廣十數步，東出城注協陽關水。」

②漢縣名。故治在今河北省涿鹿縣西南。《漢書‧地理志下》：「上谷郡，縣

十五：……潘（縣）。」王先謙補注：「《一統志》：故城今保安州西南。」

按：潘泉、潘縣文獻中皆有不少記載。《永定河志》：「（桑乾河）……又北逕潘縣故城，左會潘泉故瀆。源注瀆上承潘城中，泉縱廣十數步，東出城注關水，雨盛則通注陽，旱則不流惟洴泉而已。」《（乾隆）府廳州縣圖志》：「又潘泉水在州西南，溫泉水在州南北，流注濕水。」

（三）bō《集韻》逋禾切，平戈幫。〔潘旌〕也作「潘斿」。古縣名。約在今江蘇省西部。《集韻·戈韻》：「潘，潘斿，縣名，在臨淮。」《續漢書·郡國志三》：「下邳國，十七城：……潘旌。」按：《漢書·地理志上》作「播旌」。

按：《史記》：「集解：『張晏曰：陳嬰母，潘旌人，墓在潘旌。』索隱：『潘旌是邑聚之名，後為縣屬臨淮。』」《類篇》：「潘，又逋禾切，縣名，在臨淮。」清洪亮吉《十六國疆域志》：「潘旌，漢舊縣。」

100. 滃

《大字典》比《大詞典》多一個音項

（二）yà《集韻》乙洽切，入洽影。同「渮」。深淵；漩渦。《集韻·洽韻》：「渮，水窊陷也。或從翁。」

按：未見他證。《類篇》：「滃，乙洽切，水窊陷也。《史記》『踏波趨渮』。」

101. 潽

《大字典》比《大詞典》多一個音項

（一）pǔ《集韻》頗五切，上姥滂。水名。《玉篇·水部》：「潽，水。」《集韻·姥韻》：「潽，水也。」

按：《中州全韻》卷五：「潽，水也。」明張雲龍《廣社》：「潽，水。」《清史稿》：「潽水逕城東而南。」

102. 溔

《大字典》比《大詞典》多兩個音項

（二）kài《集韻》丘蓋切，去泰溪。船遇沙擱淺。《集韻·太韻》：「溔，船箸沙。」

（三）kè《集韻》克盍切，入盍溪。依。《集韻·盍韻》：「溔，《博雅》：『依也』。」方成珪考正：「案王本《廣雅·釋詁四》『溔』作『溢』，據《一切經音義》十九所引訂正。」

按：未見他證。

103. 澡

《大字典》比《大詞典》多一個音項

（二）cāo《篇海類編》音操。〔澡澡〕將沸貌。《篇海類編・地理類・水部》：「澡，澡澡，欲沸皃。」

按：《集韻》：「澡，欲沸。」《廣社》：「澡，沸滾。」清潘衍桐《兩浙　軒續錄》：「澡浴，以沸湯投人其中謂之澡浴。」

104. 潠

《大字典》比《大詞典》多一個音項

（二）xuàn《集韻》熒絹切，去霰匣。聚流貌。《玉篇・水部》：「潠，聚流。」《集韻・綫韻》：「潠，衆流貌。」

按：未見他證。

105. 激

《大字典》比《大詞典》多一個音項

（三）jiǎo《集韻》堅堯切，平蕭見。同「憿」。僥倖。《集韻・蕭韻》：「憿，《說文》：『幸也。』亦作激。通作僥、徼。」

按：同「徼」。《古今韻會舉要》：「今增憿，《說文》：『幸也，從心敫聲。』《集韻》或作激，通作僥憿，亦通作徼。《禮記・中庸》『小人行險以徼倖。』」徼、憿、激字形相近，文獻常有訛誤用法。《漢書》：「不修廉隅以徼名當世，師古曰：『徼，要也，音工堯反，徼字或作激，激發也，音工歷反。』」宋魏仲舉《曾廣百家補注唐柳先生文集》：「對堯厥父子激以功，韓曰：『激，一作徼』非是。」明嚴衍《資治通鑑補》：「奪公輔之任，損宰相之威，以刺舉為明，徼訐為直。改正：徼，原文誤作激。」

106. 濂

《大字典》比《大詞典》多一個音項

（二）xiǎn《集韻》燹玷切，上忝心。〔濂涑〕輕薄貌。《集韻・忝韻》：「濂，濂涑，輕薄皃。」

按：未見他證。《類篇》：「濂，有燹玷切，濂涑，輕薄皃。」

107. 濱

《大字典》比《大詞典》多一個音項

（二）cí《廣韻》疾資切，平脂從。古水名。在今河北省南部。《廣韻·脂韻》：「濱，水名。在常山郡。」

按：水名。《說文解字篆韻譜》卷一上平聲：「濱，水名。」《廣韻》：「濱，水名。在邵陵，今音茨。」又「濱，水名。在常山郡。」《五音集韻》與之同。《說文解字義證》卷三十五：「一曰水名者，《廣韻》『濱，水名。在邵陵。』《水經》：『濱水，出零陵郡梁縣路山。』」

108. 灘

《大字典》比《大詞典》多一個音項

（二）yǒng《集韻》委勇切，上腫影。水聚。《集韻·腫韻》：「灘，水聚。」

按：未見他證。

109. 濤

《大字典》比《大詞典》多一個音項

（三）shòu《集韻》是酉切，上有禪。同「鄏」。水名。在今四川省都江堰市。《集韻·有韻》：「鄏，水名。在蜀。或從水。」

按：未見他證。《五音集韻》：「濤，水名，在蜀，亦地名。」

110. 瀇

《大字典》比《大詞典》多一個音項

（二）wāng《集韻》烏曠切，去宕影。同「汪」。污濁的小水坑。《集韻·宕韻》：「汪，停水臭，或從廣。」

按：未見他證。

111. 濯

《大字典》比《大詞典》多一個音項

（二）shuò《集韻》式灼切，入藥書。水貌。《集韻·藥韻》：「濯，水皃。」

按：未見他證。

112. 瀋

《大字典》比《大詞典》多一個音項

（二）xùn 古地名。宋置州。治所在黎陽。明初改為縣。即今河南省浚縣。清顧祖禹《讀史方輿紀要·直隸七·大名府》：「濬縣，春秋時衛地，漢置黎陽縣屬魏郡，後漢因之……（宋）政和五年升為濬州，亦曰濬川軍，尋又為平川軍。金皇統八年改曰通州，天德三年復曰濬川。元初以州治黎陽縣省入，屬真定路，至元二年改隸大名路。明洪武三年改州為縣。」

按：文獻中有大量濬縣記載。

113. 瀑

《大字典》比《大詞典》多一個音項

（二）bó 《集韻》弼角切，入覺並。波浪翻涌。《文選·郭璞〈江賦〉》：「漩澴榮瀠，渭濆潰瀑。」李善注：「皆波浪迴旋，潰涌而起之貌也。」

按：未見字書，此皆據李善注。《杜詩鏡銓》：「欹帆側柂入波濤，撇漩捎濆無險阻。《江賦》：『漩澴榮瀠，混瀛潰瀑』，善曰：『皆波浪回旋噴涌而起之貌。』左現曰：『蜀諺云：濆起如屋，漩下如井，蓋濆高涌而中虛，漩急轉而深沒，濆可避，漩不可避，行舟者遇漩則撇開，遇濆則捎極也。』」

114. 濺

《大字典》比《大詞典》多一個音項

（三）zàn 《集韻》則旰切，去翰精。同「灒」。用污水揮灑。也指水濺到人們身上。《集韻·換韻》：「灒，《說文》：『汗灑也。一曰水中人。』或作濺。」

按：《一切經音義》卷第二十四：「唾濺，又作灒嵕，二形同，子且反，《說文》『水污灑曰濺也。』」又卷第五十一：「迸灒，藏散反，《說文》『灒謂相汗鹿也，一云水濺人也，從水贊聲。』」又卷第五十八：「澆灒，又作呇濺，二形同，子且反。《說文》『水汗灑也』，《史記》『以五步之內以頸亘濺大王亦』作濺字。」又卷第六十二：「灒，子散反，《說文》云『灒，汗灑也，一云水濺人也，從水贊聲。』」

115. 潘

《大字典》比《大詞典》多兩個音項

（二）chèn 《集韻》鷗禁切，去沁昌。置水於器。《集韻·沁韻》：「潘，置水於器。」

按：未見他證。《類篇》：「潘，又鷗禁切，置水於器。」

（三）pán《字彙補》蒲官切。水洄流。也作「潘」。《字彙補·水部》：「瀿，水回也。《列子》：『鯢旋之瀿為淵。』或作潘。」按：今《列子·黃帝》作「潘」。

按：未見他證。

116. 瀴

《大字典》比《大詞典》多兩個音項

（二）yǐng《廣韻》烟涬切，上迥影。又莫迥切。〔瀴涬〕大水貌。《廣韻·迥韻》：「瀴，瀴涬，大水皃。」《集韻·迥韻》：「瀴，瀴涬，水皃。」

按：《類篇》：「瀴，又烟頂切，瀴涬，水貌。」《古今通韻》：「瀴，瀴涬，水貌。」《類音》：「瀴，瀴涬，大水皃。」明謝肇淛《小草齋集》：「逼天闕之歆艷，俯長江之瀴涬。」明童承敘《內方先生集》：「王母歸清海，黃河空瀴涬。」

（三）yìng《廣韻》於孟切，去映影。〔瀴溟〕冷。《廣韻·映韻》：「瀴，瀴溟，冷也。」

按：《集韻》：「瀴，於孟切，瀴溟，冷也。」《類篇》：「瀴，又於孟切，瀴溟，冷也。」《洪武正韻》：「瀴，瀴溟，冷也。」明張雲龍《廣社》：「瀴，溟涼，寒冷。」《古今通韻》：「溟，楚敬切，瀴溟，冷也。」《說文解字句讀》卷十一：「《廣韻》：『瀴溟，冷也。』《廣雅》：『溟，寒也。』通作净，方言淬，寒也。注云：淬，猶净也，又云：湅净也。注云：冷皃也。」

117. 澩

《大字典》比《大詞典》多一個音項

（一）xué《廣韻》胡覺切，入覺匣。又士角切。沃部。

①夏有水冬無水的山澤和山溪。《爾雅·釋山》：「山上有水，埒；夏有水、冬無水，澩。」《說文·水部》：「夏有水、冬無水曰澩。」段玉裁注：「謂山上夏有停潦，冬則乾也。」

按：《六臣注文選》：「澩，胡角。……灂、渻、澩、灂皆大波相激之聲也。《爾雅》曰：『夏有水，冬無水曰澩。』」《說文解字系傳》：「澩，夏有水，冬無水曰澩，從水學省聲，讀若學，士角反。」《集韻》：「澩、澩，水自渭出為澩。一曰夏有水，冬無水曰澩，或作澩。」《正字通》：「澩，火覺切，音學。《爾雅》：『夏有水，冬無水曰澩。』」《說文解字句讀》：「澩，夏有水，冬無水曰澩。邢昺曰：『山上污下，夏有停潦，至冬竭涸者名澩。』」《說文通訓定聲》：

「槃、灊，夏有水，冬無水曰槃。從水學省聲，或不省。《爾雅・釋山》:『山上有水曰埒，夏有水冬無水曰槃。』」

②乾涸的山泉。《廣韻・覺韻》:「槃，涸泉。」

按:《五音集韻》:「槃，涸泉。」《古今通韻》:「槃，涸泉。」《類音》:「槃，涸泉。」

③水名。渭水的岔流。《廣雅・釋水》:「水自渭出為槃。」王念孫疏證:「《〈水經・渭水〉注》云:渭水東北逕渭城南，東分為二水，《廣雅》曰:『水自渭出為槃。』其猶河之有雍也。此瀆東流注渭水。」

按:古注多據《廣雅》和《水經》。《集韻》:「槃、灊，水自渭出為槃。」《正字通》:「槃，火覺切，音學。一曰水自渭出。」《尚史》:「《博雅》:『水自渭出為槃，自汾出為派。』」《說文通訓定聲》:「《廣雅・釋水》:『水自渭出為槃。亦見《水經・渭水》注。』」

118. 瀹

《大字典》比《大詞典》多一個音項

(二) yào《集韻》弋笑切，去笑以。水清。《集韻・笑韻》:「瀹，水清也。」

按:《類篇》:「瀹，又弋笑切，水清也。」《石倉歷代詩選》:「隴樹蒼翠凝，堰水清且瀹。」

119. 澤

《大字典》比《大詞典》多一個音項

(二) zé《集韻》實窄切，入陌崇。〔瀺澤〕見「瀺」。

按:《大詞典》收錄「瀺澤」在「瀺」字下。

120. 瀰

《大字典》比《大詞典》多一個音項

(二) nǐ《廣韻》奴禮切，上薺泥。水流。《廣韻・薺韻》:「瀰，水流也。」

按:《集韻》:「瀰，水流也。」《增修互注禮部韻略》:「瀰，水流貌，亦作瀰。」《古今韻會舉要》:「瀰，水流貌。」《韻府群玉》:「瀰，水流兒。」《洪武正韻》:「瀰，水流貌，亦作瀰。」《古今通韻》:「瀰，水流貌。」

121. 灄

《大字典》比《大詞典》多一個音項

（二）nì《集韻》昵立切，入緝泥。〔澀濕〕雨露貌。《集韻・緝韻》：「澀濕，雨露皃。」

按：《類篇》：「又昵立切，澀濕，露貌。」《五音集韻》：「濕，澀濕，雨露貌。」《正字通》：「濕，舊注音抐，澀濕，雨露貌。非。」

122. 灓

《大字典》比《大詞典》多一個音項

（二）luàn《廣韻》郎段切，去換來。

①横渡河。也作「亂」。《廣韻・換韻》：「灓，絕水渡也。亦作亂。」《集韻・換韻》：「灓，正絕流渡曰灓，通作亂。」

按：《類音》：「灓，絕水渡也。通作亂。」《龍龕手鑑》：「灓，音乱，絕水渡也。」《中州全韻》：「灓，絕水渡也。」

②沙丘絕水橫流。《集韻・換韻》：「灓，沙丘絕水橫流也。」

按：《集韻》：「灓，沙丘絕水橫流也，一曰正絕流渡曰灓，通作亂。」《類篇》：「灓，又盧玩切，沙丘絕水橫流也。」《札樸》：「《集韻》『灓，沙丘絕水橫流也』。」

123. 灒

《大字典》比《大詞典》多三個音項

（二）cuán《集韻》徂丸切，平桓從。水集貌。《集韻・桓韻》：「灒，水集皃。」

按：未見他證。

（三）qián《集韻》財仙切，平仙從。汛。《集韻・僊韻》：「灒，汛也。」

按：未見他證。

（四）zá《集韻》子末切，入曷精。同「溠」。水濺起。《集韻・曷韻》：「溠，水濺也。或從贊。」

按：灒、濺通。見「濺」按。

124. 灠

《大字典》比《大詞典》多一個音項

（二）lǎn《集韻》魯敢切，上敢來。

①漬果。也作「濫」。《集韻・叙韻》：「灠，漬果也或作濫。」

②染。《集韻·豏韻》：「灠，染也。」

按：《集韻》卷六：「灠、灆，漬果也，一曰染也，或作灆。」《類篇》卷三十二：「灠，魯敢切，漬果也，一曰染也。」《五音集韻》：「灠、灆，漬果也，一曰染也。」

二、《大詞典》比《大字典》多音項

1. 泱

《大詞典》比《大字典》多兩個音項

泱² yǎng 見「泱₂漭」、「泱₂鬱」。

【泱₂漭】亦作「泱莽」。

①廣大貌。《史記·司馬相如列傳》：「東西南北，馳騖往來，出乎椒丘之闕，行乎洲淤之浦，徑乎桂林之中，過乎泱莽之野。」按，《漢書·司馬相如傳下》：「泱莽之壄。」顏師古注：「泱，音烏朗反。」王先謙補注：「莽，漭同。《文選·海賦》：『泱漭澹濘。』注：『泱漭，廣大也。』此言廣大之壄耳。」三國魏曹植《上牛表》：「臣聞物以洪珍，細亦或貴，故不見僬僥之微，不知泱漭之泰。」宋梅堯臣《和永叔晉祠詩》：「北望故城無舊物，泱漭野色連丘墟。」清魏源《黃山詩》之二：「泱漭天爲岸，扶難感藜杖。」馬駿聲《醉題酒家壁》詩：「人生行樂須及時，塵寰泱莽我何之。」②水勢浩瀚貌。漢李尤《平樂觀賦》：「龜池泱漭，果林榛榛。」唐杜甫《送率府程錄事還鄉》詩：「東風吹春冰，泱莽後土溼。」郭沫若《東風集·蜀道奇》：「萬山磅礴水泱漭，山環水抱爭縈紆。」③指浩瀚的水面。清曹寅《觀打魚歌》：「白沙城南觀打魚，日長一舸臨泱漭。」④昏暗不明貌。《文選·謝朓〈京路夜發〉詩》：「曉星正寥落，晨光復泱漭。」李善注：「字書曰：泱漭，不明之貌。」⑤彌漫貌。唐張說《奉和聖制野次喜雪應制》：「泱漭雲陰積，氤氳風雪迴。」清陳大章《登小孤山》詩：「蛟鼉正晝吼風霾，泱漭孤雲天地白。」《轟天雷》第七回：「路上村落稀少，黃沙泱漭。」⑥濃郁貌。宋歐陽修《出省有日書事》詩：「樹色連雲春泱漭，風光著草日晴明。」宋朱熹《六月十五日詣水公庵雨作》詩：「歸路綠泱漭，因之想巖耕。」

【泱₂鬱】盛貌。《漢書·息夫躬傳》：「玄雲泱鬱，將安歸兮！」顏師古注：「泱鬱，盛貌。泱音焉朗反。」王先謙補注：「官本『雲』作靈。『焉』作烏。」

泱³　yīng　通「英」。參見「泱³泱」。

【泱³泱】雲起貌。《文選·潘岳〈射雉賦〉》：「天泱泱以垂雲，泉涓涓而吐溜。」李善注：「《毛詩》曰：『英英白雲。』毛萇曰：『英英，白雲貌。』泱與『英』古字通。」《詩·小雅·白華》「英英白雲」唐陸德明釋文：「英如字。《韓詩》作『泱泱』，同。」

2. 淡

《大詞典》比《大字典》多一個音項

淡²　〔yǎn《廣韻》以冉切，上琰，以。〕

①見「淡²淡」。水流平滿貌。《文選·宋玉〈高唐賦〉》：「潺洶洶其無聲兮，潰淡淡而並入。」李善注：「淡，以冉切，安流平滿貌。」

按：《說文通訓定聲》：「淡：薄味也，從水炎聲。與澹迥別。《禮記·中庸》『淡而不厭』，注：其味似薄也。《表記》『君子淡以成』，注：無酸酢少味也。《管子》『水地淡也者，五味之中也』。《漢書·楊雄傳》『大味必淡』，注：謂無主味也。《叔孫通傳》『攻苦食啖』，注：謂無味之食以啖為之。段借為澹。《高唐賦》『潰淡淡而竝入』，注：安流平滿貌。潘岳詩『綠池汎淡淡』亦重言形況字，又疊韻連語。」

②見「澹淡」。(1) 水波動蕩貌。戰國楚宋玉《高唐賦》：「徙靡澹淡，隨波闇藹。」漢枚乘《七發》：「上有千仞之峯，下臨百丈之谿；湍流遡波，又澹淡之。」清姚鼐《金麓村招游莫愁湖醉中作歌》：「春水滿時春草長，湖波澹淡漂夕陽。」(2) 漂浮貌。《文選·司馬相如〈上林賦〉》：「翯乎其上，汎淫泛濫，隨風澹淡。」郭璞注：「皆鳥任風波自縱漂貌也。」晉潘岳《西征賦》：「乘雲頡頏，隨波澹淡。」

3. 瀾

《大詞典》比《大字典》多一個音項

瀾²〔làn《廣韻》郎旰切，去翰，來。《字彙》郎患切。〕1. 見「瀾²漫」。2. 見「瀾²賤」。

【瀾²漫】亦作「瀾熳」。

①分散、雜亂貌。《淮南子·覽冥訓》：「主闇晦而不明，道瀾漫而不脩。」晉潘岳《滄海賦》：「徒觀其狀也，則湯湯蕩蕩，瀾漫形沈，流沫千里，懸水萬

丈。」唐韓愈孟郊《遠遊聯句》：「離思春冰泮，瀾漫不可收。」瞿秋白《赤都心史》一：「渴澀的歌喉，早就瀾漫沉吟，醉囈依稀。」②形容色彩濃厚鮮明。晉左思《嬌女詩》：「濃朱衍丹唇，黃吻瀾漫赤。」清沈德潛《說詩晬語》卷下：「詩人每用瀾熳字，玩詩意乃淋漓酣足之狀。」③興會淋漓貌。三國魏稽康《琴賦》：「留連瀾漫，嗢噱終日。」

【瀾₂賤】（價格）低廉。《醒世恒言·杜子春三入長安》：「我祖上遺下……居房若干間，長江上下蘆洲若干里，良田若干頃，極是有利息的。我當初要銀錢用，都瀾賤的典賣與人了。」顧學頡校注：「瀾賤，即『濫賤』；價錢非常賤。」

　　4. 氹

　　《大詞典》比《大字典》多一個音項

　　氹² 〔gān〕方言。蓄水池。清鈕琇《觚賸·語字之異》：「粵中語少正音，書多俗字。如……蓄水之地爲氹，音泔。」歐陽山《苦鬥》六二：「舢板上的人劃得高興，大聲唱歌，大聲笑樂，不提防來到了一個叫做『水鬼氹』的大漩渦前面，情況十分危險。」

　　按：《大詞典》據清鈕琇《觚賸·語字之異》：「粵中語少正音，書多俗字。如謂平人曰猺，謂新婦曰心抱，謂父曰爸，謂母曰嬭，謂子曰崽子，女末生曰孻，衣一襲曰一沓……此粵語之異也。其字之隨俗撰出者如穩坐之爲坔，音穩，人物之短者爲喬，音矮，人物之瘦者爲夭，音芨，……蓄水之地爲氹，音泔，通水之道為圳，音浸……」為「氹」字多立一個音項gān，並注明是方言。《大字典》則並未收錄這一音項。認為這一音項是否能夠成立還有待進一步討論。首先，《觚賸》裏講的是「粵中」地區，當為廣東方言。其次，音gān是據「音泔」。考《漢語方言大詞典》〔註13〕：氹：〈名〉坑；水坑，水窪。㉕粵語。廣東。清同治甲子年《廣東通志》：「蓄水之地為～。」廣東廣州〔t'ɐm¹³〕。文獻中並沒有支持音gān 的直接證明。其次，我們在古籍庫中並未發現其他關於此讀音的書證，如果只據《觚賸》中這一句就另立此音項恐有些欠妥。如若可以，其後一句「通水之道為圳，音浸」也當據此將「圳」字立 jin 的音項，但《大詞典》「圳」字下並沒有「浸」字的相關讀音，反倒是在書證中省去了「音浸」二

────────────

〔註13〕許寶華、（日）宮田一郎《漢語方言大詞典》，中華書局，1999 年，1526 頁。

字：圳：水溝，水渠。《朱子語類》卷二三：「如一大圳水，分數小圳去，無不流通。」清鈕琇《觚賸‧粵觚》：「粵中語少正音，書多俗字……通水之道為圳。」另，《肇慶府志》卷三：「蓄水之地曰氹，圖錦切。通水之道為圳，屯去聲。」這裏卻非「音泔」。《大詞典》所引書證為現代作品《苦門》中的例句，也似並不能證明該讀音。

5. 泒

《大詞典》比《大字典》多一個音項

「派」的訛字。①支流。明陳繼儒《珍珠船》卷三：「谷簾水，在廬山被崿而下三十泒，其廣七十尺。」②分支；派別。宋洪邁《夷堅乙志‧女鬼惑仇鐸》：「天臺士人仇鐸者，本待制之族泒也。」一本作「族派」。清王逋《蚓庵瑣語》：「山東西則有焚香白蓮，江南則有長生聖母，無爲糍團圓果等號，約數十餘泒，各立門戶，以相傳授。」③派遣。清王逋《蚓庵瑣語》：「日給兵餉，悉泒本坊鄉紳巨族質庫。」

按：譌字：《山谷內集詩注》：「任淵注：康王谷有水簾飛泉被巖而下者二三十泒，其高不可計，其廣七十餘尺。」

6. 澩

《大詞典》比《大字典》多一個音項

澩² 〔è〕衝擊，拍打。《南齊書‧張融傳》：「江澤洎洎，澩巖拍嶺。」原注：「澩，于曷切。」

按：據孤證立音項。

7. 澆

《大詞典》比《大字典》多一個音項

澆⁴ 〔xiāo〕方言。湖南長沙等地呼布帛薄而不堅為澆。楊樹達《積微居小學金石論叢‧長沙方言續考‧澆》：「今長沙謂布帛薄不堅緻曰澆，音如囂。」

按：《漢語方言大詞典》〔註14〕：澆：【澆薄】〈形〉薄。吳語。江蘇啟東呂四〔$\varphi i \vartheta^{44-42} bo?^{23}$〕格張紙忒澆薄。其他未見相關。

〔註14〕許寶華、（日）宮田一郎《漢語方言大詞典》，中華書局，1999 年，4383 頁。

8. 澨

《大詞典》比《大字典》多一個音項

澨² 〔cuó〕象聲詞。萬啄聲。清顧炎武《天下郡國利病書·浙江二》:「海人驗候云:『山台,風潮來,海澨,風雨多。』皆不誣。台謂海中素迷望之山,忽皆在目。澨讀如嵯,萬啄聲也。」

按:異文。明顧清《(正德)松江府志》卷二:「海人驗候云:『山擡,風潮來,海唑,風雨多。』皆不誣。擡謂海水擡起來,常所迷望之山皆在目也。此說似恠或云蜃氣為然。唑讀如嵯,俗云萬啄聲也。」明何汝賓《兵錄》卷十四:「海人驗候云:『山擡,風潮來,海唑,風雨多。』」此與《大詞典》所據為異文。清錢載《籜石齋詩集·木棉歎》:「我家租種橫瀝黃沙田,海唑風雨愁相煎。諺云:『山擡風潮來,海唑風雨多。唑音鉬。』」清張應昌《詩鐸·木棉歎》:「我家租種橫瀝黃沙田,海唑風雨愁相煎。諺云:『山擡風潮來,海唑風雨多。唑音鋤。』」

9. 濕

《大詞典》比《大字典》多兩個音項

濕⁴ 〔xiè《集韻》悉協切,入帖,心。〕古人名用字。《穀梁傳·襄公八年》:「鄭人侵蔡,獲蔡公子濕。」陸德明釋文:「公子濕,本又作『隰』,又音變。」按,《春秋·襄公八年》作「公子燮」。

按:《春秋公羊傳注疏》:「鄭人侵蔡,獲蔡公子燮,此侵也,其言獲何。何休解詁:燮,素協反。徐彥疏:獲蔡公子燮者,穀梁作公子濕。」《群經音辨》卷第四:「濕,蔡公子也。音隰,《春秋傳》蔡公子濕,又音燮。」陳立《公羊義疏》:「舊疏云《穀梁》作『公子濕』,毛本『濕』作『溼』,彼釋文云:『公子濕,本又作隰,又音燮』。按:古燮、濕、溼音義通。」李富孫《春秋三傳異文釋》:「獲蔡公子燮,《穀梁》作『公子濕』,《釋文》『公子濕本又作隰同音濕又音燮。』《群經音辨》『濕音隰』引作『公子濕』又音燮。案:溼、燮音相近,隰、濕又與溼形聲相佀而淆。」《類篇》:「濕:又悉協切,《春秋》有公子隰,隰或作濕。」由上,可認為是字形混淆,似不應另立音項。

濕⁵ 〔chì《集韻》叱入切,入緝,昌。〕見「濕₅濕」。

【濕₅濕】1.牲畜耳朵搖動貌。《詩·小雅·無羊》:「爾牛來思,其耳濕

濕。」毛傳：「呞而動其耳，濕濕然。」陸德明釋文：「濕，始立反；又尸立反；又處立反。」清孫枝蔚《牛饑紀事二十二韻》：「惟思耳濕濕，敢唱夜漫漫。」
2. 浪濤開合貌。《文選·木華〈海賦〉》：「驚浪雷奔，駭水迸集，開合解會，瀜瀜濕濕。」李善注：「瀜瀜濕濕，開合之貌。」

　　按：《群經音辨》卷第四：「濕濕，耳動也。處立切。《詩》『其耳濕濕』。又始立切。」《正字通》：「濕：古人以意隨用，未詳加考究。濕或省作溼，後又以濕為乾溼之溼，又轉為溼，皆誤也。《佩觿集》以水名之濕不當借為乾溼之溼，誠是狀。未詳言濕作溼之譌，如《禹貢》《漢志》濕皆作溼。《詩》『爾牛來思，其耳濕濕。』《傳》汎訓潤澤，謂牛病則耳燥，安則潤，沿譌至今，未有能竄正者。溼之借用濕，與濕之省，為溼，其謬一也。」《類篇》：「濕：又叱入切，牛呞動耳皃。」濕與溼同，音沓，後借濕表溼。

第二節　義項設置不同

　　語文辭書的基本功能是闡釋詞語的意義和用法，釋義是語文辭書編纂最重要的因素，也是決定辭書質量的關鍵〔註 15〕。一部辭書的質量很大程度上取決於其中的釋義內容，釋義是詞條結構中最重要的組成部分。我們通常將辭書中的每個序號下的每條獨立釋義內容稱為義項，義項到底是什麼？《語言學百科詞典》〔註 16〕給出的解釋是：義項指同一個詞的每個詞義。其實，關於「義項」的定義，始終未有一個統一的答案，汪耀楠先生在綜觀各家之說後，選擇了較為主流的四種〔註 17〕：

　　　　義項，就是詞典中詞義的分項。一個詞有多少固定的理性意義，就應列多少義項。（張清源《談義項的建立與分合》，《詞典研究叢刊》1980 年第 1 輯）

　　　　義項指的是多義詞中相對獨立的意義項目，在詞典中一般用數字分項注釋。（胡明陽、謝自立、梁式中等《詞典學概論》）

　　　　語義的單位可以依次劃分為句義、詞組義、詞義、語素義；其中最小單位為詞義和語素義的義項。由此可以說，義項是語義的最

〔註 15〕徐時儀《漢語語文辭書發展史》，上海辭書出版社，2016 年，130 頁。
〔註 16〕戚雨村等《語言學百科詞典》，上海辭書出版社，1993 年，21 頁。
〔註 17〕汪耀楠《「義項分合」說質疑》，《辭書研究》1984 年第 4 期。

小單位。(符淮青《義項的性質與分合》,《辭書研究》1981 年第 3 期)

所謂義項,就是在詞典中對詞義進行符合語言發展規律的分項解釋的義列。(吳琦幸《義項概說》,《辭書研究》1982 年第 3 期)

綜上我們可以認為,義項是多義詞的一個意義單位,多數情況下是最小的不可再分割的意義單位,在詞典中按照一定的邏輯順序編排羅列的。不同類型、不同功能的辭書在義項的收列上有不同的取捨,呈現出大中小型辭書以及專科類詞典之間義項的差別。對於大型辭書來說,義項收錄當追求盡可能的全面。大型語文詞(字)典,以語文專業工作者為主要服務對象,應以義位為義項,盡可能對詞語的義位、義系作客觀的反映。只要是該詞的義位應收盡收,這樣才算完全發揮了辭書的貯存功能,此時,義位基本等同於義項。〔註 18〕尤其是像《大字典》《大詞典》這樣的古今兼收、源流並重的大型歷時性語文辭書,除了有一般詞典具有的幫助讀者解決閱讀和理解障礙的功能外,還有對語言的貯存功能。辭書編纂者往往會根據辭書的綜合性質來進行義項的收錄選擇工作。

現代語文辭書注重詞義分析,重視詞義的發展變化,概括語言事實建立義項。一詞數義的則分條注釋,因辭書性質、任務、對象與類型的不同,義項排列方式也各不相同。這裏我們不討論兩部辭書字頭下收錄義項的編排邏輯,我們討論的不同主要是指一方收錄了另一方未收錄的義項,或差異較大的義項,義項的表述語言上有差異的也不在討論範圍之內。具體內容以表格形式呈現,涉及到這個問題的每個字頭下分別呈現「《大字典》有《大詞典》無」和「《大詞典》有《大字典》無」兩項來表示一方收錄而另一方未收錄的義項。考證過程中若我們認為可信度高的,標明了「可補」字樣,若爭議較大或還可商榷則只說明「未收錄」之類。

字　頭	水
《大字典》有 《大詞典》無	⑤汲水。南朝梁蕭統《陶淵明傳》:「今遣此力助汝薪水之勞,此亦人子也,可善遇之。」 ⑥用水測平。《周禮·考工記·輪人》:「水之以眡其平沈之均也。」賈公彥疏:「兩輪俱置水中,觀眡四畔入水均否。若平深均則斲材均矣。」又《匠人》:「匠人建國,水地以縣。」鄭玄注:「於四角立植而縣以水,望其高下。高下既定,乃為位而平地。」賈公彥疏:「欲

〔註18〕尹潔《論多義詞義項的設立》,《辭書研究》2015 年第 4 期。

	置國城，當先以水平地。欲高下四方皆平，乃始營造城郭也。」《文選・何晏〈景福殿賦〉》：「製無細而不協於歸景，作無微而不違於水臬。」李善注：「於所平之地中，樹八尺之臬，以縣正之，眡之其景，將以正四方也。」
	⑨雨。《格物粗談・天時》：「立夏、夏至日暈，主水。」又「中秋晴，主來年水。」《西遊記》第六十九回：「如今用不著風雲雷電，亦不須多雨，只要些須引藥之水便了。」《中國歌謠資料・雜類歌謠》：「三月是清明，相連谷雨至。天晴割麥子，落水枯牛屎。」
	⑩水生動植物。宋范成大《四時田園雜興六十首・夏日田園雜興十二絕》之十一：「採菱辛苦廢犁鉏，血指流丹鬼質枯。無力買田聊種水，近來湖面亦收租。」明劉侗、于奕正《帝京景物略・石鐙菴》：「月八日就此放生……水之類，投皇城金水河中，網罟笱餌所希至。」
	⑲方言。猶「不成功」、「敗了」。屈興歧《伐木人傳》第十六章：「李佔才歎了口氣說：『我這個月，水啦。』」
	⑳方言。猶「不負責」、「馬虎」。劉禾《常用東北方言詞淺釋》：「這個辦事的太水了！事情沒辦妥，還損壞了一輛車子。」
《大詞典》有《大字典》無	⑤尿的隱語。參見「水火❹」。 ⑨古代某些國家的一種斷獄的對證方法，即所謂「神判」。唐玄奘《大唐西域記・印度總述》：「欲究情實，事須案者，凡有四條：水火稱毒。水則罪人與石，盛以連囊，沈之深流，校其真偽。人沈石浮則有犯，人浮石沈則無隱。」參閱明謝肇淛《五雜俎・地部二》。 ⑩浸泡；潤澤。《周禮・秋官・柞氏》：「夏日至，令刊陽木而火之；冬日至，令剟陰木而水之。」賈公彥疏：「至秋以水漬之。」唐韓愈《雜說一》：「龍噓氣成雲，雲固弗靈於龍也。然龍乘是氣，茫洋窮乎玄間，薄日月，伏光景，感震電，神變化，水下土，汨陵谷：雲亦靈怪矣哉！」 ⑭官名。《左傳・昭公十七年》：「共工氏以水紀，故為水師而水名。」杜預注：「以水名官。」 ⑰指物的等級。明袁宏道《湖上雜敘》：「法相長耳像極可觀，筍極可食，酒極可飲，頭水綿極可買。」又如：頭水貨、二水貨。

按：《大字典》義項⑤汲水。《大詞典》未收錄。《大詞典》收錄「薪水」一詞。

【薪水】1. 柴和水。借指生活必需品。《魏書・盧玄傳》：「若實有此，卿可量胸山薪水得支幾時……如薪水少急，即可量計。」宋葉適《提舉江州陳公墓志銘》：「虜既解去，襄城米未食者十五萬，薪水不乏，竟完二城，皆如公策。」《儒林外史》第四八回：「這是家兄的俸銀一兩，送與長兄先生，權為數日薪水之資。」2. 打柴汲水。《南史・隱逸傳上・陶潛》：「今遣此力，助汝薪水之勞。」唐元稹《河陰留後元君墓誌銘》：「我諸父法尚嚴，家極貧，而事事於喪祭賓客，雖

掃除薪水不免於吾兄。」宋陸游《示子遹》詩:「勞兼薪水奴初去,典到琴書事可知。」3. 即工資。清俞樾《茶香室叢鈔·薪俸》:「按此知國初官員有給薪之例,故至今薪俸之名猶在人口,而近來各局委員有薪水之給,亦本此也。」鄒韜奮《事業管理與職業修養》十:「偏重按勞取值的薪水和偏重解決困難的津貼,在過渡的社會中都有它的必要性,這是一個原則。」曹禺《日出》第二幕:「我不是說你的薪水。從薪水裏,自然是擠不出油水來。」參見「工資」。

「薪水」一詞的三個義項是發展引申關係。「薪」「水」由名詞演變為動詞「打柴」「汲水」。文獻中如宋洪邁《夷堅支志乙·翟八姐》:「江、淮、閩、楚間商賈,涉歷遠道,經月日久者,多挾婦人俱行,供炊爨薪水之役,夜則共榻而寢,如妾然,謂之嬬子,大抵皆猥娼也。」宋呂祖謙《呂氏家塾讀詩記》卷第二十:「乃驅吾從戎,使吾親不免薪水之勞也。」《大詞典》此義項可補。

《大字典》義項⑥用水測平。《大詞典》未收錄此義項。用水測平是「水」的動詞用法。因為液體不受容器形狀制約的物理特性,在建築房屋或其他大型建築時往往用水進行測平。《大字典》書證頗多。古代測定水平面的器具稱為「水平」。唐李靖《衛公兵法》卷下:「水槽,長二尺四寸,兩頭及中間鑿爲三池……以水注之,三池浮木齊起,眇目視之,三齒齊平,則爲高下準……計其尺寸,則高下丈尺分寸可知,謂之水平。」宋蘇軾《論八丈溝不可開狀》:「三縣官吏文狀稱羅適、崔公度當初相度八丈溝時,只是經馬行過,不曾差壕寨用水平打量地面高下。」「水準」也有同樣用法。《元史·歷志一》:「舊法擇地平衍,設水準繩墨,植表其中,以度其中暑。」

《大字典》義項⑨雨。書證引《格物粗談·天時》:「立夏、夏至日暈,主水。」又「中秋晴,主來年水。」《西遊記》第六十九回:「如今用不著風雲雷電,亦不須多雨,只要些須引藥之水便了。」《中國歌謠資料·雜類歌謠》:「三月是清明,相連谷雨至。天晴割麥子,落水枯牛屎。」我們認為此三例中的「水」均是在句中根據上下文推出的「雨水」義。《大詞典》未收錄。

《大字典》義項⑩水生動植物。書證引宋范成大《四時田園雜興六十首·夏日田園雜興十二絕》之十一:「採菱辛苦廢犁鉏,血指流丹鬼質枯。無力買田聊種水,近來湖面亦收租。」詩句意思是農民沒有錢買田耕種,只好到湖裏種菱角來度日;可是官府還是沒有放過剝削,近來連湖面都要收取租稅了。句

中「種水」實際上是與「種田」相對應，表示種植在水裏生長的農作物。明劉侗、于奕正《帝京景物略·石鐙菴》：「月八日就此放生……縱羽空飛，蘖者落屋上，移時乃去。水之類，投皇城金水河中，網罟笱餌所希至。」「水之類」是水生動植物類的省略。文獻未見其他此類相關用法，單獨成義項還有待商榷。《大詞典》未收錄此義項。

《大字典》義項⑲方言。猶「不成功」、「敗了」。屈興歧《伐木人傳》第十六章：「李佔才歎了口氣說：『我這個月，水啦。』」《漢語方言大詞典》：「水：⑪〈形〉（技能或質量）低劣；走下坡路。一東北官話。王寶璽《巧姻緣》：『眼看他的工作，一天天地～下去了。』」〔註19〕《大字典》義項⑳方言。猶「不負責」、「馬虎」。劉禾《常用東北方言詞淺釋》：「這個辦事的太水了！事情沒辦妥，還損壞了一輛車子。」《漢語方言大詞典》：「水：⑫〈形〉馬馬虎虎；不了了之。西南官話。他做事～得很。⑮〈形〉虛假、不可靠；作風不正派，流里流氣。1931年《南川縣志》：『做事不堅固亦曰～。』」這幾個義項均是「水」的現代方言用法，意義較類似。《大詞典》可補。

《大詞典》義項⑤尿的隱語。參見「水火❹」。

> 【水火】❹舊時用為大小便的隱語。《水滸傳》第八四回：「石秀說道：『我教他去寶藏頂上躲著，每日飯食，我自對付來與他吃。如要水火，直待夜間爬下來淨手。』」《醒世恆言·李汧公窮邸遇俠客》：「眾牢子到次早放眾囚水火。」

《近代漢語詞典》〔註20〕也收錄：

> 【水火】大小便的隱語。《元曲選·蝴蝶夢》三折：「起來，放～！」明李中馥《原李耳載》：「因～不便，道人已辟穀三載矣。」清《野叟曝言》四三回：「早行暮宿，飲食～，安心任素臣之便。」

《辭源》〔註21〕也收錄：

> 【水火】⑤大小便的代稱。水滸五一：「朱仝獨自帶過雷橫，只做水火，來後面僻靜處開了枷，放了雷橫。」

此處「水火」一詞才能表示大小便的隱語，「水」字單用恐無此義，「火」

〔註19〕許寶華、（日）宮田一郎《漢語方言大詞典》，中華書局，1999年，981頁。
〔註20〕白維國主編《近代漢語詞典》，上海教育出版社，2015年。
〔註21〕何九盈、王寧、董琨《辭源（第三版）》，商務印書館，2015年。

也沒有大便的隱語的用法。《大字典》未收錄。

大詞典義項⑨古代某些國家的一種斷獄的對證方法，即所謂「神判」。唐玄奘《大唐西域記·印度總述》：「欲究情實，事須案者，凡有四條：水火稱毒。水則罪人與石，盛以連囊，沈之深流，校其真偽。人沈石浮則有犯，人浮石沈則無隱。」參閱明謝肇淛《五雜組·地部二》。《大字典》未收錄。

《大詞典》義項⑩浸泡；潤澤。書證《周禮·秋官·柞氏》：「夏日至，令刊陽木而火之；冬日至，令剝陰木而水之。」賈公彥疏：「至秋以水漬之。」唐韓愈《雜說一》：「龍噓氣成雲，雲固弗靈於龍也。然龍乘是氣，茫洋窮乎玄間，薄日月，伏光景，感震電，神變化，水下土，汩陵谷：雲亦靈怪矣哉！」同樣是「水」的動詞用法，用水泡。《大字典》未單獨收此義項。

《大詞典》義項⑭官名。《左傳·昭公十七年》：「共工氏以水紀，故為水師而水名。」杜預注：「以水名官。」「水師」：1. 古代以水為名的官長。《左傳·昭公十七年》：「共工氏以水紀，故爲水師而水名。」2. 周朝官名。《國語·周語中》：「火師監燎，水師監濯。」韋昭注：「水師掌水，監滌濯之事也。《辭源》：【水師】㈠官名。1. 以水為官名的百官。左傳昭十七年：「共工氏以水紀，故為水師而水名。」2. 周官名。國語周中：「火師監燎，水師監濯。」注：「水師掌水，監滌濯之事也。」「水」單用並無官職的意思，《大字典》未收錄。

《大詞典》義項⑰指物的等級。明袁宏道《湖上雜敘》：「法相長耳像極可觀，筍極可食，酒極可飲，頭水綿極可買。」又如：頭水貨、二水貨。此義項可併入「量詞」義項。方言也有此用法，表示「批、次、回、班、幫」等量詞。〔註22〕《大字典》未單獨收錄。

字　頭	汗
《大字典》有 《大詞典》無	（一）hàn ④潤澤。《太玄·闕》：「飲汗吭吭，得其膏滑。」范望注：「汗，潤澤也。」 ⑤濁。《廣雅·釋詁三》：「汗，濁也。」
《大詞典》有 《大字典》無	汗¹　hàn ④汗濕。曹禺《雷雨》第三幕：「他光著腳，穿一件白汗衫，已經汗透了，貼在身上。」

按：《大字典》「潤澤」這個義項下引書證「飲汗吭吭」並范注。《大詞典》

〔註22〕許寶華、（日）宮田一郎《漢語方言大詞典》，中華書局，1999年，981頁。

「汗」字頭未收錄「潤澤」的義項，但收錄詞條「沅沅」：潤澤皃。漢揚雄《太玄經》卷第六：「次六飲汗沅沅，得其膏滑。」晉范望注：「六為上祿，汗，潤澤也，神靈所祐，故潤澤多沅沅然也。百姓蒙福若膏澤之濡滑也。」又「測曰：飲汗沅沅，道足嗜也。」范注：「福祚天降，故足嗜也。」

據司馬光《集太玄注》：「王本『沅沅』作『沆沆』，小宋本『汗』作『汙』，音烏，『沅』作『涗』，山劣反。云『涗涗』，小飲也。『道足嗜』作『道得嗜』。今從宋陸范本。范曰：汗，潤澤也。潤澤，多沅沅然也。」可知，此處「汗」或「汙」之異文。《太玄》本就不好理解，此說使本就意義不明朗的書證又增添了幾分不確定。《說文通訓定聲》：「汗，身液也，從水干聲。《漢書・劉向傳》：『出令如汗』，汗出而不反者也。《太元・闕》：『飲汗沅沅』。又《釋名・釋衣服》：『汗衣，近身受汗垢之衣也。』《詩》謂之『澤』，受汗澤也。」可以看到，朱注是將「飲汗沅沅」這個例子放在「汗」字的「身液」義下的，也即通常所指的身體出的汗。再結合《大詞典》對「沅沅」一詞的解釋，我們認為這裏「飲汗沅沅」中的「汗」還是指身體出的汗，而「沅沅」則表示「潤澤」。

司馬光所說「汗」與「汙」相混並無道理，此二字字形非常相近，相混並沿譌下來的概率非常大。我們再看《大字典》「汙」字的義項⑤濁。《廣雅・釋詁三》：「汙，濁也。」此義項《大詞典》也並未收錄，且《大字典》所引只此古注無其他書證。我們考察，古籍中「汙」「濁」連在一起的例子多為「……汗濁其身／衣」之屬，即「汗」還是表示身體出的汗，而「濁」是弄臟，污濁的意思。只有《一切經音義》「瀸汙」條：「《廣雅》云：『汙濁也。』《字書》云：『塗也。』顧野王云：『汙，猶相染汙也。』孔注《尚書》云：『汙，不潔淨也。』」這裏所引《廣雅》有「汙濁也」，而非「汗濁也」。因此我們認為此處《大字典》所引書證誤將「汗」「汙」相混。綜上，《大字典》「汗」字下這兩個義項的設置還須進一步考察。

《大詞典》義項④汗濕。書證引曹禺《雷雨》第三幕：「他光著腳，穿一件白汗衫，已經汗透了，貼在身上。」文獻中有相同用法。《官場現形記》卷二十六：「嚇了一身大汗，連小褂都汗透了。」《歧路燈》卷四：「在靈前站著，連葛袍都汗透了。」《二十年目睹之怪現狀》第三十五回：「這話怎講？我道今天汗透了，叫他舀水來擦了身再說。」《大詞典》書證可以提前。例句中的「汗透了」當是說話中「汗濕透了」的省說，根據上下文活用了。《大字典》

未單獨收錄此義項。

字　頭	汙
《大字典》有《大詞典》無	（一）wū ④漫出。《荀子・榮辱》：「汙僈突盜。」楊倞注：「僈當為漫，漫亦汙也。水冒物謂之漫。」《太平廣記》卷三百九十四引康駢《劇談錄》：「唐元積鎮江夏……搆堂。架梁纔畢，疾風甚雨。時戶各輸油六七甕，忽震一聲，甕悉列於梁上，都無滴汙於外。」 （二）yú 古水名。已湮。故道在今河北省磁縣西南。《廣韻・虞韻》：「汙，水名。」《集韻・虞韻》：「汙，水名，在鄴西南。項羽擊秦軍汙水上。」《史記・項羽本紀》：「項羽悉引兵擊秦軍汙水上，大破之。」司馬貞索隱：「汙，音于。《郡國志》：『鄴縣有汙城。』酈元云：『汙水出武安山東南，經汙城北入漳。』」 （四）yū ①深。《集韻・虞韻》：「洿（汙），深也。」
《大詞典》有《大字典》無	汙¹　wū ⑩淫亂。《文選・張衡〈西京賦〉》：「陽石汙，而公孫誅。」李善注引《漢書》：「敬聲（公孫賀子）與陽石公主私通。」《水滸傳》第八回：「那婦人聽罷，哭將起來，說道：『丈夫！我不曾有半點兒汙，如何把我休了？』」特指姦污。《漢書・游俠傳・原涉》：「子獨不見家人寡婦邪？始自約敕之時，意乃慕宋伯姬及陳孝婦，不幸壹爲盜賊所汙，遂行淫失，知其非禮，然不能自還。」宋周密《癸辛雜識續集・馬華父》：「華父撫諭不從，遂藏身後圃亂荷中獲免。其家人散走藏匿。華父之妻則藏於郡吏之家，遂爲所汙。」《元朝秘史》卷八：「（忽闌）果然不曾被汙，因此成吉思甚加寵愛。」清紀昀《閱微草堂筆記・如是我聞一》：「官雖捕賊駢誅，然以妾已被汙，竟不旌表。」 ⑮用同「兀」。禿，剪短。蔣禮鴻《敦煌變文字義通釋・釋事為》：「《劉知遠諸宮調》第十二，中呂調醉落托曲：『兄嫂堪恨如狼虎，把青絲剪了盡皆汙。』又白：『欲帶（戴）金冠，爭奈髮汙眉齊！』金元北音沒有入聲，『兀』音與『汙』相近，『汙』就是『兀』。」

按：《大字典》義項（一）wū　④漫出。《大詞典》未收錄。《大字典》所引書證「汙僈突盜」中「汙漫」一詞《大詞典》有收錄：

【汙漫】亦作「污漫」。亦作「汚漫」。1. 污穢，卑污。《荀子・儒效》：「行不免於汙漫，而冀人之以己爲修也；甚愚溝瞀，而冀人之以己爲知也：是衆人也。」《荀子・富國》：「百姓曉然皆知其汙漫暴亂而將大危亡也。」楊倞注：「汙、漫皆穢行也。」晉干寶《搜神記》卷十三：「欲取飲者，皆洗心志，跪而把之，則泉出如飛，多少足用；若或汙漫，則泉止焉。」2. 玷污；污染。《新唐書・陳子昂傳

贊》：「子昂乃以王者之術勉之，卒爲婦人訕侮不用，可謂薦圭璧於房閨，以脂澤汙漫之也。」《資治通鑒·唐德宗興元元年》：「鎮亦忝列曹，不能捨生，以至於此，豈可復以己之腥臊污漫賢者乎！」3. 猶汙墁。塗抹。宋宋□《新編分門古今類事·董齊醫畫》：「（董羽）善畫水，太宗作端拱樓，命羽四壁畫龍水……皇子尚幼，遙見壁畫，驚啼不敢視，命亟污漫之。」參見「汙墁」。

【汙僈】污穢，卑污。《荀子·榮辱》：「汙僈突盜，常危之術也。」楊倞注：「僈當爲漫，漫亦汙也。」《荀子·正論》：「流淫汙僈，犯分亂理，驕暴貪利，是辱之由中出者也。」參見「汙漫」。

我們可以看到，「汙漫」中「汙」並沒有「漫出」義，而是指污穢。各家基本上皆據楊注。《荀子》卷二：「仁義德行常安之術也，然而未必不危也，汙僈突盜常危之術也，然而未必不安也。」楊倞注：「僈當為漫，漫亦汙也，水冒物謂之漫。《莊子》云：『北人無擇曰舜，以其辱行汙漫我。漫，莫半反。』」《古今韻會舉要》：「漫，又污也。《荀子》『污漫』注楊倞曰：『當為漫亦污也。』」但古籍中皆是用「污」去釋「漫」，《大字典》卻直接將其畫了等號，用「漫」的水滿溢出義直接解釋「汙」，我們認為還須仔細辨別到底應該是「漫」隨「汙」有污穢義還是「汙」隨「漫」有水滿溢出義。

《大字典》「漫」字下義項：⑬污染。《字彙·水部》：「漫，污也。」《莊子·讓王》：「吾生乎亂世，而無道之人再來漫我以其辱行，吾不忍數聞也。」成玄英疏：「漫，汙也。」

可知「漫」有「污濁」義。《方言箋疏》：「《莊子·讓王篇》：『欲以其辱行漫我』《呂氏春秋·離俗覽》：『不漫于利』高注：『漫，汙也。』《荀子·性惡篇》：『汙漫淫邪』，《儒效篇》：『行不免於汙漫』，《榮辱篇》：『汙僈突盜』，楊倞注：『僈當為漫，漫亦汙也』，漫與澣聲義並同，污謂之漫，猶塗杇謂之鏝也。《釋宮》：『鏝謂之杇』李巡注：鏝，一名杇，塗工作具也。」此處可以看到，是將這幾個用例歸為一類的，都是表示「漫」有「汙」的污穢、污濁義。故我們認為《大字典》據此將「漫出」作為其義項欠妥。

《大字典》義項（二）yú 古水名。已潭。故道在今河北省磁縣西南。字書收錄且有書證，《大詞典》未收錄，可補。

《大字典》義項（四）yū ①深。《集韻·虞韻》：「污（汙），深也。」「汙」

本身有深漥的意思。《晏子春秋》：「今君窮臺榭之高，極汙池之深而不止。」吳語「污落」有深陷下去的意思。應鐘《甬言稽詁·釋語》：「今稱陷沒曰『污』。如足踐淤泥，身臥棉絮堆中，皆云『污落』。」〔註23〕除了字書收錄，文獻中未見「汙」單用表示「深」的用法。《大詞典》未收錄此義項。

《大詞典》汙¹ wū ⑩淫亂。此義項文獻用例頗多，《大字典》未單獨收錄此義項，可補。

《大詞典》汙¹ wū ⑮用同「兀」。禿，剪短。所據蔣禮鴻《敦煌變文字義通釋·釋事為》。〔註24〕《大字典》未收錄。

字　頭	沐
《大字典》有 《大詞典》無	⑦水名。即今山東省彌河。發源於山東省沂山，經臨朐縣、青州市、壽光市等地，流入渤海。《集韻·屋韻》：「沐，水名，在青州。」
《大詞典》有 《大字典》無	⑥指休假。南朝宋鮑照《數詩》：「三朝國慶畢，休沐還舊邦。」《文選·沈約〈和謝宣城〉》：「晨趨朝建禮，晚沐臥郊園。」李善注：「沐，休沐也。」

按：《大字典》義項⑦水名。即今山東省彌河。發源於山東省沂山，經臨朐縣、青州市、壽光市等地，流入渤海。《太平御覽》卷第六十四：「沐水，《水經》云：『沐水出瑯琊東莞縣西北。』」《（嘉靖）山東通志》：「沐水，源出沂山，流經沂水縣，東北達莒州界，入沂州。」《大詞典》未收錄，可補。

《大詞典》義項⑥指休假。《六臣注文選》卷二十七：「《休沐重還道中》，五言，善曰：『休假也，沐，洗也。』《漢書》：『張安世休沐未嘗出』，如淳曰：『五日得下一沐』。良曰：『休沐謂休假沐浴也』。卷三十：「《和謝宣城》：『晨趨朝建禮，晚沐臥郊園。』善曰：『《漢書·典職》曰：尚書郎晝夜更直於建禮門內，沐，休沐也。』」《玉臺新詠注》：「《初學記》：『休假亦曰休沐。』《漢律》：『吏五日得一下沐』，言休息以洗沐也。」

「沐」本義是指洗頭髮，後來擴大引申為沐浴，洗滌。漢代始有休沐制度，官吏每五天休息一天可供沐浴休憩，即休息沐浴。〔註25〕還有「下沐」，也即休沐，表示古代官吏的例假。《初學記》卷二十引《漢律》：「吏五日得一下沐，言休息以洗沐也。」「出沐」謂官吏歸家休息。《漢書·霍光傳》：「入宿衛，察姦

〔註23〕許寶華、（日）宮田一郎《漢語方言大詞典》，中華書局，1999年，2213頁。
〔註24〕詳見蔣禮鴻《敦煌變文字義通釋》，浙江大學出版社，2016年，126頁。
〔註25〕休沐制度後來有所發展和變化，此不詳敘。

臣變，候司光出沐日秦之。」《大字典》未收錄此義項。

字　頭	沖
《大字典》有《大詞典》無	②深遠。《廣韻·東韻》：「沖，深也。」北周庾信《羽調曲》：「沖深其智則厚，昭明其道乃尊。」《梁書·孔休源傳》：「（休源）風業貞正，雅量沖邈。」唐宋之問《自衡陽至韶州謁能禪師》：「物用益沖曠，心源日閒細。」 ⑤會計用語。收支賬目互相抵銷，或兩戶應支付的款項互相抵銷。《紅樓夢》第七十五回：「幸而後手裏漸漸翻過來了，除了沖賬的，反贏了好些。」 ⑬姓。宋邵思《姓解》卷一：「沖，《風俗通》有博士沖和。」《正字通·水部》：「沖，姓。明洪武中香山縣丞沖敬。」
《大詞典》有《大字典》無	⑤冒犯；頂撞。參見「沖言沖語」。 ⑪冒充；充當。《西遊記》第九二回：「你這府縣，每年家供獻金燈，假沖諸佛降祥者，即此犀牛之怪。」茅盾《太平凡的故事》：「在街上看見了廉價人造絲織品或者沖毛織品的奇裝異服的年青女子，總不免想起翩然而歸的三五百。」 ⑬通「忡」。參見「沖沖」。

　　按：《大字典》義項②深遠。《大詞典》未收錄此義項。《廣韻·東韻》：「沖，深也。」《字彙》：「沖，又深也。《文選》：『茂德淵沖。』」《藝文類聚》卷七八引晉湛方生《廬山神仙詩序》：「窈窕沖深，常含霞而貯氣。」《大詞典》收錄「沖祕」表示深遠幽密。南朝梁簡文帝《〈南郊頌〉序》：「沖祕隱嶙，跨千畝於晉日；閒曠麗遠，吞七里於漢年。」「沖幄」深廣的帷幕。南朝齊褚淵《太廟登歌》：「金罍淳桂，沖幄舒薰。」「沖隱」謂高深奧秘。南朝梁陶弘景《發真隱訣序》：「況玄妙之秘途，絕領之奇篇，而可不探括沖隱，窮思寂昧者乎？」《大詞典》可補此義項。

　　《大字典》義項⑤會計用語。收支賬目互相抵銷，或兩戶應支付的款項互相抵銷。《大詞典》未收錄此義項。《大詞典》收錄「沖賬」，表示應收應付的帳目或款項互相抵銷。引用同一個書證《紅樓夢》第七五回：「今日薛蟠又擲輸了，正沒好氣，幸而後手裏漸漸翻過來了，除了沖帳的反贏了好些，心中自是興頭起來。」《大詞典》可補此義項。

　　《大字典》義項⑬姓。《大詞典》未收錄。

　　《大詞典》義項⑤冒犯；頂撞。參見「沖言沖語」。《金瓶梅詞話》第七五回：「他敢前邊吃了酒進來，不然如何恁沖言沖語的！罵的我也不好看的了。」「沖言沖語」指衝撞、冒犯人的話。《漢語方言大詞典》：「沖：㉟〈形〉（態度）

生硬，（言語）粗魯。㊀東北官話。胡清和《小白玫》：『原來是一個吃生蔥生蒜的人，說話這麼～。』㊁北京官話。《北京話短劇選》：『我心直口快，有時說話太～，您可別介意。』㊃中原官話。李準《李雙雙》（電影劇本）：『大鳳，我平時說話太～，你也擔待點。』」〔註26〕《大字典》未收錄此義項。

　　《大詞典》義項⑪冒充；充當。書證《西遊記》第九二回：「你這府縣，每年家供獻金燈，假沖諸佛降祥者，即此犀牛之怪。」茅盾《太平凡的故事》：「在街上看見了廉價人造絲織品或者沖毛織品的奇裝異服的年青女子，總不免想起翩然而歸的三五百。」「沖」作「冒充；充當」義用例不多見，文獻還有《小五義》第九十三回：「歐陽爺自思：『原來老道全不認得，假沖熟識。』」可能是「充」譌作。《大字典》未收錄。

　　《大詞典》義項⑬通「忡」。參見「沖沖❺」。

　　　【沖沖】亦作「冲冲」。5. 忡忡，憂慮貌。宋范仲淹《依韻酬池州錢綺翁》：「天涯彼此勿沖沖，內樂何須位更崇。」明錢㻨《憫黎詠》：「軍行值人日，感歎心沖沖。」明武陵仙史《劉潑帽‧春思》套曲：「沖沖，春病沉沉重。」

　　文獻中「憂心忡忡」有時被寫作「憂心沖沖」。《詩》「未見君子，憂心忡忡」常被後世寫作「未見君子，憂心沖沖」。再如《衡嶽志》卷四：「四民蹙額，憂心沖沖。」《大字典》未收錄。

字　頭	沃
《大字典》有《大詞典》無	⑥低。《廣雅‧釋詁四》：「沃，低也。」
《大詞典》有《大字典》無	②啟沃，竭誠忠告。《書‧說命上》：「啓乃心，沃朕心。若藥弗瞑眩，厥疾弗瘳。」孔穎達疏：「當開汝心所有以灌沃我心。」唐戴叔倫《奉天酬別鄭諫議》詩：「拜闕奏良圖，留中沃聖謨。」宋范仲淹《上張右丞書》：「奏議森乎朝聽，顧問沃於天心。」 ③淹。《韓非子‧初見秦》：「（秦）決白馬之口以沃魏氏，是一舉而三晉亡。」唐盧仝《月蝕詩》：「勃然發怒決洪流，立擬沃殺九日妖。」《西遊記》第二二回：「這個揪住要往岸上拖，那個抓來就將水裏沃。」 ④飲，喝。宋陶穀《清異錄‧女行》：「載（扈載）連沃六七巨觥，吐嘔淋漓。」清王韜《淞隱漫錄‧林士樾》：「席間，生故設僻令，秦客與瓊娘連沃數十觥。」

〔註26〕許寶華、（日）宮田一郎《漢語方言大詞典》，中華書局，1999年，2194頁。

⑤蕩滌；洗濯。唐杜甫《喜聞官軍已臨賊境二十韻》：「誰云遺毒螫，已是沃腥臊。」仇兆鰲注：「沃，以蕩滌其穢也。」《新編分門古今類事》卷五引宋無名氏《該聞集·琴僧江湖》：「是夕揚子江颶風驟起，鼓浪沃岸。」潘漠華《歸後》：「在那黃桌旁，我用酒沃了我傷痕。」

⑨光澤柔潤貌。《詩·小雅·隰桑》：「隰桑有阿，其葉有沃。」毛傳：「沃，柔也。」朱熹集傳：「沃，光澤貌。」參見「沃若❶」。

按：《大字典》義項⑥低。據古注《廣雅·釋詁四》：「沃，低也。」胡文英《吳下方言考》卷十：「案：沃，低頭也。吳中人謂人高勢下曰沃。」《大詞典》未收錄。

《大詞典》義項②啟沃，竭誠忠告。《大詞典》還收錄「沃心」一詞。釋為「謂使內心受啟發。舊多指以治國之道開導帝王。」語出《書·說命上》：「啟乃心，沃朕心。」孔穎達疏：「當開汝心所有，以灌沃我心，欲令以彼所見教己未知故也。」《梁書·武帝紀下》：「治道不明，政用多僻，百辟無沃心之言，四聰闕飛耳之聽。」文獻中表示此義的還有其他用例。如《高麗史》：「人君豈皆無失，必待良辰啟沃，然後能成其聖德。」宋蘇舜欽《滄浪亭記》：「予既廢而獲斯境，安于沖曠，不與衆驅，因之復能見之乎內外失得之原，沃然有得，笑傲萬古。」「沃然」表示受啟發而領悟貌。《大字典》未收錄此義項，可補。

《大詞典》義項③淹。與《大字典》義項②浸泡。書證都引《西遊記》第二十二回：「這個揪住要往岸上拖，那個抓來就將水裏沃。」此處兩種解釋都通。《大字典》未設置「淹」義項。《大詞典》「淹」和「浸泡」兩個義項均有。「沃」表示「淹沒」文獻中還有其他用例，如《清史稿》：「五月泰州海溢，亳縣水災，七沃滄河，大水淹沒人畜。」此義項《大字典》可補。

《大詞典》義項④飲，喝。除所引書證外，文獻中表示此義項的用例還有如：《蟫史》卷二十：「因廢食，惟日沃酒數十升。」《淳熙三山志》卷第四十：「屬吏參陪宴二山，金杯滿沃酒腸寬。」《大字典》未收錄此義項，可補。

《大詞典》義項⑤蕩滌；洗濯。「沃」字本義是指澆；灌。《玉篇·水部》：「𣿰，同沃，漑灌也。」段玉裁注：「沃，隸作沃。」《說文·水部》：「𣿰，漑灌也。」段玉裁注：「自上澆下曰沃。」「蕩滌；洗濯」義當是從「澆；灌」義發展而來。《周禮·春官·鬱人》：「凡祼事沃盥。」孫詒讓正義：「沃盥者，謂行禮時必澡手，使人奉匜盛水以澆沃之，而下以槃承其棄水也。」「沃盥」是指澆水洗手。明宋濂《送東陽馬生序》：「四肢僵勁不能動，媵人持湯沃灌，以

衾擁覆，久而乃和。」「沃灌」指洗濯。再如《儀禮‧鄉飲酒禮》：「主人坐取爵，沃洗者西北面。」《宋史‧禮志十七》：「賓主以下各就席坐訖。酒再行，次沃洗。」「沃灌」就是指滌蕩，洗濯。宋蘇舜欽《觀放閘》詩：「吾思作至監，實以處上游，又欲接之口，沃蕩胸中愁。」《宋史》卷三百一十四：「晝夜不息，冬月憊甚，以水沃面；食不給，至以糜粥繼之，人不能堪，仲淹不苦也。」《大字典》未收錄此義項，可補。

《大詞典》義項⑨光澤柔潤貌。《大字典》義項④茂盛貌。兩部辭書在這兩個義項下都引了《詩經》中「隰桑有阿，其葉有沃」和「沃若」作書證，但對其義項的歸納卻有不同。究其原因，據古注使然，不同的古注有所不同。《大詞典》收錄「沃若」一詞，有兩個義項：1. 潤澤貌。《詩‧衛風‧氓》：「桑之未落，其葉沃若。」朱熹集傳：「沃若，潤澤貌。」唐張說《酬崔光祿冬日述懷贈答序》：「故亦浚碧池之漣漪，增瑤林之沃若。」明劉基《雜詩》之七：「枯萎仰沾溉，沃若生蔥青。」清趙翼《喜雨》詩：「潤難期沃若，嘆暫解焚如。」2. 馴順貌。《詩‧小雅‧皇皇者華》：「我馬維駱，六轡沃若。」《文選‧謝朓〈拜中軍記室辭隋王箋〉》：「潢汙之水，願朝宗而每竭；駑蹇之乘，希沃若而中疲。」李善注：「《詩》曰：『我馬維駱，六轡沃若。』沃若，調柔也。」從《大詞典》對「沃」和「沃若」的義項設置來看，都是偏重「光澤、順」兒，未有「茂盛」義。《說文通訓定聲》也說：「《詩‧氓》『其葉沃若』，傳：猶沃沃然，『隰桑其葉有沃』，傳：柔也。」

我們認為，兩部辭書的義項設置都有所據不能說錯，但作為義項都不夠全面，若書證有交叉，則應將兩者的此義項結合，謂「茂盛，柔順有光澤貌」更為妥帖。《詩經》「桑之沃若」中「沃若」的意思，清朱鶴齡《詩經通義》：「歐陽云：『桑之沃若』喻男子情意盛時可愛，『其黃而隕』又喻男子情意易得衰落。」既然是比喻男子情意濃盛，「茂盛」義是比較準確的。所以「茂盛」義不可省。《大詞典》也收錄「沃沃」一詞，解釋為「豐茂而有光澤貌」。引書證《詩‧檜風‧隰有萇楚》：「夭之沃沃，樂子之無知。」毛傳：「沃沃，壯佼也。」朱熹集傳：「沃沃，光澤貌。」南朝宋鮑照《園葵賦》：「萋萋翼翼，沃沃油油。」宋葉適《奉賦成都新園詠歸堂》之一：「沃沃葵莧畦，焰焰棠杏塢。」清金農《小善庵詩》：「入山瓢杓喧，引供歲沃沃。」從這幾個例證中可以看到，都是形容草木長得好，茁壯，色鮮，表面有光澤等等的狀態，所以「沃若」與「沃

「沃」類似，義項設置可仿。

字　頭	沈
《大字典》有《大詞典》無	（一）chén ⑮停滯；止息。《廣雅·釋詁三》：「沈，止也。」《國語·周語下》：「為之六閒，以揚沈伏，而黜散越也。」韋昭注：「沈，滯也。」《後漢書·袁安傳》：「久議沈滯，各有所志。」宋祕演《淮上》：「風沈人語遠，湖漲月華升。」 ㉓古水名。1. 即今四川省射洪縣東南的洋溪河，為涪江的支流。《水經注·梓潼水》：「沈水出廣漢縣，下入涪水也。」2. 陝西省潏水的別名。清顧祖禹《讀史方輿紀要·陝西二·西安府》：「潏水在（西安）府南十里，出南山石鱉谷，亦謂之沇（沈）水。」
《大詞典》有《大字典》無	沈¹　chén ⑰方言。謂聽覺失靈。老舍《四世同堂》十六：「四大媽的眼神兒差點事，可是耳朵並不沉。」河北梆子《佘塘關》第四場：「親公，山王耳沉了，未曾聽見。」 ㉑通「扰」。蠱惑；欺詐。《書·盤庚上》：「汝曷弗告朕，而胥動以浮言，恐沈於眾？」周秉鈞易解：「沈，通『扰』，告言不正以惑之也。」參見「沈疑❷」。 ㉒指沉香。參見「沈腦」、「沈檀」。

　　按：《大字典》義項⑮停滯；止息。《大詞典》未收錄此義項。《大詞典》收錄了幾個有相關意義的詞：

　　【沈滯】亦作「沉滯」。4. 泛指長期處於某種狀況；停滯。郭沫若《北伐途次》十八：「效法日本其實是間接效法歐美，更具體地說：便是在暗默間想怎樣把中國數千年沉滯著的封建社會轉化為近代的資本主義社會。」5. 拖延時日；耽擱。《後漢書·袁安傳》：「久議沈滯，各有所志，蓋事以議從，策以眾定……君何尤而深謝？」《清平山堂話本·風月相思》：「生與韶華曰：『我有手書一緘，煩汝送瓊，幸勿沈滯。』」

　　這裏的義項5所引書證「久議沈滯」與《大字典》這個義項所引書證相同。《大字典》釋為「停滯；止息」。

　　【沈伏】亦作「沉伏」。1. 滯鬱。《國語·周語下》：「爲之六閒，以揚沈伏，而黜散越也。」韋昭注：「沈，滯也。」宋趙彥衛《雲麓漫鈔》卷十二：「所謂大呂、應鍾、南呂、林鍾、仲呂、夾鍾，此六者爲陰月之管，謂之呂。呂者，助也，言陰氣沉伏，各有助也。」

此所引書證「爲之六閒，以揚沈伏」也與《大字典》此義項下所引書證相同。

【沈身】2. 沉滯。指長期不升遷。明唐順之《丁近齋參政像贊》：

「弱冠超遷，或快其早；龐眉作尉，或惜其遲。然駟（顏駟）也既沈身於郎署，而誼（賈誼）也竟墮讒於湘湄。」

這裏的「沈身」指沉滯，長期不升遷。是從其本義身體沉溺於水中引申而來的，表示停滯不前。

【沈凝】亦作「沉凝」。3. 凝滯，停止流動。靳以《晨霧》：「可是它沉凝地停留著，要一切的物體都遲緩下去，終於要定在那裏。」

《大詞典》這個義項似可補充。

《大字典》義項㉒古水名。不僅有古注，且有《水經注》《讀史方輿紀要》的書證。《大詞典》未收錄，可補充。

《大詞典》義項⑰方言。謂聽覺失靈。《漢語方言大詞典》：「沉：❶〈形〉重聽；聾。㊀東北官話。最近耳朵有點～。㊁中原官話。他耳道有點兒～。」[註27]方言用法。《大字典》未收錄。

《大詞典》義項㉑通「扰」。蠱惑；欺詐。參見「沈疑❷」。

【沈疑】亦作「沉疑」。2. 欺詐。沈，通「扰」。《管子·君臣下》：

「古者有二言：牆有耳，伏寇在側。牆有耳者，微謀外泄之謂也；伏寇在側者，沈疑得民之道也。」章炳麟《膏蘭室札記·沈疑》：「按：沈借爲『扰』。《說文》『扰』下曰：『讀若告言不正曰扰』，是扰有告言不正之義。疑本訓惑，而《蒼頡》篇云：『誑，欺也。』尋『誑』字《說文》訓騃，則訓欺亦爲疑之借，欺者所以惑人，故疑引申爲欺也。扰疑得民者，謂詐爲君欲虐下之言以欺民，所以扇誘民而得其心。」

《說文》卷十二：「扰，深擊也。從攴，尤聲。讀若告，言不正曰扰。」「扰」字《大字典》義爲「深擊」，未據「言不正」收錄欺詐義。「扰」字的「言不正」義還存疑。馬敍倫《說文解字六書疏證》卷二十三：「鈕樹玉曰：『讀若不應仍作扰，疑有講。』《玉篇》：『擊也。』承培元曰：『告言不正之扰疑爲誕講。』王筠曰：『告言不正曰扰。』不見經傳，則是俗語也。以俗語定讀若。」《說文

校議》:「此亦校者依篆改,宋本無告字。言部『說,言相說司也。』《說文》訓『言不正為說。』則此當言『讀若言不正曰說。』」「說」字有「言不正」義。《廣韻·佳韻》:「說,言不正也。」《大詞典》據章注得「蠱惑;欺詐」義項還有待進一步考察。《大字典》未收錄此義項。

　　《大詞典》義項㉒指沉香。參見「沈腦」、「沈檀」。《大字典》未收錄。

字　頭	法
《大字典》有《大詞典》無	⑫中國古代墨家關於推理法則的基本概念。其涵義是:對於一類事物的法則,可適用於此一類之任何個體。《墨子·經上》:「法,所若而然也。」又《經下》:「一法者之相與也盡。」 ⑱法國的簡稱。徐珂《清稗類鈔·戰事類》:「咸豐庚申,英、法聯軍自海入侵,京洛騷然。」魯迅《墳·摩羅詩力說》:「來爾孟多夫則專責法人,謂自陷其雄士。」
《大詞典》有《大字典》無	⑫指曆法。《漢書·律曆志下》:「推中部二十四氣,皆以元爲法。」《清史稿·時憲志一》:「世祖定鼎以後,始紬明之舊曆,依新法推算,即承用二百六十餘年之《時憲術》也。」 ⑬指法酒。《文選·張協〈七命〉》:「浮蟻星沸,飛華萍接,玄石嘗其味,儀氏進其法。」李善注:「《博物志》曰:『玄石從中山酒家酤酒,酒家與之千日之酒。』」參見「法酒」。 ⑯助詞。用於陳述句、疑問句和感歎句。吳組緗《山洪》二:「像你說的容易法,中國不就好了麼!」張天翼《萬仞約·兒女們》:「廣川伯伯就簡直不知道這難關怎麼過法。」李季《當紅軍的哥哥回來了》詩之十:「眼淚洗臉氣當飯,為什麼我活得這個慘法!」

　　按:《大字典》義項⑫中國古代墨家關於推理法則的基本概念。其涵義是:對於一類事物的法則,可適用於此一類之任何個體。這是一個非常虛的哲學概念,其涵義較難概括。引書證《墨子·經上》:「法,所若而然也。」對此句的理解孫詒讓《墨子閒詁》卷十:「法所若而然也。《荀子·不苟》篇楊注云:『法,效也。』」又《經下》:「一法者之相與也盡。」書證例句意義較難理解。《大詞典》未收錄。

　　《大字典》義項⑱法國的簡稱。《大詞典》未收錄。《大詞典》只收錄古國名。

　　《大詞典》義項⑫指曆法。書證例句中「法」也可釋為「方法」「準則」,只是在上下文中特指曆法。其實「曆法」本身也是指推算日月星辰之運行以定歲時節候的方法。《大字典》未收錄此義項。

　　《大詞典》義項⑬指法酒。《大字典》未收錄此義項。

　　【法酒】1. 古代朝廷舉行大禮時的酒宴。因進酒有禮，故稱。
《史記・劉敬叔孫通列傳》：「至禮畢，復置法酒。諸侍坐殿上皆伏
抑首，以尊卑次起上壽。」司馬貞索隱引姚氏曰：「進酒有禮也。古
人飲酒不過三爵，君臣百拜，終日宴不為之亂也。」2. 泛指宮廷宴
飲時所飲的酒。清錢謙益《病榻消寒雜詠》之十三：「內苑禦舟思匼
匝，上尊法酒賜逡巡。」3. 按官府法定規格釀造的酒。北魏賈思勰
《齊民要術・法酒》：「法酒尤宜存意，淘米不得淨則酒黑。」唐劉
禹錫《晝居池上亭獨吟》：「法酒調神氣，清琴入性靈。」參閱《漢
書・食貨志下》。

　《大詞典》義項⑯助詞。用於陳述句、疑問句和感歎句。《大字典》未收錄。
這是「法」的方言用法。用在形容詞或動詞後強調程度。可以理解為「……的
樣子，狀態」。《漢語方言大詞典》：「㊀西南官話。他這樣紅～，要升官了。㊁
吳語。他們這樣好～，恐怕要結婚了。」〔註28〕

字　頭	沾
《大字典》有 《大詞典》無	（一）zhān ②充足；充溢。《白石神君碑》：「不終朝日，而澍雨沾洽。」《水經注・河水》：「山上又有微涓細水，流入井中，亦不甚沾，人上者皆所由陟。」《聊齋誌異・水災》：「十八日，大雨沾足，乃種豆。」 （二）tiān ②薄；輕薄貌。《廣雅・釋詁一》：「沾，襌也。」《集韻・鹽韻》：「沾，沾沾，輕薄也。」《楚辭・大招》：「吳酸蒿蔞，不沾薄只。」《漢書・竇嬰傳》：「魏其沾沾自喜耳，多易。」顏師古注：「沾沾，輕薄也，或音他兼反，今俗言薄沾沾。」宋陸游《三峽歌》之五：「險詐沾沾不媿天，交情回首薄如煙。」 （三）diàn ①古水名。即今山西省昔陽縣的松溪河，東北流至河北省井陘縣注入冶河。《廣韻・㮇韻》：「沾，水名。在上黨。」清顧祖禹《讀史方輿紀要・山西二・太原府》：「沾水，在（樂平）縣西南（今昔陽縣），源亦出沾嶺，東流合鳴水及小松水，過昔陽城，東北流入澤發水（冶河）。」 ②漢縣名。故治在今山西省昔陽縣西南。《集韻・栝韻》：「沾，縣名，在樂平。」清顧祖禹《讀史方輿紀要・山西二・太原府》：「沾縣城，（樂平）縣西南三十里，漢沾縣治此。」按：樂平1914年改為昔陽縣。

〔註28〕許寶華、（日）宮田一郎《漢語方言大詞典》，中華書局，1999年，3621頁。

《大詞典》有 《大字典》無	沾¹　zhān ⑥自矜貌。參見「沾沾❶」、「沾沾自喜」。 ⑦拘執。參見「沾沾❷」、「沾滯❶」。 ⑧方言。行。（1）可以。秧歌劇《秦洛正》第三場：「這回該我說話啦，不沾！再也不能聽你的啦！」（2）能幹。周而復《白求恩大夫》九：「這些年青小夥子，著實的勇敢，給咱們這地面打鬼子，可沾哩！」

按：《大字典》音項（一）zhān 義項②充足；充溢。《大詞典》未收錄此義項。《大詞典》收錄「沾洽」一詞：1. 雨水充足。漢焦贛《易林·豐之未濟》：「喁喁嘉草，思降甘雨，景風升上，沾洽時澍，生我禾稼。」宋陸游《大雨》詩：「時時雖閔雨，顧盼即沾洽。」《大詞典》還收錄「沾足」一詞：謂雨水充足。宋江休復《江鄰幾雜誌》卷一：「同州民謂沾足爲爛雨。」清蒲松齡《聊齋志異·水災》：「十八日，大雨沾足，乃種豆。」考文獻中有大量「沾足」和「沾洽」的用例，「沾足」主要和雨水搭配，表示雨水充足。《大詞典》「沾」字此義項可補充。

《大字典》（二）tiān②薄；輕薄貌。《大詞典》沾¹zhān　⑥自矜貌。兩部辭書中書證「沾沾」「沾沾自喜」收錄在了不同的義項下，且讀音標注也不同。我們認為《大字典》此義項下的書證應當重新梳理歸置。《楚辭》：「吳酸蒿蔞，不沾薄只」王逸注：「沾，多汁也，薄，無味也。言吳人工調醎酸煎蒿蔞以為葅，其味不濃不薄，適甘美也。」可知，此處王逸認為「沾」表示多汁的意思。王念孫《廣雅書證》：「案：《楚辭·大招》『吳酸蒿蔞，不沾薄只』言羹味之厚也，王逸注以沾為多汁，失之。」王念孫雖不從王逸之說，但也絕非認為此處的「沾」表示薄，輕薄貌。故此條書證應當從此義項下刪掉。《漢書》「魏其沾沾自喜」中顏師古據古注認為「沾沾」表示輕薄貌，後說多從之。這裏我們看到此義與今之「沾沾自喜」意義相差較大，容易使讀者產生困惑。《現代漢語詞典》解釋「沾沾自喜」：形容自以為很好而得意的樣子。《大詞典》解釋「沾沾自喜」如下：

【沾沾自喜】驕矜自得貌。《史記·魏其武安侯列傳》：「太后豈以爲臣有愛，不相魏其？魏其者，沾沾自喜耳，多易。難以爲相，持重。」裴駰集解引張晏曰：「沾沾，言自整頓也。」《漢書·竇嬰傳》：「魏其沾沾自喜耳。」王先謙補注：「蓋其人丰采自矜，故帝言

其沾沾自喜，猶言詡詡自得也。」宋陳亮《王珪確論如何論》：「吾之所長既已暴白於天下，而猶眷眷於同列之公論，固非沾沾自喜之為也。」清納蘭性德《上座主徐健庵先生書》：「（先生）為師之道無乎不備，而某能不沾沾自喜乎？」秦牧《藝海拾貝・惠能和尚的偈語》：「有些人，喜歡聽讚揚無度的話，陶醉在那些話裏面沾沾自喜。」

其中也引用了《漢書・竇嬰傳》：「魏其沾沾自喜耳。」的例證。再看《大詞典》「沾沾」一詞：

【沾沾】1. 自矜貌；自得貌。《新唐書・黎幹傳》：「（黎幹）自負其辯，沾沾喜議論。」明張居正《答司馬楊二山書》：「此尤見公之襟度恢濶，非世之沾沾有己者可比也。」清唐孫華《次韻酬宮恕堂》：「把君詩卷聊過日，眾中誇示欣沾沾。」章炳麟《代議然否論》：「庸下者且沾沾規日本，不悟彼之去封建近，而我之去封建遠。」參見「沾沾自喜」。

都沒有據「輕薄貌」義項，且與今之理解相近。古籍中還有其他例證如宋姚勉《雪坡舍人集》卷三十三：「則沾沾自喜，若人所不能及。」可以看出也是表示自以為很好而得意的樣子。

綜上，我們認為，《大字典》此義項可以保留，畢竟有所據，但應將書證重新梳理，並補充列出「驕矜自得」義項為妥。

《大字典》義項（三）diàn　①古水名。②漢縣名。不僅有古注，且有《讀史方輿紀要》的書證。《大詞典》未收錄，可補充。

《大詞典》沾¹zhān　⑦拘執。參見「沾沾❷」、「沾滯❶」。《大字典》未收錄。

【沾沾】2. 執著；拘執。《三國演義》第七六回：「何今日猶沾沾以叔侄之義，而欲冒險輕動乎？」清徐瑤《太恨生傳》：「且天下豈少良女子，而獨沾沾於是耶？」魯迅《集外集拾遺補編・中國地質略論》：「而我復麻木罔覺，挾無量巨資，不知所用，惟沾沾於微利以自賊。」

【沾滯】1. 拘執而不通達。清黃宗羲《馬虞卿制義序》：「無子書之瑂繪，注疏之沾滯，大家之蔓延，時務之刻核。」《豆棚閒話・陳齋長論地談天》：「四大皆空，陽神不滅。佛老之論，總無沾滯。」

章炳麟《與人論樸學報書》:「若守此不進,而欲發明舊籍,則沾滯
而鮮通。」郭沫若《文藝論集·〈論詩三札〉之二》:「只是我看你不
免還有沾滯的地方。」2. 猶掛礙。清周亮工《與王隆吉書》:「生平
受病,只是多事,近日始知懺悔,立意求減,便於撒手時沒些沾滯
也。」

　　義項「拘執」一詞本身也比較難懂,是指拘泥,固執。「沾滯❶」,是指拘
執而不通達。文獻中「沾滯」一詞用例頗多。如:《明儒學案》卷三十四:「此
時覺心中光明,無有沾滯。」又卷六十二:「無心之心,正是本心。瞥起則放下,
沾滯則掃除,只與之常惺惺可也。」《曾國藩文集·處世金針》:「數日心沾滯於
詩,總由心不靜故。」又「爾之天分甚高,胸襟頗廣,而於兒女一事不免沾滯
之象。」《十二樓》卷一:「他的心體,絕無一毫沾滯,既不喜風流,又不講道
學,聽了迂腐的話也不見攢眉,聞了狎褻之言也未嘗洗耳,正合著古語一句:
『在不夷不惠之間』。」

　　除了《大詞典》所收「拘泥,固執,不通達」的義項,「沾滯」一詞似還有
表示乾脆利落,不拖泥帶水之義。如:

　　　　至於襯中之襯,與當急急趕下、斷斷不宜沾滯者,亦用朱筆抹
以細紋,如流水狀,使一一皆能識認。(《閒情偶寄》卷五)

　　　　這鐵公子見義敢為,全無沾滯,算個奇男子,愈令人可敬。(《好
逑傳》卷四第十五回)

　　　　才人韻士做出事來,如風之行,如水之流,一毫沾滯也沒有,
一毫行跡也不著。(《連城璧》卷九)

　　《大詞典》義項⑧方言。行。《大字典》未收錄。《漢語方言大詞典》:「沾,
❶〈動〉行;好;可以。㈠東北官話。趙新《縣官不如現管》:『你快點說句響
話,咱們在一個組,~不?』㈡北京官話。不~。㈢冀魯官話。《井陘縣志料》:
『邑俗謂作任何事,能勝其任曰~,反之曰不~;~不~猶言行不行,可以不
可以。㈣中原官話。讀書寫字我不行,燒飯做菜你不~。』」〔註29〕《大字典》
可補。

〔註29〕許寶華、(日)宮田一郎《漢語方言大詞典》,中華書局,1999年,3629頁。

字　頭	注
《大字典》有 《大詞典》無	（一）zhù ⑦屋簷滴水處。漢司馬相如《上林賦》：「高廊四注，重坐曲閣。」宋王應麟《困學紀聞・儀禮》：「《燕禮》疏：『四向流水曰東霤。』《考工記》之『四阿』，《上林賦》之『四注』也。」《水經注・河水》：「自（講武）臺西出……即廣德殿所在頁。其殿四注兩夏，堂宇綺井。」 ⑭病名，指傳染病。也作「疰」。《釋名・釋疾病》：「注病，一人死，一人復得，氣相灌注也。」畢沅疏證：「注，《太平御覽》引作『疰』。」王先謙補：「蘇輿曰：《（周禮・天官）瘍醫》鄭注：『祝讀如注病之注。』即此。」 ⑯姓。《古今姓氏書辯證・遇韻》：「注，出《姓苑》。」
《大詞典》有 《大字典》無	注¹　zhù ③流水。晉陸機《贈尚書郎顏彥先》詩之二：「豐注溢脩霤，黃潦浸階除。」南朝梁陸倕《新刻漏銘》：「靈虯承注，陰蟲吐喩。」 ④引入；入。《漢書・溝洫志》：「渠成而用注填閼之水，漑舃鹵之地四萬餘頃。」顏師古注：「注，引也。」《新唐書・藩鎮傳・羅紹威》：「紹威遣人潛入庫，斷絃解甲，注夜，將奴客數百與嗣勳攻之。」宋洪邁《夷堅丁志・李元禮》：「亟注泉州同安縣以歸。」 ⑤貫通；溝通。南朝梁劉勰《文心雕龍・章句》：「故能外文綺交，內義脈注，跗萼相銜，首尾一體。」宋曾鞏《本朝政要策・水利》：「漢興，文翁穿前溲（湔洟），鄭當時引渭，莊熊引洛，兒寬奏鑿六輔渠，而白公注涇渭。」 ⑧關注；繫念。元無名氏《盆兒鬼》第一折：「我臨去也折一朵大開花，明日個蚤還家，單注著買賣和合，出入通達。」清惲敬《與姚秋農書》：「老母康強，小大均安善，毋勞遠注。」李劼人《死水微瀾》第五部分十三：「不過他那時心裏別有所注，於他們的言語行動，不很留意。」 ⑪注銷。《後漢書・酷吏傳・王吉》：「課使郡內各舉姦吏豪人諸常有微過酒肉爲臧者，雖數十年猶加貶棄，注其名籍。」《陳書・高祖紀下》：「其有犯鄉里清議贓汙淫盜者，皆洗除先注，與之更始。」參見「注銷」。 ⑮特指把箭搭在弓上。《左傳・襄公二十三年》：「樂射之，不中。又注，則乘槐本而覆。」杜預注：「注，屬矢於弦也。」《晉書・宣帝紀》：「（曹爽）引弩將射帝，孫謙止之曰：『事未可知。』三注三止，皆引其肘不得發。」《舊唐書・憲宗紀下》：「裴度往洮口觀板築五溝，賊遽至，注弩挺刃將及度，而李光顏、田布扼其歸路，大敗之。」 ⑯謂敷藥。《周禮・天官・瘍醫》「掌腫瘍、潰瘍、金瘍、折瘍之祝藥，劀殺之齊」漢鄭玄注：「祝當爲注，讀如注病之注，聲之誤也。注謂附著藥。」賈公彥疏：「祝，注也。注藥於瘡。」引申為調配、配製。明宋濂《譙國郡公謚文節汪先生神道碑》：「其病癘方熾者，

召醫注善藥，親走其盧給之，活者數萬。」明宋濂《故江南等處行中書省左司郎中追封當塗縣子王公墓誌銘》：「出粟哺荒，注藥起尫。」參見「注傅」。

⑲付，交付。《逸周書·太子晉》：「（師曠）乃注瑟於王子。」《南史·張融傳》：「僚佐儷者多至一萬，少不減五千，融獨注儷百錢。」

㉔通「柱」。（1）柱子。北魏酈道元《水經注·河水三》：「其殿四注兩夏，堂宇綺井。」（2）支撐。參見「注喙」。

㉕通「炷」。（1）點火燃燒。宋何薳《春渚紀聞·天尊賜銀》：「（劉虛靜）每日執爐於天尊像前，注香冥禱，意甚虔至。」宋陸游《群兒》詩：「蜆殼以注燈，楗足以焚香。」（2）量詞。用於燃點的香。《兒女英雄傳》第十三回：「這都是天公默佑我們，闔家都該辦注名香達謝上蒼。」

㉖文體名。「表」的別稱。採用表格形式編纂的著述。清錢大昕《十駕齋養新餘錄·何法盛書》：「何法盛《晉中興書》，名目與諸史異，本紀曰典，表曰注，志曰說，列傳曰錄，論曰述，竝見劉氏《史通》。」

注² zhòu

②二十八宿之一柳宿的別名。共八星，為南方朱鳥之咮，故稱。《史記·律書》：「西至於注。」司馬貞索隱：「注，咮也。《天官書》云：『柳爲鳥咮。』則注，柳星也。」《公羊傳·莊公七年》：「何以書，記異也。」漢何休注：「周之四月，夏之二月，昏參、伐、狼、注之宿當見。」

按：《大字典》義項⑦屋簷滴水處。《大詞典》未收錄此義項，但收錄「四注」一詞。

【四注】1. 四周環繞。《文選·司馬相如〈上林賦〉》：「高廊四注，重坐曲閣。」呂延濟注：「注，猶帀也；高廊，行廊也；謂行廊帀於四邊也。」唐宋之問《太平公主池山賦》：「別有復道三襲、平臺四注。」2. 指四周環繞的走廊。南朝梁簡文帝《喜疾瘳》詩：「逍遙臨四注，兼持散九愁。」3. 指屋宇、棺槨四邊有簷，可使頂上的水從四面流下。清程瑤田《釋宮小記·中霤義述》：「故天子、諸侯屋皆四注，則有東西南北之霤凡四。」清程瑤田《釋宮小記·棟樑本義述上》：「天子棺載龍輴，其上加槨，槨上加�`縿幕，幕上欑之，謂菆聚，其木周於其外，以四注如屋而盡塗之也。」

可以看到兩部辭書都引用了《上林賦》「高廊四注」但對「注」的解釋不同。《大詞典》釋為「四周環繞」，是動詞。古人對於「注」的理解確有分歧。《漢書》卷五十七上：「高廊四注，重坐曲閣。師古曰：『廊堂下四周屋也。』」《六臣注文選》卷第八：「善曰：鄭玄《周禮注》曰：『注猶帀也，高廊，行廊

也，謂行廊帀於四邊也。」孫詒讓《周禮正義》卷八十三：「云四阿若今四注屋者，《漢書·司馬相如傳·上林賦》云：『高廊四注』。案：四注屋謂屋四面有霤下，注即所謂殿屋也。《燕禮》云：『設洗篚於阼階東南，當東霤。』注云：『當東霤者人君為殿屋也。』」王先謙《漢書補注》：「注，屬也。見《左傳·成公六年》賈服注《秦策》，注『四注』謂『四周相屬而下垂也』。」「四注」確有屋簷滴水處義，然察此句所在上下文，「於是乎離宮別館，彌山跨谷，高廊四注，重坐曲閣」，我們從李善注，理解為在這裏，離宮別館滿山遍谷，長廊環繞四周，閣有上下兩層閣道蜿蜒曲折，也即「注」在此處釋為動詞，四周環繞。

　　《大字典》義項⑭病名，指傳染病。也作「疰」。《大詞典》未收錄此義項。但《大詞典》收錄義項⑯謂敷藥。兩部辭書都引《周禮·天官·瘍醫》「讀如注病之注」，但對這個例證中「祝」字的解釋所據不同，所以義項不同。《大字典》據《釋名》認為表示名詞「注病」，也作「疰」。也引鄭玄注。但沒有將鄭玄之注理解完整。《大詞典》則引鄭注完整，遂多「讀如注病之注，聲之誤也。注謂附著藥。」故從動詞「敷藥」義。

　　我們認為這是「注病」的兩個不同意思。《大字典》釋「疰」：①病名。慢性的傳染病，有灌注的意思。《廣雅·釋詁一》：「疰，病也。」王念孫書證：「疰者，鄭注《周禮·瘍醫》云：『注，讀如注病之注。』《釋名》『注，病，一人死，一人復得，氣相灌注也。』注與疰通。」此可知，「疰」病是因為氣相灌注（即今之相互傳染）故名之。清王先謙《釋名疏證補》卷八：「畢沅曰：『注，《御覽》引作疰，疰字雖見《廣雅》而《說文》無之。此作注字與訓詁正和。』葉德炯曰：『《神農本草經》上：石龍芻味苦，微寒，主風濕，鬼注。』鬼注即此症也。」而《大詞典》所說「注病之注」是釋「祝」，「祝藥」即「敷藥」，《說文通訓定聲·孚部》：「祝，叚借為注。」宋毛居正《增修互注禮部韻略》卷四：「《周禮·瘍醫》『掌祝藥』注云：『祝，讀如注病之注，謂附著藥也。』」《大詞典》收錄「注傅」一詞：塗搽。《新唐書·張仁願傳》：「武後遣使勞問，賜藥注傅。」

　　綜上，這兩個義項應該都是存在的。但兩部辭典中的這兩個義項都沒有被彼此所收錄，我們認為應當互相補充。

　　《大字典》義項⑯姓。《大詞典》未收錄。

《大詞典》義項③流水。書證晉陸機《贈尚書郎顏彥先》詩之二：「豐注溢脩霤，黃潦浸階除。」此處「注」是指雨水如注。《六臣注文選》卷第二十四：「銑曰：豐，多也；注，雨水也；脩，高也。言雨水溢於高簷之霤。」南朝梁陸倕《新刻漏銘》：「靈虯承注，陰蟲吐噏。」《六臣注文選》卷第五十六：「善曰：《孫綽漏刻銘》曰：『靈虯吐注，陰蟲吐噏』，曰『虯，龍也；陰蟲謂蝦蟇也；言漏。刻之體以龍承之，作蝦蟇銜承盞而吐噏之。』」此處「注」就是指漏刻的龍口中流出的水柱。《大詞典》義項設置偏細，相關義項若詞性不同皆分。《大詞典》義項①流入；灌入。書證引《詩·大雅·文王有聲》：「豐水東注」。義項②傾瀉。引書證《東觀漢記·光武紀》：「暴雨下如注，水潦成川」。這幾處書證其實「注」的意義差別不大。再如《大詞典》義項④引入；入。義項⑤貫通；溝通。兩個義項的書證也有交叉。如義項⑤中書證《本朝政要策·水利》：「而白公注涇渭」，也可釋為「入；注入」。這幾個義項《大字典》皆未列出，《大字典》相關義項只有①灌入；傾注。

《大詞典》義項⑦集中；聚集。義項⑧關注；繫念。情況與前類似。《大字典》的相關義項只有②聚集；集中於……。

《大詞典》義項⑪注銷。注銷是指取消登記在冊的事項。《大詞典》「註銷」一詞釋為取消記錄在案的事項。本作「注銷」。在這個義項上，「註」「注」是異體字。由於是在此詞中體現的義項，《大字典》未收錄此義項。

《大詞典》義項⑮特指把箭搭在弓上。書證並引古注。《晉書斠注》：「乃上門樓引弩注箭欲發，將孫謙在後牽止之。」〔註30〕注箭欲發（未發），「注」譯為「把箭搭在弓上」很準確，此例可補充。《大字典》此義項未收錄，可補。

《大詞典》義項㉔通「柱」。（1）柱子。書證北魏酈道元《水經注·河水三》：「其殿四注兩夏，堂宇綺井。」這裏「四注」若釋為「指屋宇、棺槨四邊有簷，可使頂上的水從四面流下。」即放在《大詞典》「四注」一詞所收義項中也講得通。此處似不用令設義項。（2）支撐。參見「注喙」。【注喙】謂把喙支在地上不動。注，通「柱」。支撐。《淮南子·覽冥訓》：「當此之時，鴻鵠鶬

〔註30〕《大詞典》「注」字下此義項解釋沒問題，但「三」字下詞條「三注」釋義不準確，不應釋為「三次瞄準」，「注」不是瞄準義，而是指安放、放置，這裏指將箭搭到弦上。參見真大成《〈漢語大字典〉所收中古史書詞語釋義辨正》，古代漢語大型辭書編纂問題研討會會議論文集，復旦大學出土文獻與古文字研究中心、上海辭書出版社聯合主辦，2018 年 11 月 24 日～25 日。

· 152 ·

鸛，莫不憚驚伏竄，注喙江裔，又況直燕雀之類乎？」高誘注：「注喙，喙注地不敢動也。」于省吾《雙劍誃諸子新證·淮南子二》：「注喙即拄喙，謂喙不動也。」《大詞典》此處從高注得義項，古籍中並無他例。且于省吾釋「注」為「拄」更為準確。《大詞典》未收錄此義項。

《大詞典》義項㉕通「炷」。（1）點火燃燒。宋何薳《春渚紀聞·天尊賜銀》：「（劉虛靜）每日執爐於天尊像前，注香冥禱，意甚虔至。」宋陸游《群兒》詩：「蜆殼以注燈，梡足以焚香。」（2）量詞。用於燃點的香。《兒女英雄傳》第十三回：「這都是天公默佑我們，闔家都該辦注名香達謝上蒼。」再如《夷堅支志乙》卷八：「次年初秋，有舊友來訪，能誦訣邀大仙，因注香酹酒驗其術。」《封神演義》卷一：「忙叫眾人打點廳堂內室，準備鋪陳，注香灑掃，一色收拾停當。」《大字典》未收錄此義項，可補。

《大詞典》義項㉖文體名。「表」的別稱。採用表格形式編纂的著述。清錢大昕《十駕齋養新餘錄·何法盛書》：「何法盛《晉中興書》，名目與諸史異，本紀曰典，表曰注，志曰說，列傳曰錄，論曰述，竝見劉氏《史通》。」《大字典》未收錄此義項。

《大詞典》注[2] zhòu ②二十八宿之一柳宿的別名。共八星，為南方朱鳥之味，故稱。《史記·律書》：「西至於注。」司馬貞索隱：「注，味也。《天官書》云：『柳爲鳥味。』則注，柳星也。」《公羊傳·莊公七年》：「何以書，記異也。」漢何休注：「周之四月，夏之二月，昏參、伐、狼、注之宿當見。」《大字典》未收錄此義項。

字 頭	沸
《大詞典》有 《大字典》無	沸[1] fèi ③把水燒開。晉傅咸《羽扇賦》：「熱熙天而灼地，沸巨海而成湯。」魯迅《故事新編·非攻》：「墨子讓耕柱子用水和著玉米粉，自己卻取火石和艾絨打了火，點起枯枝來沸水。」亦指氽；燙。《醫宗金鑒·眼科心法要訣·因他患後生翳歌》：「雄羊肝一具，滾水沸過，和前藥，搗爲丸，如桐子大。」 ④沸水，燒開的水。《詩·大雅·蕩》：「文王曰咨，咨女殷商！如蜩如螗，如沸如羹。」《荀子·議兵》：「以桀詐堯，譬之若以卵投石，以指撓沸。」唐羅隱《讒書·與招討宋將軍書》：「今聞羣盜已拔睢陽三城，大樑亦版築自固。彼之望將軍，其猶沸之待沃、壓之待起也。」 ⑥謂名聲很響，影響很大。清王晫《今世說·規箴》：「汪舟次兄弟好古力學，名沸大江南北。」

⑦雜亂；紛亂。唐杜甫《送樊侍禦赴漢中判官》詩：「川穀血橫流，豺狼沸相噬。」清洪昇《長生殿·屍解》：「我只爲家亡國破兵戈沸，因此上孤身流落在江南地。
⑧洇。液體落在紙上向四外散開或滲透。葉聖陶《義兒》：「他在睡眠之前很匆促地摹印一張《洛川神女之圖》，到末了畫那條衣帶，墨色沸了開來，就把全幅撕了。」
⑨通「孵」。孵化。晋張華《博物志》卷二：「（翟雉）伏卵時數入水，卵冷則不沸。」

按：兩部辭典對「沸」字在 fèi 這個音項下的義項設置差異較大，最直觀的差異在義項的數量上，《大字典》設置了四個義項，而《大詞典》則設置了九個義項，數量是其兩倍還多。《大詞典》明顯比《大字典》的義項設置更細化。如上所示的《大字典》的義項③液體受熱到一定程度出現的騰涌狀態。其相關義項《大詞典》設置的有：沸[1] fèi ②液體燒滾的狀態。③把水燒開。④沸水，燒開的水。這三個義項，分別是狀態形容詞、動詞、名詞三種。《大詞典》義項⑥謂名聲很響，影響很大，義項⑦雜亂；紛亂。這兩個義項《大字典》相關的也只有一個義項「形容聲音喧鬧或嘈雜」。

義項設置的粗細不同，有的義項概括性強，有的概括性弱，這都導致義項設置產生差異。有的義項設置過細則又繁瑣也不可取，所以義項設置把握的度也一直是大型辭書編排的一個難點。由於義項概括程度不同，也導致書證有交叉。如兩部辭典書證中都有「如沸如羹」。但是乍看卻是分屬在不同義項下的，《大字典》釋為「液體受熱到一定程度出現的騰涌狀態」，是狀態形容詞。《大詞典》釋為「沸水，燒開的水」，是名詞。渾言不辨，析言則有別。《正字通》：「沸，又隊韻，音費。《大雅》：『如沸如羹』，注：『亂不可支也，一作灊。』又三沸。陸羽《茶經》：『凡候湯如魚眼，微有聲為一沸，四面如涌泉連珠為二沸，騰波鼓浪為三沸，三則湯老。』」鄭玄箋：「飲酒號呼之聲，如蜩螗之鳴，其笑語逞逞，又如湯之沸，羹之方孰。」是形容聲音嘈雜喧鬧，好像蟬噪、水滾、羹沸一樣。我們認為若僅從「如沸如羹」此句看，則此處的蜩、螗、沸、羹都是名詞活用為了動詞。詞類活用按規定是不作為義項收錄的，所以此處書證還是放在名詞下更為妥帖。

《大詞典》義項⑧洇。液體落在紙上向四外散開或滲透。此義項《大字典》未收錄。《大詞典》書證引用的是現代漢語書證。葉聖陶《義兒》：「他在睡眠之前很匆促地摹印一張《洛川神女之圖》，到末了畫那條衣帶，墨色沸了開來，就

把全幅撕了。」此處「沸」字可以理解是文學用法。用「沸」字仿佛賦予墨水生命力，是作者感情的沸涌和噴發。

《大詞典》義項⑨通「孵」。孵化。《大字典》未收錄。書證引晉張華《博物志》卷二：「（翟雉）伏卵時數入水，卵冷則不沸。」此書證「沸」字有異文。《博物志》卷二：「卵冷則不孕，《御覽》九百二十五『沸』作『孕』。」馮復京《六家詩名物疏》卷三十一：「《博物志》云：『鶴伏卵時數入水，卵冷則不瀊。』」黃學海《云齋漫錄》卷五：「鶴，水鳥也，伏卵時，卵冷則不㴘。」《說文解字義證》等也引《博物志》作「孕」，《毛詩名物圖說》引作「瀊」，《佩文韻府》引作「沸」。

字 頭	洞
《大字典》有《大詞典》無	（一）dòng ⑨姓。《萬姓統譜·送韻》：「洞，南北朝洞林，字敬叔，朔方人，同州都官從事。」
《大詞典》有《大字典》無	洞¹　dòng ⑧敞開。唐白居易《草堂記》：「洞北戶，來陰風，防徂暑也。」唐元稹《冊文武孝德皇帝赦文》：「燕寇勃起，洞無藩籬。」參見「洞開❶」。 ⑩指腹瀉。《靈樞經·邪氣藏府病形》：「洞者，食不化，下嗌還出。」 ⑫混沌無形貌。參見「洞洞灟灟」。 ⑭量詞。郭沫若《殘春及其他·月蝕》：「但等峽路一轉，又是別有一洞天地了。」《新民歌三百首·黨和群眾》：「一洞橋兒搭兩岸，黨和群眾心相連。」 ⑯古代南方少數民族部落單位。宋司馬光《涑水記聞》卷十三：「（石鑑）間道說諸洞酋長，皆聽命。」《古今小說·吳保安棄家贖友》：「（南蠻）掠得漢人，都分給與各洞頭目。」

按：《大字典》收錄姓氏的義項《大詞典》未收錄。

《大詞典》義項⑧敞開。考此義多體現在「洞開」一詞中。《大詞典》參見「洞開」一詞：【洞開】1.敞開。漢班固《西都賦》：「閨房周通，門闥洞開。」唐柳宗元《祭楊憑詹事文》：「公稟間氣，心靈洞開。翱翔自得，誰屑羣猜？」吳組緗《山洪》二四：「祠堂的黑色柵門洞開著，裏面隱約傳出些聲音。」2.解開，消釋。唐元稹《上門下裴相公書》：「蕩滌痕累，洞開嫌疑，棄仇如振塵，愛士如救餒。」「洞開」表示敞開，如《南齊書》卷四：「皇后亦淫亂，齋閣通夜洞開，內外淆雜，無復分別。」又卷四十四：「洞開城門，嚴加備守，虜軍尋退，百姓無所傷損。」《舊唐書》卷十九上：「敬德知其計，乃重門洞開，安臥

不動，賊頻至其庭，終不敢入。」表示解開，如《南齊書》卷二十九：「盤龍殺敵，洞開胡馬。」此義項因其主要是在「洞開」一詞中才能體現，故《大字典》未收錄此義項。

《大詞典》義項⑩指腹瀉。《大字典》未收錄此義項。書證《靈樞經·邪氣藏府病形》：「洞者，食不化，下嗌還出。」考相關書證似只一處。《黃帝內經·靈樞》：「腎脈急甚為骨癲疾；微急為沉厥奔豚，足不收，不得前後。緩甚為折脊；微緩為洞，洞者，食不化，下嗌逐出。」《脈經》卷第三：「微緩為洞下，洞下者，食不化，入咽還出。」《脈經》此處「洞」後還有「下」。察文獻中「洞泄」一詞指腹瀉。如《脈經》第四：「洞泄，食不化，不得留，下膿血，脈微小遲者，生。緊急者，死。」《夢溪筆談》卷十：「因其困，進利藥以毒之，服之洞泄不已。」若《靈樞經》中「洞」後沒有脫字，「洞」表示腹瀉應該是「洞泄」的省略。「洞」也可能是指瀉所出器官，方言中有「洞」表示肛門的說法，如「洞頭」「洞肛」「洞宮」「洞恭」等。〔註31〕

《大詞典》義項⑫混沌無形貌。參見「洞洞灟灟」。《大字典》未收錄此義項。「洞洞灟灟」《大詞典》釋為「混沌無定形貌」。《淮南子·天文訓》：「天墜未形，馮馮翼翼，洞洞灟灟，故曰大昭。」高誘注：「馮、翼、洞、灟，無形之貌。」可知《大詞典》是據高注置此義項。同樣「灟」字下也設義項見「灟灟」，表示無形貌。《天文訓》此句中還有「馮馮翼翼」，《大詞典》同樣收錄此詞，其第二個義項釋為：渾沌貌；空蒙貌。同樣據《淮南子·天文訓》：「天墜未形，馮馮翼翼，洞洞灟灟，故曰大昭。」高誘注：「馮翼、洞灟，無形之貌。」此詞後在文獻中也有用例。《漢書》卷二十二：「言天地既分，陰陽運轉，馮馮翼翼，何以識其形象乎？」清朱彝尊《太極圖賦》：「原夫黃牙欲發，蒼精未垠，一氣融結，萬象胚渾，馮馮翼翼，煙煙熅熅。」

《大詞典》義項⑭量詞。書證均為現代漢語用例。郭沫若《殘春及其他·月蝕》：「但等峽路一轉，又是別有一洞天地了。」這裏更多地是作者文學上的化用語言，從「別有洞天」來。《大詞典》釋「洞天」一詞道教稱神仙的居處，意謂洞中別有天地。後常泛指風景勝地。陳子昂《送中嶽二三真人序》：「楊仙翁玄默洞天，賈上士幽棲牝穀。」元王實甫《西廂記》第一本第一折：「似神

〔註31〕參見許寶華、（日）宮田一郎《漢語方言大詞典》，中華書局，1999 年，4385 頁。

仙歸洞天，空餘下楊柳煙，只聞得鳥雀喧。」清和邦額《夜譚隨錄‧閔預》：「此尼菴也，幽辟深邃，別有洞天。」郁達夫《題〈雙龍記勝〉》詩之二：「遊罷洞天三十六，歸來辛苦記初平。」「洞」的量詞用法是從其名詞用法「洞穴；窟窿」過來的，現代漢語中用例還很少，檢北大語料庫，只一例《1994 年報刊精選》：「後半間為校長宿舍，宿舍的墻上只有一洞小窗，上面蒙著一塊白塑料布」。《新民歌三百首‧黨和群眾》：「一洞橋兒搭兩岸，黨和群眾心相連。」此例用作橋的量詞，應當也是與橋洞的形象相關，未見他例。我們認為「洞」作為量詞的用法還在過渡當中。《大字典》未收錄。

　　《大詞典》義項⑯古代南方少數民族部落單位。文獻用例較多，如《明史》卷三百十六：「命思南收集各洞弩手二千人，備徵調。」《資治通鑑》第一百九十三卷：「未幾，羅竇諸洞獠反，敕盎帥部落二萬，為諸軍前鋒。」又第二百零七卷：「諸洞酋長素持兩端者，皆來款附，嶺外悉定。」此義項《大字典》當補。

第三節　義項分合不同

　　上一節中討論了何為義項以及大型語文辭書收錄義項應當盡量求全。這一節我們討論的是，關於一些義項二典都收錄但是在義項的設置上產生了分歧，即有的是將某些義位放在一個義項序號下，有的則分開為兩個或兩個以上。這種現象，學界有提出所謂「義項分合」問題，但是對這個提法理解上的爭議很大。如鄒酆《論義項的概括與「分合」》對「建立義項的原則」以及「義項能不能『分合』」進行了辯論；符淮青《義項的性質與分合》從「義項的性質」「義項分合差異的幾種類型」「關於義項分合評價的標準」三個方面對「義項分合」問題進行了討論；汪耀楠則在《「義項分合」說質疑》一文中否定了所謂「義項分合」的提法，汪文認為這種提法是不科學的，正確的提法應當是「義項的概括與劃分」。

　　各家對「義項分合」這一術語所指稱的概念的內涵理解有所不同。若從廣義上來看，則包括義項表述中意義內容的整體和部分等概念外延上的不同，也包括不同辭書對不同義位的收錄方式選擇，這也是否定此提法的主要指向。汪文就指出：「義項分合」說的作者幾乎有一個共同的疏忽：把義項的概括、劃

分與取捨的概念混同起來，都當作了「義項分合」。〔註32〕對此術語我們這裏並不過多進行討論，其實這種情況在《大字典》《大詞典》兩部辭書中有很多。本節所討論的主要指的是辭書收錄義項在形式上的分開與否，也可以認為是狹義上的「義項分合」，所以我們這裡採用義項設置上的分開與合併的說法。兩部辭書在水部字中有這種現象的主要體現在如下的字頭中，具體見下表。

字　頭	《大字典》義項設置	《大詞典》義項設置	備　注
求	②尋找；探索。 ③貪圖；追求。 ⑤要求；責求。	②尋找；搜尋。 ③探索，探求。 ⑤要求；需求。 ⑥謀求；追求。 ⑦貪求。 ⑧責求。	1
汀	（一）tīng ①水準。 ②水邊平灘。	汀¹tīng 水之平。引申為水邊平地，小洲。	0
汲	②牽引；引導。	②牽引。 ③引導。	1
沍	（一）hù ①凍結。 ②凝聚。	沍¹hù ①凍結；凝聚。	0
沖	⑧和；謙虛。 ⑨淡泊。	⑧淡泊；謙和。	0
沒	（一）mò ①沉沒，潛入水中。	沒¹mò ①沉沒；淹死。 ②潛游水中。	1
法	①刑法。 ②法令；法律。	①刑法。亦泛指法律。	0
沾	⑥接觸；沾染；附著上。	④稍微接觸或挨上。 ⑤因接觸而附著。	1
注	①灌入；傾瀉。 ⑤銜接；附屬。	①流入；灌入。 ②傾瀉。 ⑥接連；接觸。 ⑱附屬；歸附。	1

〔註32〕汪耀楠《「義項分合」說質疑》，《辭書研究》1984 年第 4 期。

泡	（三）pào ③用沸水、熱水燙浸，或冷水浸漬。	泡[1]pào ③在液體中浸漬。 ④燙。	1
活	（二）huó ③活動；靈活。 ⑤生計；工作。	活[1]huó ④活動。 ⑥靈活，不呆板。 ⑦生計。 ⑧活計，工作。一般指體力勞動或手工勞動。	1
洽	（一）qià ②普遍；周遍；遍徹。 ③廣博。	④周遍；廣博。	0
洳	（一）rù ①潮濕；低濕的地方。	①潮濕。 ②低濕的地方。	1
㳠	①多汁。 ②黏稠。	多汁而黏稠。	0
溶	①水盛貌。也泛指盛大。	①水盛貌。 ②盛大；廣大。	1
溟	（一）míng ②迷茫，不清晰。 ④深，幽深。	溟[1]míng ③幽深；迷茫。	0
漫	②長貌；遼遠貌。	②廣遠貌。 ③長貌。	1
漲	（一）zhǎng ①大水；水上升貌。	漲[1]zhǎng ①大水貌。 ②水上升。	1
澆	（一）jiāo ①灌溉；淋。	澆[1] jiāo ①以水灌溉。 ②淋；灑。	1
澡	①洗手。 ②洗浴；洗滌。	①本指洗手。後泛指洗滌；沐浴。	0
澀	③說話遲鈍，語言艱難。 ④行文生硬，文章難讀難懂。	③說話、寫文章遲鈍、艱難、生硬，不流暢。	0
瀆	（一）dú ⑤濫；混雜。 ⑥繁瑣。 ⑦通「殰」。壞；敗壞。	瀆[1] dú ⑤濫；過度；繁瑣。 ⑥敗亂；混雜。	1

（注：備注中的 1 表示《大詞典》將這幾個意義表述分列為不同的義項，而大字典則收在一條義項內，0 則表示《大字典》分列而《大詞典》放在一條內。）

由表中我們可以看到兩部辭書在一些字的義項設置的分合上還是有較多不一致的地方的。表中《大詞典》分列而《大字典》合併的情況有 13 處，而《大字典》分列《大詞典》合併的情況有 9 次。下面我們挑選其中的幾例來分別分析。

字　頭	汀
《大字典》義項設置	（一）tīng ①水準。《說文·水部》：「汀，平也。」段玉裁注：「謂水之平也。」 ②水邊平灘。《玉篇·水部》：「汀，水際平沙也。」《楚辭·九歌·湘夫人》：「搴汀洲兮杜若，將以遺兮遠者。」南朝宋謝靈運《登臨海嶠見羊何共和之》：「顧望脰未悁，汀曲舟已隱。」宋陸游《城西晚眺》：「經看穿歸浦，遙聞雁落汀。」
《大詞典》義項設置	汀¹ tīng 水之平。引申為水邊平地，小洲。《說文·水部》：「汀，平也。」段玉裁注：「謂水之平也。水準謂之汀，因之洲渚之平謂之汀。李善引《文字集略》云：『水際平沙也。』乃引伸之義耳。」南朝宋謝靈運《登臨海嶠與從弟惠連》詩：「顧望脰未悁，汀曲舟已隱。」唐張若虛《春江花月夜》詩：「空裏流霜不覺飛，汀上白沙看不見。」宋陸游《城西晚眺》詩：「靜看船歸浦，遙聞雁落汀。」明夏完淳《秋夜感懷》詩：「登樓迷北望，沙草沒寒汀。」參見「汀洲」。 【汀洲】水中小洲。《楚辭·九歌·湘夫人》：「搴汀洲兮杜若，將以遺兮遠者。」唐李商隱《安定城樓》詩：「迢遞高城百尺樓，綠楊枝外盡汀洲。」宋舒亶《散天花》詞：「西風偏解送離愁，聲聲南去雁，下汀洲。」明高啟《雨篷》詩：「楚雨滿汀洲，瀟瀟灑客舟。」

按：汀字《大字典》設置了兩個義項，而《大詞典》實際上是將這兩個義項放在了一起，並認為後者是前者的引申義。我們認為《大詞典》這裏的做法還有待商榷。大型辭書應該要給每一個能夠獨立的義位設立義項，引申義且用法其後固定當能獨立成項。另外，此處的兩個意義是否是引申關係我們也存疑。「汀」表示水邊平灘、水邊平地，此義項二典均用例《楚辭·九個·湘夫人》「搴汀洲兮杜若，將以遺兮遠者。」而表示「水準」「水之平」則是據《說文》及段注。《說文·水部》：「汀，平也。」段玉裁注：「謂水之平也。」這兩者之間從時間上來看也不當為引申關係。《大詞典》據段注引「李善引《文字集略》云：『水際平沙也。』乃引伸之義耳。」認為是引申關係。從意義上來看，「水之平」表示水的這種物理特性可以做水平測量，引申為「水邊的平地」邏輯上似並不順通。故我們認為《大詞典》此字的義項處理可參《大字典》。

字　頭	汲
《大字典》義項設置	②牽引；引導。《廣韻·緝韻》：「汲，汲引也。」《周禮·考工記·匠人》：「凡任索約大汲其版，謂之無任。」鄭玄注：「故書汲作没。杜子春云當為汲。玄謂約，縮也；汲，引也。」《穀梁傳·襄公十年》：「汲鄭伯。」范甯集解：「汲，猶引也。鄭伯髡原為臣所弒，而不書弒，此引而致於善事。」唐玄宗《分道德為上下經詔》：「我烈祖玄元皇帝乃發明妙本，汲引生靈。」
《大詞典》義項設置	②牽引。《周禮·考工記·匠人》：「凡任，索約，大汲其版，謂之無任。」鄭玄注：「汲，引也。築防若牆者，以繩縮其版，大引之，言版橈也。」③引導。《穀梁傳·襄公十年》：「汲鄭伯。」范甯注：「汲，猶引也。鄭伯髡原為臣所弒，而不書弒，此引而致於善事。」參見「汲引」。

按：汲字的「牽引」「引導」義項二者是否應當放在一個義項下，《大字典》《大詞典》的處理方式不同。兩部辭書的用例基本相同，在表示「牽引」的時候皆用《考工記》中的一例（但句讀略不同，這也是需要注意的地方）。《考工記》中的這一例按鄭玄注所解，是表示實在的拖、拉動作。而表示「引導」的時候，皆用《穀梁傳·襄公十年》「汲鄭伯」的書證，這裏表示的不是實在的動作，而是思想上的導引、啟發。

《大詞典》收錄「牽引」和「引導」各自有多個義項，如下：

	牽　引	引　導
義項	拉，拖；引動，引起；援引，引薦；引導；引誘；吸引；牽制；株連；連累；拘泥；猶牽強；引證	帶領，使跟隨；指古代高官大吏出行時，在前傳呼開路的人；啟發；領導；導引

可以看到，二者義項繁多，交集為「引導」（或「導引」）。兩者雖有共同的義素，但二者在主要義項上的義素主體和客體都還有明顯區別。如在牽引表示具體的「拖、拉」的動作上，其動作的主體、客體都是具象的，引導則沒有此用法。所以我們認為不宜歸併為一個義項。

同樣的情況在《大詞典》中也有不少例子，如：

字　頭	冱
《大字典》義項設置	（一）hù ①凍結。《集韻·陌韻》：「洛，凍堅也。或作冱。」《莊子·齊物論》：「大澤焚而不能熱，河漢冱而不能寒。」陸德明釋文：「冱，向云：凍也。」《列子·湯問》：「霜雪交下，川池暴冱。」張湛注：「得冬氣，故凝陰水凍。」《西遊記》第四八回：「曲沼結棱層，深淵重疊冱。」 ②凝聚。《管子·內業》：「大攝，骨枯而血冱。」尹知章注：「血冱，謂血銷減而凝冱。」唐柳宗元《弔萇弘文》：「心冱涸其不化兮，形凝冰而自慄。」清喬萊《游七星巖記》：「石筍林立，乳凝冱如雪。」

《大詞典》義項設置	沍¹ hù ①凍結；凝聚。《莊子·齊物論》：「大澤焚而不能熱，河漢沍而不能寒。」《後漢書·張衡傳》：「溽暑至而鶉火棲，寒冰沍而電黿蟄。」《西遊記》第四八回：「曲沼結棱層，深淵重疊沍。」清鄭燮《除夕前一日上中尊汪夫子》詩：「結網縱勤河又沍，賣書無主歲偏闌。」聞一多《紅燭·李白之死》：「這時我只覺得頭昏眼花，血凝心沍。」

此例中《大字典》和《大詞典》的處理方式又反過來了。

字　頭	泡
《大字典》義項設置	（三）pào ③用沸水、熱水燙浸，或冷水浸漬。《六書故·地理三》：「泡，以湯沃物亦曰泡。」宋吳自牧《夢粱錄·諸州府得解士人赴省闈》：「士人在貢院中，自有巡廊軍卒，賣硯水、點心、泡飯、茶酒、菜肉之屬貨賣。」《水滸傳》第八回：「林沖叫一聲『哎也！』急縮得起時，泡得腳面紅腫。」清魏源《再上陸制府論下河水利書》：「東臺、鹽城、阜寧海鹵地鹹，全恃西水泡淡，始便種植。」曹禺《雷雨》第一幕：「普洱茶泡好了沒有？」
《大詞典》義項設置	泡¹ pào ③在液體中浸漬。《清平山堂話本·快嘴李翠蓮記》：「兩碗稀粥把鹽蘸，吃飯無茶將水泡。」《老殘遊記》第三回：「進了茶館，靠北窗坐下，就有一個茶房泡了一壺茶來。」馬識途《老三姐》：「最好吃的是她泡的鹹菜，酸酸的實在有味。」 ④燙。《清平山堂話本·快嘴李翠蓮記》：「姑娘、小叔若要吃，竈上兩碗自去拿。兩個拿著慢慢走，泡了手時哭喳喳。」

按：此例也比較具有代表性。「泡」在表示「被液體浸」這個意義時，根據液體的溫度導致不同的後果可以分為普通的浸漬和燙（傷）兩種情況。第一種情況可以用於泡飯、醃製、泡茶等，第二種則表示燙（傷）。兩部辭書的書證雖然不同但用法具有相似性。實際上我們可以看到，這其中沒有一個明顯的對錯問題，只是處理方式上的寬嚴之別。

字　頭	淿
《大字典》義項設置	①多汁。《說文·水部》：「淿，多汁也。」段玉裁注：「淿，今江蘇俗語謂之稠也。」 ②黏稠。《廣雅·釋言》：「淿，淖也。」王念孫疏證：「《眾經音義》卷十一引《通俗文》云：『和溏曰淖。』鄭（玄）注《（儀禮）士虞禮記》云：『淖，和也。』」《淮南子·原道》：「（道）橫四維而含陰陽，紘宇宙而章三光，甚淖而淿，甚纖而微。」高誘注：「淿亦淖也。夫饘粥多潘者謂淿。」
《大詞典》義項設置	多汁而黏稠。《淮南子·原道訓》：「夫道者……甚淖而淿，甚纖而微。」高誘注：「淿亦淖也。夫饘粥多潘者謂淿。」

　　按：此例中看似《大字典》義項設置更精細，將「多汁」和「黏稠」分列開來，而《大詞典》則歸併在一起。但細察之，《大字典》在「多汁」義項下引的段注實際上還是表示「黏稠」義，強行分開並沒有太大意義，反倒給讀者帶來困擾。我們認為此例《大字典》應參考《大詞典》的處理方式。

　　兩部辭書中類似這樣的義項歸併問題有很多。義項分合的標準問題實際上是義位的歸併標準問題，但是由於詞義的模糊性，在實際操作上確實沒有一個非此即彼的標準。若從嚴，最精密的義項對應於義位；若從寬，幾個義位可以歸併為一個義項。編纂者會根據編纂的目的、要求來選編義位，並盡可能地將意義相近、相關或用法相同、相似的義位歸併為一個義項，使得每一個義項的覆蓋面廣，解釋力強。〔註33〕但這其中的度，不同的編纂者還是有不同的處理方式，時而以語義為標準，不加歸併全數列出；時而以功能為標準，將屬性和功能相近的義位進行歸併，較為不統一。雖然大型辭書確實體量巨大，很難做到面面俱到，我們所要做的就是盡量保證起碼在同一本辭書內部標準統一。

第四節　同一個義項歸在不同音項下

　　音項和義項是一部辭書中最核心的部分，是支撐整個釋義部分的筋骨。漢語隨歷史的發展而不斷地發展，語音系統和詞彙系統都在發生變化。前面說到過《大字典》和《大詞典》凡例中關於音項設置的規定，在此不再贅言。大型語文辭書中的音項包含上古音、中古音和現代音。古音依據古代代表韻書，今音則根據古音到現代音的發展規律。然而古音反切是非常複雜的，再加上語音的變化，可以說現代大型辭書要求盡力做到每個音項和義項都準確的確是很難的，並且還要做到音項和義項的對應是準確的，這就對辭書的修訂工作提出了更高的要求。

　　《大字典》和《大詞典》作為超大型「古今兼收，源流並重」的辭書，因其據古書古注頗多，而古文獻本身存在的問題和對古文獻的理解問題都給其利用帶來了不少困難。辭書釋義要求每個音項和義項對應要準確，這就又涉及到了對韻書又音的取捨等問題。我們在查檢兩部辭書時發現，在義項音項的確立及詞語讀音的選擇等方面或有不周，釋義時往往存在音義對應不合理的情況。

〔註33〕尹潔《論多義詞義項的設立》，《辭書研究》2015 年第 4 期，24～33 頁。

下文以水部字中代表性條目為例，略作討論和說明。

	《大字典》	《大詞典》
汙	（三）wā《集韻》烏瓜切，平麻影。魚部。②誇大。《孟子·公孫丑上》：「宰我、子貢、有若，智足以知聖人，汙不至阿其所好。」焦循正義：「汙本作『洿』。《孟子》蓋用為『夸』字之假借。夸者，大也。謂言雖大而不至於阿曲。」	汙2〔yū《集韻》邕俱切，平虞，影。〕亦作「污」。①大，誇大。《孟子·公孫丑上》：「宰我、子貢、有若，智足以知聖人，汙不至阿其所好。」洪頤煊《讀書叢錄·孟子》：「汙，通作于。《禮記·文王世子》：『況於其身以善其君乎。』鄭注：『于讀為迂，迂猶廣也，大也。』經典凡從『于』之字多訓為大。此言三子言雖大而非阿其所好。」

　　按：《大字典》和《大詞典》皆收列「誇大」義項，且書證同，但採用了不同的前人訓解，置於不同的音項下。

　　書證所引《孟子》一句，各家說解不一。主要分歧在於句讀不同，對「汙」字屬上、屬下抑或是單獨成句看法不同。最早當為漢趙岐注：「《孟子》曰『宰我等三人之智足以識聖人。』汙，下也。言三人雖小汙不平，亦不至於其所好，以非其事阿私所愛而空譽之。」其後各家多沿趙說。宋洪邁認為「汙」字屬下，「汙」單獨為一句。《容齋隨筆·聖人汙》：「孟子曰：『宰我、子貢、有若智足以知聖人。汙，不至阿其所好。』趙岐注云：『三人之智足以識聖人。汙，下也。言三人雖小汙不平，亦不至於其所好，阿私所愛而空譽之。』詳其文意，足以識聖人是一句。『汙，下也』，自是一節。蓋以『下』字訓『汙』也，其義明甚。」宋朱熹《四書章句集注》：「汙，音蛙，好，去聲。汙，下也。三子智足以知夫子之道，假使汙下必不阿私所好而空譽之，明其言之可信也。」明葛寅亮《四書湖南講》：「汙不至阿其所好，雖有卑汙不平處，亦不至於阿私所好而空譽之，孟子知其言太過，故謂之汙下。」明郝敬《談經》：「汙不至阿其所好，汙字當自為句。」另一種觀點則認為「汙」當屬上，即「聖人汙」。宋黎靖德輯《朱子語類》卷第五十三：「或問『宰我、子貢、有若，智足以知聖人汙，不至阿其所好』。曰：『汙，是汙下不平處，或當時方言未可知，當屬上文讀。』」宋孫奕《履齋示兒編》：「當以『智足以知聖人汙』七字為句，汙，小也。三子之智可以知聖人之小者，不至阿私所愛而空譽之。」洪邁《容齋隨筆》中還提到蘇洵曾作《三子知聖人汙論》一文特來闡述：「……而老蘇先生乃作一句讀，故作《三子知聖人汙論》，謂：『三子之智，不足以及聖人高深幽絕之境，徒得其下焉耳。』」然洪邁對此說是持否定態度的，洪氏又說「此說（老

蘇之說）竊謂不然，夫謂『夫子賢於堯、舜，自生民以來未有』，可謂大矣，猶以為汙下何哉？程伊川云：『有若等自能知夫子之道，假使汙下，必不為阿好而言。』其說正與趙氏合。」〔註34〕

可見，「汙」屬下是較主流觀點，即「宰我、子貢、有若智足以知聖人。汙不至阿其所好。」意為宰我、子貢、有若三人的智慧足夠了解聖人，雖然（宰我他們三人）小汙不平，也不至於阿其所好。此或多因趙說權威。而「聖人汙」則有兩種理解，一為「三子之智可以知聖人之小者，不至阿私所愛而空譽之。」另一種是說「三子之智，不足以及聖人高深幽絕之境，徒得其下焉耳。」故「汙」有了兩種正相反的意思，一為「小，低下」，一為「大，誇大」。〔註35〕

句意不明致使注音多歧。參前所說，各家多認為「汙」表示「汙下不平處，低下」義，即低窪之義。故其注音多為「音蛙」。如宋蔡模《孟子集疏》卷第三：「汙，音蛙，好，去聲。」宋郭守正《增修校正押韻釋疑》卷一下：「洿，亦作汙，濁水不流，一曰窊下。污作汙，非。又暮韻。⋯⋯污從于，音蛙。注：鑿地為尊，暮韻。汙從于，注：穢也，亦作洿。經史中多用汙字少用污字，音亦不一。《左》（《左傳》）『潢汙行潦川澤納汙並，音烏。』⋯⋯《孟》（《孟子》）『汙不至阿其所好，音蛙。』以上經子諸音皆此汙字。」宋趙順孫《四書纂疏》：「汙，音蛙，好，去聲。」遂《大字典》的注音從 wā。而《大詞典》的注音 yū 來源於清洪頤煊《讀書叢錄·孟子》：「汙不至阿其所好。⋯⋯頤煊按：汙，通作于。《禮記·文王世子》：『況於其身以善其君乎。』鄭注：『于讀為迂，迂猶廣也，大也。』經典凡從『于』之字多訓為大。此言三子言雖大而非阿其所好。」

我們認為，趙岐、朱熹等皆以「汙」字屬下讀，解為「下」。「汙，不至阿其所好」，謂「假使汙下，必不阿私所好而空譽之。」此說可從。焦循《正義》等謂：「『污』本作『洿』，《孟子》蓋用為『夸』字之假借，夸者，大也。」此說恐

〔註34〕 元史伯璿《四書管窺》：「《集注》『汙，下也。假使汙下必不阿私所好而空譽之。』《輯》（《輯釋》）講『汙字屬上屬下句皆無意義，恐『決』字之誤。』考證以文勢言，『汙』字當是『決』字之誤。孟子既曰智足以知聖人，又曰汙不至阿其所好，詞氣之間揚而若抑，抑而復揚，皆所以極明其言之可信。蓋世間自有明足以知人而不能無所阿私者，則其言猶未可信也。」此觀點只見於此，聊備一說。

〔註35〕 另有一說思路清奇，清宋翔鳳在《孟子趙注補正》中認為「汙，汙世也，當汙世是非不公，獨此三人不至阿其所好也。」宋氏的解說可謂是另一個理解角度，大抵《孟子》此句意義確實不好明確吧，才使得各家之說層出。

非。此句可理解為：宰我、子貢、有若三人，他們的聰明才智足以了解聖人，（即使）他們不好也不至偏袒他們所愛好的人。如此，歸入音項（一）wū 更為合適。

	《大字典》	《大詞典》
涂	（一）tú《廣韻》同都切，平模定。魚部。⑤古月名。十二月稱涂月。《爾雅·釋天》：「十二月為涂。」郝懿行義疏：「涂者，古本作荼。荼亦舒也，言陽雖微，氣漸舒也。舒、荼。古字通用……馬瑞辰曰：《廣韻》『涂』與『除』同音除，謂歲將除也。」	涂²〔chú《廣韻》直魚切，平魚，澄。〕②古月名。稱十二月。參見「涂₂月」。【涂₂月】農曆十二月的別稱。《爾雅·釋天》：「十二月爲塗。」俞樾《群經平議·爾雅二》：「十一月爲辜，十二月爲塗。辜之言故，塗之言除也。一歲至此將除去故舊而更新矣，是以十一月謂之故，十二月謂之除也。」清李慈銘《越縵堂讀書記·漢敦煌太守裴岑紀功碑跋》：「光緒遊桃之歲塗月，同年孫叔弗吏部持此本過餘，屬爲審定。」

按：《大字典》《大詞典》皆收錄「十二月」這個義項卻歸在不同音項下。此用法始見於《爾雅·釋天》：「十二月為涂」。各家對此說的訓解也頗不一致，主要有兩種觀點，一種認為「涂」與「荼」通，表示「舒」義。《爾雅》郝懿行義疏：「涂者，古本作荼。荼亦舒也，言陽雖微，氣漸舒也。舒、荼。」第二種觀點認為「涂」即「除」，表示除陳，「荼」是假借。陸德明《經典釋文》：「《爾雅》又云『十二月為涂』，音徒，今注作『姒荼』二字，是假借耳，當依《爾雅》讀。」《爾雅郭注義疏》引馬瑞辰：「《廣韻》『涂』與『除』同音除，謂歲將除也。」戴震《毛鄭詩考正》卷二：「《爾雅》『四月為余』，孫叔然本作『舒』，李巡云：『萬物生枝葉，故曰舒也，鄭蓋讀『余』為『除』。』孫、李之說似優於鄭。《爾雅》『十二月為涂』，《廣韻》『涂，直魚切』，除、涂正同音古字通用。方以智云：『謂歲將除也』，其說得之。」俞樾《群經平議》：「十一月為辜，十二月為涂。樾謹按：辜之言故也，涂之言除也，一歲至此將除去故舊而更新矣，是以十一月謂之故，十二月謂之除也。辜故涂除竝，聲近而義通。」綜上，可以看到前人對此說的解釋各有所據，且這二種解釋之間也有聯繫，但總體上看，釋為「除」占主流，此說可從。

對此義項的讀音也說法不一。多數古注認為當「音徒」，如《爾雅》郭璞注：「十一月為辜，十二月為涂，皆月之別名，……涂音徒。」《周禮》鄭玄注：「《爾雅》文云『十二月為涂』，音徒，今注作『陬荼』二字，是假借耳，當依《爾雅》讀。」《字彙》：「涂，同都切，音徒。……又十二月為涂月。」《正字通》：「涂，通吾切，音徒。又《爾雅》十二月為涂月。」也有認為應「音除」，如方以智《通雅》：「注『涂，音徒』，愚謂當音除，蓋謂歲將除也，故李石竟作『橘滁』。又按：

《通鑑修堂》『涂，亦音除，即今滁州此可證也。』」故《大字典》和《大詞典》疑是各自斟酌取捨讀音，造成了這個義項歸在了不同的音項下。

還須注意的是，兩部辭書在「除」字下所收義項中，都有這樣一個義項：除，shū《集韻》商居切，平魚書。魚部。夏曆四月的別稱。《集韻·魚韻》：「除，四月為除。」《詩·小雅·小明》：「昔我往矣，日月方除。」鄭玄箋：「四月為除。」或以為十二月的別名。馬瑞辰傳箋通釋：「除即《爾雅》『十二月為涂』之涂。戴震曰：『《廣韻》：涂，直魚切。與除同音通用。』方以智曰：『謂歲將除也』是也。……毛傳：『除，除陳生新也，正取歲除義。箋讀除為《爾雅》『四月為余』之余，失之。』」此說又增加了一個讀音，且又涉及到了古「四月」之別稱。但「除」字與「涂」不同部，詞典編纂者恐未將二者系聯。俞樾《群經平議》又云：「周官楛蔟氏注曰：『月謂從娵至荼』，荼亦除之叚字耳。《詩·小明》篇『日月方除』，毛傳以為『除陳生新』當即此除字之義。鄭箋曰『四月為余』恐失之矣，『四月為余』乃『舒』之叚字。《釋文》曰：『孫作舒是也』。《詩正義》引李巡曰『四月萬物皆生枝葉，故曰余。余，舒也。』其說亦與孫炎同，初非取除陳生新之義，不得混而一之。」可以看到，俞說將「四月」和「十二月」區別開，從實際氣候角度考慮，「四月」萬物生長，當「舒」，「十二月」歲末除舊佈新，當「除」。此說可從。

綜上，我們認為，「涂」字下設立「十二月」這個義項當無疑，但對其注音還須進一步考證。《大字典》《大詞典》這個義項下所引書證也都肯定了「涂」即「除」的用法，故目前來說，秉著辭書注音和釋義應相對應的原則，也便於一般讀者查閱和理解，這個義項按照《大詞典》的做法歸在 chú 音下是更為妥帖的。

	《大字典》	《大詞典》
混	hùn《廣韻》胡本切，上混匣。諄部。⑤糊塗；胡亂。《荀子·儒效》：「鄉也，效門之辨，混然曾不能決也，俄而原仁義，分是非，圖回天下於掌上而辨白黑，豈不愚而知矣哉！」《儒林外史》第十五回：「尋了錢又混用掉了，而今落得這一個收場。」《紅樓夢》第一百一十八回：「那裏來的這麼個和尚，說了些混話，二爺就信了真。」	混²〔hún《集韻》胡昆切，平魂，匣。〕②糊塗。《花城》1981 年第 5 期：「記得有天晚上，他們跳『足興』了，剛要散場，卻見一個警察走進來，李海這混小子，竟一揮手，呼道：『兄弟們，跳哇！』你看他混到什麼份上！」《花城》1981 年第 6 期：「靖，我真混，以小人之心度君子之腹，你原是一個補償母愛的崇高的母親！」

按：據表中所列，至少存在這樣幾個問題：兩部辭書中關於「混」的「糊塗」義項注音不同，即義同音不同；《大字典》中義項「糊塗」和「胡亂」籠統放在一起欠妥，況且書證中既有副詞的用法又有形容詞的用法；《大詞典》這個義項的書證時間偏晚。

檢《大字典》，「混」讀 hún（《集韻》胡昆切，平魂匣。）時只有兩個義項：①古人名用字。也作「昆」。《集韻·魂韻》：「昆，闞，人名。漢有屬國公孫昆邪。或作混。」②用同「渾」。全；滿。明方孝孺《張彥輝文集序》：「輯陳蹈故，混不加脩。」老舍《駱駝祥子》二：「熱望使他混身發顫。」而《大詞典》「混」讀 hùn（《廣韻》胡本切，上混，匣。）時有「隨便；胡亂」的義項。且書證有：

> 怪道他平日一文不使，兩文不用，不捨得混費一文，元來不是他的東西。（《初刻拍案驚奇》卷三五）

> 字則必用剞劂，各有所宜，混施不可。（清李漁《閒情偶寄·居室·聯匾》）

> 胡說！藥也是混吃的？（《紅樓夢》第二六回）

這幾個書證中「混」的用法與《大字典》中的書證《儒林外史》第十五回：「尋了錢又混用掉了，而今落得這一個收場。」中是相同的。因此，《大字典》中「糊塗」和「胡亂」義項應該分開，前者歸入音項 hún，後者歸入音項 hùn。三個書證亦應分開，「混然」和「混話」表示「糊塗」，「混用」表示「胡亂」。

然《大詞典》「混然」一詞似也有所前後矛盾：「混然」義項中有「無所知；糊塗」義，且有書證《荀子·儒效》：「鄉也，混然涂之人也，俄而竝乎堯禹，豈不賤而貴矣哉！鄉也，效門室之辨，混然曾不能決也，俄而原仁義，分是非，圖回天下於掌上而辯白黑，豈不愚而知矣哉！」但卻默認是混^1（hùn），應當屬混^{2}hún。《現代漢語詞典》中混 hún：同「渾」①②。渾：①〈形〉渾濁。②〈形〉糊塗；不明事理：～人、這人真～。可以看到，不僅「混」本身這個「糊塗」義項比較混亂，「混」同「混」之間的關係也比較複雜。

「渾」、「混」二字自古就有很多用法可通用。《王力古漢語字典》指出，「混」「渾」二字是同源字，讀音相近意義相關，習慣上常可互相通用。《說文》：「混，豐流也。」《字彙》：「混，胡本切，魂上聲。水雜貌。又混沌陰陽未分也。又混

濁也。又大也。又姓。」《正字通》：「混，呼本切，魂上聲，水雜貌。又混沌陰陽未分也，又混濁與渾通。又姓。」《玉篇》：「混，胡本切，大也。又混濁。」文獻多用為雜糅義。引申有混同、混濁、糊塗等義。《說文》：「渾，混流聲也。」《玉篇》：「渾，水噴涌聲也。」又，渾濁。與「清」相對。引申有混同、混合等義。又音 hùn。同「混」。如「混沌」一詞，《大詞典》中同時收錄了「混沌」和「渾沌」，且義項幾乎相同，而《現代漢語詞典》中則無「渾沌」只有「混沌」（hùndùn）。到了現代，「渾」、「混」二字的分工已經基本明確，但仍小有糾葛：「渾」字只讀 hún，基本意義仍是水濁，一般不再讀 hùn，也不再有摻雜、蒙混等意義。這些意義都由「混」字表示。「混（hùn）」的基本意義仍是摻雜、混同，但還保留了 hún 的讀音，表示水濁和糊塗兩個原屬於「渾」的意義。〔註36〕

辭書中也收錄了「渾」的「糊塗」義。如下（書證略）。

《大字典》：hún④糊塗，不明事理。

hùn 同「混」。③胡亂，隨意。

《大詞典》：渾²（hún）②糊塗。

可以看到，兩部辭書在「渾」字的處理上就比較明確了。「混」字可參。

	《大字典》	《大詞典》
濫	（一）làn《廣韻》盧瞰切，去闞來。談部。⑯用水浸泡乾桃、乾梅而成的清涼飲料。《禮記·內則》：「漿，水，醷，濫。」鄭玄注：「以諸和水也。以《周禮》六飲校之，則濫，涼也。」陸德明釋文：「乾桃、乾梅皆曰諸。」（三）lǎn《集韻》魯敢切，上敢來。①用鹽或糖或石灰水等醃漬瓜菜水果肉食之類。《釋名·釋飲食》：「桃濫，水漬而藏之，其味濫濫然酢也。」《集韻·豏韻》：「灠，漬果也。或作濫。」明李實《蜀語》：「以鹽漬物曰濫。濫讀上聲，音覽。溇、灠全。」	濫³〔lǎn《集韻》魯敢切，上敢，來。〕①以乾果浸漬於水中作成的飲料。《禮記·內則》：「飲⋯⋯或以酏為醴，黍酏，漿，水，醷，濫。」鄭玄注：「以諸和水也。」陸德明釋文：「以諸，乾桃乾梅皆曰諸。」亦謂以鹽等醃漬食物。明李實《蜀語》：「以鹽漬物曰濫。」

按：《大字典》和《大詞典》對這個義項的處理有所不同。《大字典》分列為兩個音項，兩個義項。《大詞典》則是將兩個義項合併在同一個音項下，並用「亦謂」表明第二個義項。

這兩個義項一個為名詞性，一個為動詞性。考古注，第一個義項是指用水泡果乾製成的冷飲，多注盧瞰切，即《大字典》所標 làn。如《正字通》：「濫，

〔註36〕劉永耕《「渾」「混」之別與異形詞的整理》，《語言文字周報》2007年5月30日。

盧瞰切,藍去聲。……又《禮·內則》『醷濫』注『以乾桃乾梅和水也』。」毛居正《增修互注禮部韻略》:「濫,盧瞰切,……又虀漿之屬。《內則》『醷濫』注云:『濫,以諸和水也。紀、莒之間名諸為濫。』《釋文》云:『乾桃乾梅皆曰諸。』」「諸」在這裏指乾果。《釋名·釋飲食》:「桃諸,藏桃也。諸,儲也。藏以為儲,待給冬月用之也。」但這個音項《大詞典》並未收錄,我們認為是缺失的。而第二個動詞性義項「漬果」則為魯敢切,即 lǎn,與「灠」同。《集韻·敢韻》:「灠,漬果也,一曰染也,或作濫。一曰濡上及下也。」《類篇》:「灠,魯敢切,漬果也。一曰染也。又盧瞰切,氾也。」《正字通》:「灠,舊注濫本字。按:濫,《集韻》作『灠』,分濫、灠為二,誤。從濫為正。」清丁晏《禮記釋注》中總結了這兩個用法:「濫,注:以諸和水也。以《周禮·六飲》校之則『濫,涼也。紀、莒之間名諸為濫。』案:《釋文》『乾桃乾梅皆曰諸。』《釋名·釋飲食》『桃濫水漬而藏之,其味濫濫然酢也,是諸濫同名也。』《集韻》『濫,魯敢切,與灠同,漬果也。』又《漿人》『六飲』涼,先鄭注:『涼,以水和酒也。』後鄭注:『涼,今寒鬻若糗飯雜水也。』賈疏《內則》名涼為濫。」

　　大型辭書在音項的設置上往往傾向於簡化,但有些義項對應的音項是不能歸併簡省的,簡省會造成音項缺失。故我們認為,據古注,《大字典》分列兩個音項的方式更為妥當。

	《大字典》	《大詞典》
泑	(一)yōu《廣韻》於虯切,平幽影。又於糾切。幽部。①古澤名。即今新疆維吾爾自治區東部的羅布泊。《說文·水部》:「泑,澤。在崑崙下。」《山海經·西山經》:「又西北三百七十里,曰不周之山……東望泑澤,河水所潛也,其原渾渾泡泡。」 (二)āo《集韻》於交切,平肴影。幽部。古水名。一說即泑澤。《集韻·爻韻》:「泑,水名,在長沙。」《山海經·西山經》:「(崇吾之山)西北三百里曰長沙之山,泚水出焉,北流注於泑水。」郝懿行箋疏:「案《說文》云:『泑澤在崑崙下。讀與黝同。』即下文云『東望泑澤』者也。」	yōu②傳說中水名。《山海經·西山經》:「(崇吾之山)西北三百里曰長沙之山,泚水出焉,北流注於泑水。」郭璞注:「音黝,水色黑也。」 ③古湖泊名。即今新疆羅布泊。《山海經·北山經》:「〔敦薨之水〕西流注於泑澤。」北魏酈道元《水經注·河水一》:「河水又東注於泑澤,即《經》所謂蒲昌海也。」

　　按:泑字下關於「古水名」和「古澤名」這兩個義項,《大詞典》分設兩項,都放在 yōu 音下。而《大字典》卻是在音項(二)āo 下的,用「一說」連接兩個義項。即《大字典》比《大詞典》多收錄了一個音項(二)āo。但細察這個

音項下的義項實際上是與其本身音項（一）的內容有所交叉的，這造成了《大字典》自身內部自相矛盾，給讀者帶來一定困擾。

按《大字典》音項（二）下所引，《說文》：「泑，澤。在崑崙下。從水，幼聲。讀與黝同。」讀與「黝」同，《說文》：「黝，愁皃。從欠，幼聲。」徐鉉注：「《口部》『呦』字或作『黝』，此重出。」王筠句讀：「《廣韻》則謂『黝』與『呦』同，無『愁皃』一義矣。知《說文》『呦』之重文『黝』，乃唐以後增。」可知「黝」與「呦呦鹿鳴」之「呦」同，讀音與 āo 也有所矛盾。

這兩個義項所提到的古水名和古澤名歷史上都未有確切的考察結論，故辭書中也皆不確定具體所指，後世字書多從《說文》。如《玉篇》：「泑，伊糾切，又音幽，山名。」《類篇》：「泑，於交切，水名，在長沙。又於虯切，泑澤，在昆崙山下。一名蒲昌海，去玉門關五百里。又於糾切，山，海有泑山，蓐收居之。」《字彙》：「泑，於九切，憂上聲。澤名，在昆崙山下。」《正字通》：「云九切，憂上聲。《說文》『泑澤在昆崙山下』。又山名，《山海經》『泑山神蓐收居之。』注：泑，坳聲。」《說文解字義證》卷三十三：「又長沙之山，泚水出焉，北流注於泑水。注云：水色黑也。馥案：《大荒經》所謂赤水之後，黑水之前，有昆崙邱者。黑水即泑也。」《史記》卷一百二十三：「索隱：《括地誌》云：蒲昌海一名泑澤，一名鹽澤，一名輔日海。」

綜上，據各家古注，讀音 yōu 當是沒有問題的。古注中還提到了一個義項「山名」，這個義項在兩部辭書中也是收錄的，且《大字典》中「古山名」這個義項也是放在音項 yōu 下的。故我們認為《大字典》中音項 āo 下的義項也應當歸入 yōu 下。這也符合現代辭書適當精簡音項的原則，只要符合音義對應的原則，注音不宜過於繁瑣。

	《大字典》	《大詞典》
治	（一）chí《廣韻》直之切，平之澄。之部。 ③通「辭（cí）」。訟辭；言辭。《周禮·天官·小宰》：「聽其治訟。」孫詒讓正義：「凡咨辯陳訴請求必有辭，故治亦曰辭。《小司徒》云：『聽其辭訟。』辭訟即治訟也。」又《秋官·方士》：「凡都家之士所上治，則主之。」鄭玄注：「所上治者，謂獄訟之小事不附罪者也。」《管子·	治¹〔zhì《廣韻》直吏切，去志，澄。又直利切，去至，澄。又直之切，平之，澄。〕 ㉒通「辭」。（1）言辭。《管子·立政》：「孤寡無隱治。」于省吾《雙劍誃諸子新證·管子一》：「按金文『治』字均作『嗣』，與『辭』用同……此言孤寡無恃者，猶得盡其辭，故云『孤寡無隱辭』。」又《宙合》：「是以古之士有意而未可陽也，故愁其治，言含愁而藏之也。」郭

《大字典》	《大詞典》
宙合》：「是以古之士有意而未可陽也，故愁其治，言含愁而藏之也。」郭沫若等集校：「『治』讀為辭，斷句。下文『察於一治』、『博為之治』、『本乎無妄之治』，均以『治』為言辭之辭。」又《立政》：「疏遠無蔽獄，孤寡無隱治。」于省吾新證：「金文『治』字均作『嗣』，與『辭』用同……此言孤寡無恃者，猶得盡其辭，故云孤寡無隱辭。」	沫若等集校：「『治』讀爲辭，斷句，下文『察於治』、『博爲之治』、『本乎無妄之治』，均以『治』爲言辭之辭。」（2）指訴訟；告狀。《周禮·秋官·方士》：「凡都家之士所上治，則主之。」鄭玄注：「所上治者，謂獄訟之小事不附罪者也。」《公羊傳·成公十六年》：「公子喜時者，仁人也。內平其國而待之，外治諸京師而免之。」何休注：「訟治於京師，解免使來歸。」《紅樓夢》第三四回：「他母親又說他犯舌，寶玉之打，是他治的。」

按：《大字典》和《大詞典》對這個義項的處理有所不同。從義項安排上看，《大字典》只列了「訟辭；言辭」一個義項，而《大詞典》是將這個義項分列開為兩個義項，但並不是簡單一分為二，《大詞典》第二個義項是動詞的用法，這一點《大字典》並未列出。從注音上看，兩部辭書這個義項標注了不同的拼音。

治字下《大字典》設置了三個音項：（1）chí《廣韻》直之切，平之澄。之部。（2）zhì《廣韻》直利切，去至澄。又直吏切。之部。（3）yí《集韻》盈之切，平之以。而《大詞典》只設置了兩項：（1）zhì《廣韻》直吏切，去志，澄。又直利切，去至，澄。又直之切，平之，澄。（2）yí《集韻》盈之切，平之，以。

	《大字典》	《大詞典》
澒	澒 hòng《廣韻》胡孔切，上董匣。東部。①水銀。後作「汞」。《說文·水部》：「澒，丹沙所化為水銀也。」《淮南子·墜形》：「黃埃五百歲生黃澒，黃澒五百歲生黃金。」高誘注：「澒，水銀也。」《天工開物·丹青·朱》：「上好朱砂，出辰錦與西川者，中即孕澒。」	澒² 〔gǒng《廣韻》胡孔切，上董，匣。〕同「汞」。水銀。《淮南子·墜形》：「黃埃五百歲生黃澒，黃澒五百歲生黃金。」《天工開物·丹青·朱》：「上好朱砂，出辰錦與西川者，中即孕澒。」

按：兩部辭書對這個義項的注音不同，根據了相同的反切，卻標注了不同的拼音。《大詞典》的中古音反切不讀為 gǒng。《集韻》：「澒，戶孔切，水銀也，或作汞。」《廣韻》：「澒，《說文》曰：『丹沙所化為水銀也。』又濛澒，大水。胡孔切。」《玉篇》：「澒，胡動切，水銀謂之澒。」《龍龕手鑒》：「澒，胡孔反，水銀滓也。」《類篇》：「澒，虎孔切，《說文》『丹砂所化為水銀也』或作汞。」《正字通》：「澒，呼孔切，洪上聲。《說文》『丹砂所化為水銀』。《淮

南子》『弱土之氣御于白天生白礜，白礜生白澒，五百歲生白金。』」《字彙》：「澒，胡孔切，洪上聲。《說文》『丹砂所化為水銀』……周伯溫曰：『氣澒洞未分之象，從水項聲，借音為水銀之澒，俗作汞，非。』」按上述字書中的反切，應當標注 hòng。《大詞典》應當是據同「汞」標注 gǒng。

	《大字典》	《大詞典》
潑	（一）pō ⑬量詞。相當於「番」。《俗呼小錄》：「雨一番一起為一潑。」《四川諺語·農業生產·作物栽培》：「頭潑金，二潑銀，三潑四潑少收成。」原注：「指栽紅苕的次數。栽得早，收成才好。」	潑² bō ②量詞。同「撥」。（1）相當於「番」。明李翊《俗呼小錄》：「雨一番一起為一潑。」《人民文學》1977年第3期：「長江上游來了一潑好雪水。這一潑好雪水，七十二小時以內，從長江中游南岸藕池口子流進來。」

按：潑字作為量詞的用法多為方言用法。《漢語方言大詞典》中收錄了潑（沷）字在方言中的量詞用法，且分類較細：㉑〈量〉陣；場（多用於雨、水）。○西南官話。碎石《圓溜溜一輪大月亮·夜曲》：「天黑了，又碰上這～暴雨，走迷了路。」○閩語。㉒〈量〉群；批；次。○西南官話。清傅崇渠《川曲選》：「麻雀像開朝山會，來了一～又～。」○吳語。㉓〈量〉潮。西南官話。四川成都：一～水，一～魚。㉕〈量〉棵。晉語。山西文水：一～樹，一～葡萄。㉖〈量〉番。吳語。江蘇昆山。清乾隆十五年《昆山新陽合志》：「一番曰一～，幾番曰頭～、二～。」至於讀音，各地方言也各不相同，西南官話中四川成都一般讀作 pō，與《大字典》標注一致。《大詞典》標作 bō，可能是根據所同「撥」字所注。

	《大字典》	《大詞典》
濕	（三）xí ○《集韻》悉協切，入帖心。同「隰」。古人名用字。《集韻·帖韻》：「隰，闟。人名。《春秋傳》有公子隰。或從水。」《穀梁傳·襄公八年》：「鄭人侵蔡，獲公子濕。」陸德明釋文：「公子濕，本又作『隰』，又音變。」按：左氏《春秋·襄公八年》作『公子燮』。	濕⁴〔xiè《集韻》悉協切，入帖，心。〕古人名用字。《穀梁傳·襄公八年》：「鄭人侵蔡，獲公子濕。」陸德明釋文：「公子濕，本又作『隰』，又音變。」按，《春秋·襄公八年》作『公子燮』。

按：《大字典》和《大詞典》對這個義項的中古音是相同的，「悉協切，入帖心」標注現代漢語拼音應當是 xí。《大詞典》標注 xiè 蓋因據陸德明釋文中「又音變」。但是這樣標注，現代漢語拼音和中古反切是矛盾的，會給讀者帶來困擾。

	《大字典》	《大詞典》
瀼	（四）rǎng《集韻》汝兩切，上養日。水淤；漚漬。《集韻・養韻》：「瀼，水淤也。」明黃省曾《藝菊書》：「凡藝菊有六事：一之貯土。凡藝菊擇肥地一方，冬至之後，以純糞瀼之，候凍而乾，取其土之浮鬆者，置之場地之上，再糞之。」	瀼²〔nǎng《集韻》乃朗切，上蕩，泥。〕②水淤；漚漬。《集韻・上養》：「瀼，水淤也。」明黃省曾《藝菊書》：「凡藝菊有六事：一之貯土。凡藝菊擇肥地一方，冬至之後，以純糞瀼之，候凍而乾，取其土之浮鬆者，置之場地之上，再糞之。」

按：《大字典》瀼字下設置四個音項，而《大詞典》設置三個音項。表中所呈即是《大字典》比《大詞典》多出的音項設置。兩部辭書對這個義項的表述和所選取的書證都是相同的，但是讀音所據的中古反切是不同的，故拼音標注不同。「瀼」字讀音較多。《字彙》：「瀼，如羊切，壤平聲。瀼瀼，露多貌。又乃黨切，囊上聲。水流貌，又水名。」《正字通》：「瀼，乃黨切，囊上聲。水名。……又陽韻，壤平聲，露濃貌。」《類篇》：「瀼，思將切，水皃。又如陽切，瀼瀼，露也。又奴當切，露盛皃。又汝兩切，水淤也。又乃朗切，水流皃。又人樣切，水名，在蜀。一文重音五。」據《類篇》「又汝兩切，水淤也」可得《大字典》此音項。

	《大字典》	《大詞典》
灑	（三）xǐ ③通「釃（shī）」。分。《墨子・兼愛中》：「灑爲九澮。」孫詒讓間詁：「灑、釃字通。《漢書・溝洫志》云：『禹迺釃二渠以引其河。』注：孟康云：『釃，分也。分其流泄其怒也。』」《史記・河渠書》：「九川既疏，九澤既灑，諸夏艾安，功施於三代。」《文選・張衡〈南都賦〉》：「其水則開竇灑流，浸彼稻田。」李善注引《漢書音義》曰：「灑，分也。」	灑³ shī ①通「釃」。疏導分散水流。《墨子・兼愛中》：「灑爲九澮。」孫詒讓間詁：「灑、釃字通。《漢書・溝洫志》云：『禹迺釃二渠以引其河。』注：孟康云：『釃，分也。分其流，泄其怒也。』」《漢書・司馬相如傳下》：「昔者，洪水沸出，氾濫衍溢，民人升降移徙，崎嶇而不安。夏後氏戚之，乃堙洪原，決江疏河，灑沈澹災。」顏師古注：「灑，分也。沈，深也。澹，安也。言分散其深水，以安定其災也。灑音所宜反。」

按：灑字此義項兩部辭書處理方式略不同。此義項下灑通「釃」，《大詞典》直接標注在音項 shī 下，而《大字典》處理為先標注在 xǐ 音項下，再括號標注出「釃（shī）」。

	《大字典》	《大詞典》
汪	（一）wāng《廣韻》烏光切，平唐影。又烏浪切。陽部。⑥通「枉（wǎng）」。	汪²〔wǎng《廣韻》紆往切，上養，影。〕②通「枉」。彎曲。馬王堆漢墓

	屈曲。《馬王堆漢墓帛書·老子乙本·道經》：「曲則全，汪則正。」按：《老子甲本·道經》作「枉則定」，傳世王弼本作「枉則直。」	帛書乙本《老子·道經》：「曲則全，汪則正。」甲本《老子·道經》作「枉則定」。

按：《大字典》和《大詞典》對這個義項的表述和所選取的書證都是相同的，但是讀音無論是現代漢語拼音還是中古反切都是不同的。《玉篇》：「汪，烏光切。」《龍龕手鑑》：「汪，烏光反。」《字彙》：「汪，烏光切，枉，平聲。」

	《大字典》	《大詞典》
浣	huàn《廣韻》胡管切，上緩匣。元部。⑥通「管（guǎn）」。浣準，即「管準」。古代測量水平的器具。《淮南子·齊俗》：「夫挈輕重不失銖兩，聖人弗用，而縣之乎銓衡；視高下不差尺寸，明主弗任，而求之乎浣準。」高誘注：「浣準，水望之平。」按：《泰族》作「管準」。	浣2〔guǎn《集韻》古緩切，上緩，見。〕通「管」。參見「浣2準」。【浣2準】古代用以瞄測取平的器具。《淮南子·齊俗訓》：「視高下不差尺寸，明主弗任，而求之乎浣準。」高誘注：「浣準，水望之平。」亦比喻法度。章炳麟《秦政記》：「夫貴擅於一人，故百姓病之者寡，其餘蕩蕩平於浣準矣。」

按：此義項「浣」字通「管」，表示一種瞄準測平的器具。孫詒讓《周禮正義》：「許注云：『浣準，水望之平。』『浣準』疑即『管準』，所以測高下之表儀也。」清劉岳雲《格物中法》卷二：「岳雲謹案：許注云：『浣準，水望之平』而未釋浣字之義。《泰族訓》云：『人欲知高下而不能教之，用管準。』『管準』即『浣準』，『管』之為『浣』猶『管』之為『笰』矣。」兩部辭書對此義項的注音處理方式不同。《大字典》「浣」字只此一個音項，在這個義項下用了通「管（guǎn）」，而《大詞典》特將此單獨列為一個音項。

	《大字典》	《大詞典》
泯	（二）miàn《集韻》眠見切，去霰明。〔泫泯〕含混。也作「泫湣」、「眩湣」。《集韻·霰韻》：「湣，泫湣，混合也。亦省（作泯）。」參見「泫」。	泯2　miǎn　目不明貌。《漢書·司馬相如傳下》：「視眩泯而亡見兮，聽敞悅而無聞。」顏師古注：「眩泯，目不安也……泯音眄。」

按：《大字典》音項二所收「泫泯」一詞《大詞典》未收錄。「泫湣」也未收錄。《大詞典》只收錄「眩湣」。釋為昏暗無光。《史記·司馬相如列傳》：「紅杳渺以眩湣兮，猋風涌而雲浮。」裴駰集解引《漢書音義》：「眩湣，闇冥無光也。」

《大詞典》音項二「眩泯」，見「眩眠」，指目不安貌；視不明貌。《史記·司馬相如列傳》：「視眩眠而無見兮，聽惝怳而無聞。」《漢書》作「眩泯」。顏師古注：「眩泯，目不安也。」《字彙》：「泯，又莫見切，音面，眩泯，目不安

貌。」《正字通》:「泯,又泯與瞑別。《文選》揚雄《甘泉賦》:目冥眴而無見,冥,不借用泯。《韻會小補·九青》:瞑或作泯,引相如賦『視眩泯而亡見』,注:目不安貌。泯,眠見切。合瞑泯為一,不知賦眩瞑譌作眩泯,非。泯與瞑古通,舊注泯音面,誤與《韻會》同。」《類篇》:「泯,又眠見切,泫泯,混合也。」《漢書》:「視眩泯而亡見兮,聽敞怳而亡聞。」師古曰:「眩泯,目不安也。敞怳,耳不諦也。眩音州縣之縣,泯音眄。」《大詞典》據「音眄」注音 miǎn。《說文》:「眄,目偏合也。一曰衺視野。秦語。從目,丏聲。」

《大字典》「眄」:miǎn(又讀 miàn)《廣韻》彌殄切,上銑明。又莫甸切。元部。《字彙》:「眄,莫典切,音勉。《說文》:目偏合也,又邪視也。又去聲,莫見切,義同。」《正字通》:「眄,彌演切,音勉。《說文》『目偏合也,一曰邪視。』又霰韻,音面義同。《南史》:晉簡文帝眄睞則目光燭人,讀書十行俱下。」《玉篇》:「眄,莫見切,《說文》云目偏也,合也。一曰衺視野。秦語俗作盰。」宋本《廣韻》:「眄,斜視,又亡見切。」

綜上,我們認為「泯」字《大字典》與《大詞典》所收是兩個不同的音項和義項,可皆補。

跟收字、釋義方面相比,大型辭書注音方面的缺漏確實不易發現。語音隨歷史的發展而演變,古韻書所記錄的上古音、中古音與今天的漢語拼音讀音相比都有所不同。而大型辭書在注音方面為了呈現語音發展的脈絡,盡量將上古音、中古音和今音都收錄完備,然《廣韻》類韻書收錄讀音異常繁多詳備,例如主音之外的又音又切之類,大型辭書收錄這些又音無疑會對讀者了解這些字的今音的由來有極大的幫助。這就要求在入典時必須做一番刪選,還要特別注意每個讀音與其下收錄的意義之間的搭配。由上可知,《大字典》等大型辭書在這方面還存在一些疏漏,有的是需要再商榷的問題,有的則是需要更細緻的體例規定來統一,否則可能會給讀者帶來一定的困擾。

第五節　差異巨大

這一部分我們所討論的是水部字中比較特殊的四例字,這四個字在《大字典》和《大詞典》中都有收錄,但是無論是在讀音還是釋義上差別都非常大,幾乎沒有相同的地方。我們認為這種情況在其他部中應該也存在,這些字有的是不常用的俗字、難字,這裏略作討論,以求教於方家。

一、洓

	《大字典》	《大詞典》
洓	zé《廣韻》鋤陌切，入陌崇。 ①〔瀺洓〕1 水落地聲。《廣韻·陌韻》：「洓，瀺洓，水落地聲。」2 水落貌。《集韻·陌韻》：「洓，瀺洓，水落皃。」 ②古水名。清顧祖禹《讀史方輿紀要·陝西三·西安府下》：「洓水，在（鎮安）縣東五里，出秦嶺，流入洵陽縣界，合旬水入於漢江。」	〔zhà〕燃點油燈遇有少許水分時發出爆裂聲。明李時珍《本草綱目·草六·蓖麻》：「取蓖麻油法：用蓖麻仁五升搗爛，以水一斗煮之，有沫撇起，待沫盡乃止。去水，以沫煎至點燈不洓，滴水不散為度。」

按：「洓」字在《漢語大字典》和《漢語大詞典》中的讀音和解釋都完全不同。《大字典》中第一個義項來源於字書記載。《廣韻·陌韻》：「洓，瀺洓，水落地聲。」《集韻·陌韻》：「洓、溹，瀺洓，水落皃，或作溹。」《字彙》：「洓，側格切，音窄。瀺洓，水落地聲。」《龍龕手鑒》：「洓，士陌反。瀺洓，水落地也。」除了「瀺洓」這個詞表示有水落地聲，還有：

（1）草搖席下芳，筠散尊中碧。鳥語無俗音，泉漱皆洌洓。（明·王慎中《普光寺睡起》）

（2）愁雨兼旬陸海傾，牀下水流聲洓洓。（宋琬《晨星歎》）

例（1）中「洌洓」一詞據上下文與「俗音」相對，也是表示與水聲有關的意思。例（2）作「洓洓」者，表示水聲的意義明顯。檢《漢語方言大詞典》[註37]中收錄「洓，zhà〈動〉水往下落（瀉；滴）。吳語。」可證其有《大字典》中「水落皃」的義項。

古籍中「洓」表示古水名「洓水」則數量就更多了。除了顧祖禹《讀史方輿紀要》中所記載，還有如：宋·宋敏求《長安志》卷十七：「洓水，在縣東五里，出萬年縣界，秦嶺下流入金州洵陽縣界。」又「蘊水，在縣西南七百里出考山，下流入洓河。」

《大詞典》中所收的義項「燃點油燈遇有少許水分時發出爆裂聲」應當是後起義，文獻中出現不多，主要也是《本草綱目》中的這個用法。讀音也是按照後起形聲字讀音，與《大字典》不同。根據《大詞典》的義項收列原則[註38]，我

〔註37〕許寶華、宮田一郎《漢語方言大詞典》，中華書局，1999 年，3649 頁。
〔註38〕《大詞典》的義項收列原則是純粹的地名、人名不收；單字字頭只在字書中出現而無書證的不收。此處《大字典》收列「洓」的兩個義項均有書證。

們認為《大詞典》這裏可以設置洔¹和洔²，把《大字典》的兩個義項收為洔¹，其後起義收為洔²。

二、洏

	《大字典》	《大詞典》
洏	ér《廣韻》如之切，平之日。之部。 ①溫水。《說文·水部》：「洏，洝也。」段玉裁注：「洏與渜音近。」朱駿聲通訓定聲：「按：洏水，即今直隸遵化州之灤河……《水經》作濡，或以渜為之。洏、濡、渜、灤，皆一聲之轉。又按：《說文》列字次弟：『洝，渜水也。』『洏，洝也。』不與水名相次。疑『洝』、『渜』即蘇俗溫暾字，謂不寒不熱水也，疊韻連語。洏、渜雙聲。」 ②同「胹」。《說文·水部》：「洏，煮孰也。」段玉裁注：「《肉部》曰：『胹，爛也。』然則洏與胹同也。」 ③同「而」。助詞。《廣韻·之韻》：「洏，漣洏，涕流皃。」《文選·王粲〈贈蔡子篤〉》：「中心孔悼，涕淚漣洏。」李善注：「《周易》曰：『泣血漣如。』杜預《左氏傳》注曰：『而，語助也。』」晉陶潛《形贈影》：「但余平生物，舉目情淒洏。」	〔ér《廣韻》如之切，平之，日。〕流淚貌。晉陶潛《形贈影》：「但余平生物，舉目情淒洏。」 【洏洏】流淚貌。清周亮工《胡三元潤徵裘歌》：「籲籲不定風飆疾，招招舟子淚洏洏。」 【洏漣】漣洏。流淚貌。陳三立《題顧石公松花江踏雪尋詩圖卷子》詩：「蚊魚噴沫豺虎連，胸茹萬古泣洏漣。」

按：《大字典》對「洏」的解釋有三個義項，《大詞典》對「洏」的解釋只有「流淚貌」一個義項，而《大字典》中實際上與之相對應的義項卻釋為「同『而』。助詞。」

先來看辭書中的主要解釋。《說文解字》：「洏，洝也，一曰煮孰也，從水而聲。如之切。」段注：「洏與渜音近，奚從而聲也。肉部曰胹，爛也，然則洏與胹通也，《內則》作濡，蓋字之誤，注曰：凡濡謂烹之以汁和也。」《玉篇·水部》：「洏，音而，不熟而煮。又涕流皃。」《廣韻·之韻》：「洏，漣洏，涕流皃。」《集韻·水部》：「洏，《說文》『洝也』。一曰漣洏，流涕貌。」《字彙》：「洏，如支切，音而。漣洏，涕流貌。」《正字通》：「洏，如時切，音而。渜水也，俗謂之湯。一曰煮熟，與胹通。又連洏，涕流貌。」綜上，再結合《大字典》中的義項，「洏」的解釋可以歸納為五種：1 河流名，指洏水。2 洝，渜水，即溫水。3 通「胹」，煮熟。4 漣洏，涕流貌。5 而，助詞。

洏水，《大字典》引朱駿聲《說文通訓定聲》「洏，洝也，從水而聲。按：洏水即今直隸遵化州之灤河，迤永平府盧龍遷安樂亭三縣，及灤州各境。《水經》

作濡，或以渜為之，洍、濡、渜、灤皆一聲之轉。」文獻中也有用例〔註39〕。如：

（3）洍水不復秦，白雪誰為酬。（明・帥機《陽秋館集・送喻邦相赴貶所四首其二》）

（4）方六十里，源豬龍河丘家道口，洍水所聚，患及安州、新安，而雄為甚。（明・王齊《雄乘》《天一閣藏明代方志選刊・弘治易州志・嘉靖雄乘》）

（5）又東逕樂安縣北，又東北由馬車瀆入海，是洍水之全流也。《水經注》謂之時澠水以下流與澠水合也。（清・高士奇《春秋地名考略・乾時》）

（6）淒淒浣江咽，如臨洍水湑。（清・劉大紳《寄庵詩文鈔・哭張漢渡先生》）

表示「渜水」即「溫水」義見於《說文》。《說文》：「洍，洝也。」段注：「洍與渜音近。」《說文》：「洝，渜水也。」《說文通訓定聲》：「洍，洝也，從水而聲。……又按：《說文》列字次弟：洝，渜水也。洍，洝也。不與水名相次。疑洝、渜即蘇俗溫暾字，謂不寒不熱水也，疊韻連語。洍、渜雙聲。」此義項是《大字典》據注立項，且未見他家之言，也未有其他文獻證。

表示「煮熟」義亦首見於《說文・水部》：「洍，煮孰也。」這個義項通「脈」。唐孔穎達於《春秋左傳正義・宣二年》「宰夫脈熊蹯不熟」中有釋。《說文》繫書中皆有說明。《說文校議》：「洍，當作煮孰也。」《說文繫傳》：「洍，安也。大徐洝也。一曰煮孰也。案：此謂洍與脈通也。」《說文義證》：「洝也者，徐鍇本作安，通作濡。一曰煮熟也者，本書脈，爛也。《玉篇》：『洍，不熟而煮。』」這個義項又通「濡」，指一種烹飪方法，即用調味的湯汁烹煮食物。《禮記・內則》：「濡豚、濡雞、濡魚、濡鼈。」鄭注：「凡濡謂烹之以汁和也。」《說文句讀》：「肉部脈，爛也。《玉篇》：『洍，不熟而煮，或借濡字。』」清・胡紹煐認為是假借字，《群經正字》：「今人止知有脈字，不知有洍字。據《說文》：『洍，一曰煮熟』，義固然矣。即《首義》云洝。按：洝，上文云：渜水也。渜，湯也，亦溫煮之義，則經典中如《左宣二年傳》『宰夫脈熊蹯不熟』。上云脈，下云不熟，脈只是溫煮之義，正字當作洍，今作脈，其義為爛。孔疏引字書，亦

〔註39〕但具體是不是都是指的同一條河還有待繼續考證。

曰『過熟曰胹』，既云過熟又云不熟，於交義不協，是胹乃聲同假借字。」「濡」是譌字：「又《禮記·內則》：『濡豚、濡雞、濡魚、濡鼈』。鄭注：『凡濡謂烹之以汁和也』。釋文：濡音而，則濡又洏字之譌，後儒不知有洏字故譌作濡。然譌字尚從水，亦可知其本字從水不從肉也。」胡紹煐《文選箋證》亦有提到「兄蟠之臑」條：「注善曰：《左氏傳》曰：『宰夫臑熊蟠不熟』。《方言》曰：『臑，熟也，音而。』今《左傳》作『胹』。朱氏右曾曰：『《說文》洏，煮熟也。胹，爛也。』正字應作『洏』，經典或作胹、臑、濡，皆同聲假借。」文獻中亦有用例。如清·黃任《秋江集·哭河陽公八十四韻》：「辛盤堆筍韭，大釁更洏羹。公已不能飲，要我飛巨觥。」錢大昕《潛研堂集》卷十一也說：「洏，即濡魚醓醬之濡。」

　　「洏」在文獻中出現頻率最高的就是在「漣洏」一詞中，表示涕流貌，或作「連洏」。《大字典》和《大詞典》在這個義項上產生了分歧。《大字典》認為這裏的「洏」同「而」，即為助詞。為什麼會產生這樣的差異？先來看「漣洏」一詞的出處問題。《文選·王粲〈贈蔡子篤〉》：「中心孔悼，涕淚漣洏。」李善注：「《周易》曰：『泣血漣如。』杜預《左氏傳》注曰：『而，語助也。』」這一問題主要源於李善認為《文選》中的「漣洏」一詞來源於《易》的「漣如」。而「如」和「而」的音轉關係學者也有不少論述。如：宋·方崧卿《韓集舉正·上考功崔虞部書》蜀本校：「……蜀本作『而』，今本皆以表記語刊作『如』，然不知古『而』『如』同意，此語不當以『如』似之義讀之。唐人惟韓柳知此。……今人所用『漣洏』，考之李善《文選》乃『漣而』也，實用《易》之『泣血漣如』為義。」胡紹煐《文選箋證》「涕淚漣洏」條注：「善曰：《周易》曰『泣血漣如』杜預左氏傳注曰：『而，語助也。』按：依注則正文本作『漣而』，『漣而』猶『漣如』，而、如，聲之轉，五臣作『洏』，云『洏亦淚流也』特強為之解耳。」「縱鋋漣洏」條又注云：「善曰：杜預《左傳》注曰：『而，語助也。』按：依注則『洏』當作『而』。王粲詩『流涕漣洏』，《南史》梁元帝撰《孝德傳廢書》『歡息泣下漣洏』並作『洏』，皆『而』之俗。」

　　因此，《大字典》將「洏」釋為與「如」同的「而」。而《大詞典》是收錄「連洏」為一詞，表示涕流貌。《大詞典》收錄「漣洏」為一詞自有其據，《一切經音義》「漣洏」條：「漣洏，下耳之反，《韻略》云：『連洏者，泣淚流兒。』《易》曰：『泣血漣洏是也。』形聲字。」文獻中「漣洏」也有很多用例。如：

（7）欲報之德，不可方思，涓塵之孝，河海之慈，廢書歎息，泣下漣洏。（唐·歐陽詢《藝文類聚》卷二十一）

（8）今皇帝奉而行之，未嘗失墜，每有銜命而來，戒途將發，必蕭恭拜跪，涕泗漣洏，左右侍臣，罔不感動。（五代·劉昫《舊唐書》卷十本紀第十）

文獻中有時也作「洏漣」，與「漣洏」意思相同。如：

（9）孰知予悲，涕泗洏漣。」（宋·張栻《南軒先生文集·祭汪端明》）

（10）拜公遺容，而不覺涕泗之洏漣者。」（明·姚希孟《棘門集·朱秋崖中丞像贊》）

綜上，應當說「洏」有「漣洏」一詞而表示淚落貌，《大字典》可補此義項，而古注中表示助詞與「而」同之說可在此義項後標為「一說」更為妥帖。

基於上述分析討論，「洏」字的義項可歸納為以下幾項：1. 洝，澳水，即溫水。2. 通「胹」，用調味的湯汁烹煮食物。3. 漣洏，涕流貌。4. 洏水，河流名。

三、澞

	《大字典》	《大詞典》
澞	yú 《廣韻》遇俱切，平虞疑。又《集韻》語口切。侯部。 ①水名。又稱沙河，在河北省南部。源出太行山，東流經南和縣、任縣，注入寧晉泊。《說文·水部》：「澞，水。出趙國襄國之西山，東北入湡。」《漢書·地理志下》：「（趙國）又有蓼水、馮水，皆東至朝平入澞。」清顧祖禹《讀史方輿紀要·直隸六·順德府》：「沙河，在縣治南，源出湯山，一名澞水。」 ②古沼澤名。《廣韻·虞韻》：「澞，齊藪名。也作『隅』。《爾雅》曰：『齊有海澞。』」按：今《爾雅·釋地》作「海隅」。郭璞注：「海濱廣斥。」陸德明釋文：「此營州藪也。」	〔yú《廣韻》遇俱切，平虞，疑。〕 地名。《淮南子·本經訓》：「曲拂邅廻，以像湡澞。」高誘注：「澞，番隅。」宋劉敞《石林亭》詩：「湡澞欻在眼，崑閬若可攀。」

按：《大字典》收錄「澞」兩個義項，一個是水名，一個是古湖澤名。這兩個義項辭書中皆有記載。《說文》：「澞，水。出趙國襄國之西山，東北入湡。」後世字書多據《說文》。《集韻》：「澞，《說文》『水出趙國襄國之西山，東北入湡。』」表示湖澤名的說法主要是指字書中所指「齊藪」。後世辭書兩個義項皆

收。《廣韻》:「澬,齊藪名,亦作隅。《爾雅》曰:『齊有海澬。』又水名在襄國。」《龍龕手鑑》:「澬,音愚,齊藪名。又小澬,水名。」《字彙》:「澬,牛居切,音魚。齊藪名。《說文》『水出趙國、襄國之西山,東北入浸』。」更有學者認為二者所指實同,《正字通》:「澬,牛劬切,音魚。齊藪名,水出趙國、襄國之西山,東北入浸,浸出魏郡武安東北入呼沱水,呼沱入於海。」

學界對「澬水」所指說法不一。清代學者趙一清《水經注釋》:「其水與澬體通為衡津,一清按:《太平寰宇記·邢州龍岡縣下》云:『澬水,一名澧水,俗謂之百泉水,出縣東平地,以其導源總納衆泉合成一川故也。』」王筠《說文句讀》:「《地理志》:『趙國襄國,西山渠水所出,東北至在入浸。案渠水即澬水。』《寰宇記》:『邢州龍崗縣,秦以為信都縣,項羽更名襄國,漢因不改。澬水一名澧水,俗謂之百泉河,源出縣東南平地,以其導源總納衆泉合成一川故也。又沙河縣,本漢襄國縣地,沙河即澬水也。』《郡國志》:『牛缺遇盜於沙澬之間,《玉篇》澬,今作虞。』」李學勤(1985):「關於澬,《說文》云:『澬水出趙國襄國之西山,東北入浸。』段玉裁注云:『今直隸順德府邢臺縣西南襄國故城。商祖乙遷於邢,周時邢國,皆在此。』《前志》(《漢書·地理志》)襄國下曰:『西山,渠水所出,東北至廣平國任縣入浸。』按『渠水』當是『澬水』之訛。《一統志》曰:『澧河源出邢臺縣東南,東流逕南和縣西南,又東北逕任縣東,至隆平縣入胡盧河,即百泉水也。』《方輿紀要》曰:『百泉水,蓋即澧河之上源。』引志云:『百泉水,一名澬水,又名鴛鴦水,《隋志》以為滹水也。』這條河即今河北沙河縣南的沙河。」

《大詞典》中沒有以上這兩個義項,當補充。而《大詞典》中訓「澬」為「地名」似乎過於籠統。《淮南鴻烈解》:「曲拂邅回,以像澬浯。」許慎注:「拂,戾也,邅回,轉流也,澬,嗜隅,浯,蒼梧之二國多水江湖環之,故多像渠也,以自邅回法而像之也。澬,讀愚,戇之愚也。」清·文廷式《純常子枝語》卷四十:「《淮南本經》訓曲拂邅回,以象澬浯。高注:澬浯,二國名,多水故法而像之,浯,音吾。」例中澬浯指古國名。考文獻中關於「澬浯」的用例往往有其特殊性。如:

(11)澬浯欻在眼,崐閬若可攀。(宋·劉敞《公是集·新作石林亭》)

(12)象魏由來心自遠,澬浯聊復樂忘還。(宋·劉敞《公是集·

和王待制新作白鷺亭七言十韻》）

（13）淲溿南望重重綠，章水還能向北流。（北宋·王安石《寄
題程公辟物華樓》《臨川先生文集》）

（14）……漾金碧而陸離恍，淲溿與方壺，帝令鬼鑿而神移……
（宋·呂祖謙《宋文鑒·皇朝文鑒》卷第七）

這幾例詩文中與「淲溿」對舉的「崐閬」「方壺」「象魏」等都有相似處。「崐閬」指昆侖山上的閬苑，傳說中神仙所居之地。「方壺」指傳說中神山名。「象魏」本指古代天子、諸侯宮門外的一對高建築，後詩文中多指代朝廷。這些地方都是非常神聖或有神話色彩的。因此，與之相對的「淲溿」似亦非僅僅訓為「地名」，竊意可釋為：本指二國名，也連用做地名，常比喻令人嚮往的地方。

四、漫

	《大字典》	《大詞典》
漫	yōu《廣韻》於求切，平尤影。幽部。 ①沾潤；浸漬。《說文·水部》：「漫，澤多也。」《詩》曰：『既漫既渥。』」按：今《詩·小雅·信南山》作「既優既渥」。鄭玄箋：「成王之時，陰陽和，風雨時，冬有積雪，春而益之，以小雨澤潤則饒洽。」清桂馥《札樸·溫經·優》云：「《信南山》之『優』，當為『漫』。」《廣雅·釋詁二》：「漫，漬也。」《玉篇·水部》：「漫，渥也。」清梁廷枏《粵海關志》卷三十：「水漲東北，東南旋漫，西南水回，便是水落。」 ②壅積。《廣雅·釋器》：「漫，涔，栫也。」王念孫疏證：「《說文》：『栫，吕柴雝水也。』郭璞《江賦》云：『栫澱為涔。』栫者，叢積之名……漫、涔，皆壅積之意。」 ③同「優」。寬和。《字彙補·水部》：「漫，又與優同。」《詩·商頌·長髮》「敷政優優」，《原本玉篇·水部》引作「敷政漫漫」，並引毛傳曰：「漫漫，和也。」《隸釋·荊州刺史度尚碑》：「持重漫於營平，深入則輕冠軍。」洪適注：「漫為優。」	〔yōu《廣韻》於求切，平尤，影。〕雨水充足。《說文·水部》：「漫，澤多也……《詩》曰：『既漫既渥。』」今本《詩·小雅·信南山》作「既優既渥」。

按：《大字典》解釋「漫」三個義項，其中第一個義項與《大字典》實際所指相同，但義項表述不同。據《說文》釋「漫」為「澤多也」，來源於《詩經》

「既優既渥」，許氏引「優」為「瀀」。《集韻》：「瀀，《說文》『澤多也』，引《詩》『既瀀既渥』。」《正字通》：「瀀，與優通。《說文》『澤多也』，引《詩》『既瀀既渥』。《小雅》本作『優』。」《大字典》義項表述為「沾潤；浸漬」，並引《廣雅・釋詁二》：「瀀，漬也。」和《玉篇・水部》：「瀀，渥也。」來為證，而《大詞典》義項表述為「雨水充足」。

我們認為《大字典》的義項表述有失準確。《廣韻》和《玉篇》都將「瀀」訓為「渥」。宋本《廣韻》：「瀀，瀀渥。」《大字典》「渥」有兩個音項：（一）wò①沾濕；沾潤。《說文・水部》：「渥，霑也。」（二）òu 同「漚」。浸泡。《廣雅・釋詁二》：「渥，漬也。」這裏可以看到，《大字典》對「瀀」的釋義是和「渥」的第一個義項相同的，而這個義項的「渥」《說文》訓為「霑」。再看《大字典》釋「霑」：同「沾」。《集韻・鹽韻》：「霑，通作沾。」1. 雨水浸潤。《說文・雨部》：「霑，雨霂也。」《詩・小雅・信南山》：「益之以霢霂，既優既渥，既霑既足，生我百穀。」鄭玄箋：「益之以小雨，潤澤則饒給。」恰恰也是用了《詩經・小雅・信南山》。且《大字典》所舉書證清梁廷枏《粵海關志》卷三十：「水漲東北，東南旋瀀，西南水回，便是水落。」似也解釋不通。

我們認為結合《大字典》和《大詞典》所釋，似可釋為「雨水充足；浸潤」。文獻用例如：

（15）東望指蝃，西歸詠靁，瀀雨聞湝，弁星見髖。（清・林昌彝《小石渠閣文集・同舟問答》）

（16）九支分流瀀霩而同趨。（清・劉逢祿《劉禮部集・勃海槐賦》）

而《廣雅》訓「瀀」為「漬」則應是「漚」的意思，《說文・水部》：「漬，漚也。」「渥」也有「漚」的用法。所以這個不能與前一個義項混在一起。

《大字典》據古注「瀀」訓為「栫」將第二個義項釋為「壅積」。引《廣雅・釋器》：「瀀，涔，栫也。」而《說文通訓定聲》：「《廣雅・釋器》：『瀀、涔，栫也。』按：柴木雝水謂之栫，亦謂之涔。《韓詩》『涔有多魚是也。』雨水漸漬謂之瀀，亦謂之涔，故亦謂之栫。《說文》『涔，漬也』是也。」通過《通訓定聲》實際上也可以看到「瀀」「涔」「栫」三個字的關係應該是通過「涔」聯繫起來的。《說文・水部》：「涔，漬也。」王筠句讀：「涔主言雨之漸漬。」所以這個意思即久雨而澇，這與「瀀」的意思相同。而「涔」同時又有「聚積柴木

於水中以捕魚」的意思。《爾雅・釋器》:「椮謂之涔。」郭璞注:「今之作『椮』者。聚積柴木於水中,魚得寒,入其裏藏隱,因以簿圍捕取之。」明・朱謀瑋《駢雅訓纂》:「《廣雅・釋器》:『澩、涔,椊也。』《書證》:『《說文》:『椊,以柴雍水也。』』郭璞《江賦》云:『椊澱為涔。』椊者,叢積之名。《爾雅》:『椮謂之涔。』郭注云:『今之作椮者,聚積柴木於水中,魚得寒入其裏藏隱,因以薄圍捕取之。』澩、涔,皆雍積之意。卷二云:『澩,漬也。《說文》:『涔,漬也。』漬、積聲相近。雨水漸漬謂之澩,亦謂之涔。柴木雍積謂之涔,亦謂之澩。其義一也。』」即「涔」既有「澩」的意思,又有「椊」的意思,而不是「澩」也表示「椊」,且查文獻中未見「澩」表示「雍積」的例證,所以這個義項應當說是取用古注欠當。

《大字典》的第三個義項釋為「同『優』。寬和。」「澩」與「優」歷史上曾混用,是異體字,這應當是比較明確的,但不是僅僅在表示「寬和」這個用法上。考《玉篇》:「澩,於留切。渥也,寬也,漬也。今作優。」且《大字典》訓「優」為「雨水充足」,也是用了《詩・小雅・信南山》中的「益之以霡霂,既優既渥,既霑既足,生我百穀。」朱熹注:「優、渥、霑、足,皆饒洽之意也。」並按《說文・水部》引作「澩」。很明顯在「饒洽;充足」這個意思上,「優」也有寫作「澩」的情況,如「優渥」一詞古籍中也有作「澩渥」者。

辭書釋義的準確性是辭書釋義原則的核心,是衡量辭書釋義水準的根本標誌。〔註40〕傳世大型字書貯存下來了成千上萬的疑難字,隨著社會的發展,科技的進步,對漢字進行全面的規範與整理,已是勢在必行,而對漢字進行全面的規範與整理,首先需要對疑難字作出準確的考釋。〔註41〕而越是像《大字典》《大詞典》這樣的大型辭書要做到釋義的完全準確可以說是異常困難的,學者們孜孜不倦、拔丁抽楔以求精益求精也還是會百密一疏。

《大字典》與《大詞典》所共收的單字字頭釋義差異還有很多其他情況,由于篇幅的限制,還有兩部分內容見於附錄一和附錄二。形成這些差異的原因從大的方面來說分為三種情況,一是兩部工具書各自體例制約造成的客觀不同,二是辭典工作者難免的工作疏漏,三是任何時期學界都會貯存很多尚未有定論的問題。對於我們來說,亟待解決的是第二種情況,並且要一直努力推進

〔註40〕蘇寶榮《詞彙學與辭書學研究》,北京:商務出版社,2008 年。
〔註41〕楊寶忠、楊濤《談談大型字書錯誤遞增現象》,《古漢語研究》,2018 年第 2 期。

第三種情況的研究。辭典釋義問題種類繁多，兩部工具書又是目前收字收詞最為全面的辭書，從《大字典》和《大詞典》的對比切入，既有利於我們較為迅速地先行發現漢語史研究中存在的問題，也對提高這兩部大型辭書的編纂品質有重要意義。

小結——兼論大型語文辭書編纂的幾個問題

辭書中最常見的是語文辭書，語文辭書是為供人們查檢而編纂的，古代辭書作為經學的附庸多為學習儒家經學和科舉考試服務，現代辭書則旨在普及科學知識，反映最新研究成果。語文辭書的根本任務是用讀者已知的語言信息來解釋其未知的語言信息，釋疑解惑，詮釋詞語的確切意義，滿足讀者的要求，使讀者獲得最準確、數量最大的信息。〔註42〕辭書的編纂目的決定著收詞數量、釋義詳略、語義特徵和例證的選取等一系列問題。

語文辭書，尤其是大型語文辭書是民族標準語的體現和反映，也是提升社會語言素養，宣傳和維護共同語規範的重要工具，是真正顯示一國的學術成就的。《漢語大字典》《漢語大詞典》二典在字頭詞條收錄、義項設置、釋義內容和書證引用等各方面都力求做到精益求精，可謂當代大型語文辭書的典範。然而正是因為規模巨大，編纂工程浩大，書成眾手，自然不無瑕疵，自出版以來學界指瑕商榷之聲如雨後春筍層出不窮。前賢時彥的很多討論毋庸贅言，這裏我們主要根據本文前面所討論的內容對之再略說幾點看法。

一、注意收字完備

對於字典、辭書的收字問題，歷來學者也有很多看法和指導性意見。一般來說，不同規模和不同功能的詞典收字的標準是不同的。據凡例，《大字典》收字是以《康熙字典》為藍本，另從歷代辭書和古今著作中增收單字。《康熙字典》收字47035個，《大字典》又增收了一萬餘，達到60370個。凡例中也規定了字形問題，字形以中華人民共和國文化部和中國文字改革委員會公佈的《印刷通用漢字字形表》為依據，採用新字形。個別使用新字形會產生混淆的保留舊字形；對訛字保留原形體，不作字形整理。〔註43〕大型歷史語文辭書

〔註42〕徐時儀《漢語語文辭書發展史》，上海辭書出版社，2016年，116頁。
〔註43〕《漢語大字典》第二版凡例。

既要收錄歷史漢字，又要貫徹新字形的要求，確實很難兼顧。收字以及相關的一些字形處理，是大型語文辭書的基本問題，它決定辭書的性質、規模以及使用價值。〔註44〕有的學者認為，收字多寡是衡量大型語文辭書質量的重要指標。這不是單純對於數量的追求，釋疑是語文辭書最基本的功能，收字量越大，釋疑的能力就越強。〔註45〕

　　《漢語大字典》是在現代辭書意識指導下編寫出來的一部新型字典，充分體現「字典存字釋字」的特點〔註46〕，在單字字頭收錄方面，《大字典》畢竟比《大詞典》更具有典型代表性，所以《大字典》字頭收錄數量遠遠多於《大詞典》。僅就水部字來看，《大字典》收錄單字字頭2148個（包含簡化字、類推簡化字），而《大詞典》「水（氵）」部字共有字頭904個（第五卷並第六卷續），不到《大字典》的一半。當然，這與二典各自的體例要求有關。《大字典》只要是有書證的，包括古代字書和韻書中貯存的，皆收錄，不論有沒有實際的文獻作品中的語用例證；而《大詞典》則一般以文獻用例資料為依據，認為只見於字書、韻書中的很多字是死字，不予收錄。有的學者認為這是對字書、韻書的科學價值認識不足，是一種誤解。〔註47〕

　　王寧在《〈通用規範漢字表〉與辭書編纂》一文中講到，「漢字在『有典有冊』的每一個歷史時期，都有兩種存在的狀態：一種是使用的狀態，一種是貯存的狀態。使用狀態的漢字存在於記錄漢語的文本裏，帶有語言環境，具有言語意義……貯存狀態的漢字存在於歷來的詞典、字書裏，這些漢字雖然也都是從使用著或使用過的漢字中收集後編排起來的，但它們脫離了原有的文本，也就脫離了語言環境。它們依據辭書的體例聚合在一起，成為相互依靠的一群，並且一般都有形音義屬性隨之顯現。中國的詞典、字書不論如何編排，都是以漢字作為類聚的標誌；也就是先貯存了漢字，才能貯存詞彙及其音、義。」〔註48〕我們認為大型語文辭書，尤其是「以字為本」的《大字典》

〔註44〕陸錫興《漢字規範與大型歷史語文辭書的收字立目問題》，《辭書研究》2010年第5期。

〔註45〕陸錫興《漢字規範與大型歷史語文辭書的收字立目問題》，《辭書研究》2010年第5期。

〔註46〕徐時儀《漢語語文辭書發展史》，上海辭書出版社，2016年，366頁。

〔註47〕陸錫興《漢字規範與大型歷史語文辭書的收字立目問題》，《辭書研究》2010年第5期。

〔註48〕王寧《〈通用規範漢字表〉與辭書編纂》，《辭書研究》2014年第3期。但王寧先生

應當注意收字完備。這一點，新版《大字典》修訂的時候與第一版相較就增補了很多字頭，具體到水部字增收了 133 個，詳見第二章內容。雖然說《大字典》收字已經遠比《大詞典》完備，但仍不免有疏漏。例如《大詞典》已收錄的單字，就有 440 個《大字典》卻沒有收錄，其中見於《說文》10 個，見於《新華》者（包括異體字）5 個。〔註 49〕具體到水部字，我們對比二典後也發現，《大詞典》中有這些字未被《大字典》收錄：浡、湼（《大字典》有涅。）、湘、湋、浚、滈、滾、瀊、灑。

另外，需要注意的是，漢字字典編纂歷史悠久，歷代辭書收錄的漢字不但字數多，而且關係錯綜複雜；在收字完備的前提下，大型辭書，尤其是古今兼收的大型辭書的編纂，還要注意協調字頭和條目的關係。這就要求辭書條目之間做到既具備統一性，又具備互補性。「統一性要求相關條目間沒有矛盾、衝突，不出現邏輯上的相悖；這就要充分協調不同時代漢字字形與字用的差異。如此紛繁、複雜、不共時的字詞關係，當它們分別出現在不同歷史時期的典籍裏的時候，各自存真即可，並沒有什麼矛盾；但是編到同一部辭書裏，要想做到互不衝突，是需要細密的體例保證的。」〔註 50〕「互補性要求在同一部辭書裏儘量減少篇幅、避免重複。互補性在辭書裏是要靠互見的條例來實現的。在用字問題上，互見條例必須理清字與詞的分合、同異關係。」〔註 51〕

二、注意書證準確

引證是語文辭書中極其重要的組成部分。一般來說，釋義是辭書滿足讀者解疑釋惑要求的主要手段，引證則是釋義的輔助性手段，可以讓讀者更透徹地理解詞義，在辭書中起印證釋義、闡發詞義和提示用法的作用，還可以補充釋義的不足，介紹詞的典型用法等〔註 52〕。關於書證的重要性，古今中外很多學

同時也認為「現代大型辭書從已有的歷代辭書中進行又一次搜集時，有一種不算很好的傾向，那就是往往求多不求精，寧可錯收一百，不願失去半分。這種傾向使現代漢字的貯存領域產生的缺損問題、冗餘問題、疑難問題，比之實用文本的問題要更大量也更集中。」也給我們帶來思考。

〔註 49〕伍宗文《大型語文辭書修訂漫談》，《四川大學學報（哲學社會科學版）》1997 年第 1 期。

〔註 50〕王寧《〈通用規範漢字表〉與辭書編纂》，《辭書研究》2014 年第 3 期。

〔註 51〕王寧《〈通用規範漢字表〉與辭書編纂》，《辭書研究》2014 年第 3 期。

〔註 52〕徐時儀《漢語語文辭書發展史》，上海辭書出版社，2016 年，134 頁。

者進行過強調。法國《新小拉魯斯字典》的卷首語：「一部沒有例句的字典只是一具骷髏。」董志翹指出：「書證（亦指例句）是語文詞典的一個重要部分。如果說精當的釋義是骨骼，那麼合適的書證便是它的血肉。因為詞語的確切含義往往需要通過書證中上下文語境的限制才能表達清楚。所以書證除了體現詞語的時代、出處及詞義的形成、發展、變化線索外，還起著輔助解釋詞語的作用。」〔註53〕楊超指出：「例證在詞典中的作用主要體現在四個方面：證明釋義的準確性和可靠性；說明語源及其流變；補充釋義的不足；說明用法。」〔註54〕

　　我國辭書編纂很早就重視書證的使用，《說文解字》中就引用了大量的先秦文獻，從《玉篇》起，後代的辭書引證範圍就開始不斷擴大，直至當代大型辭書，其書證的引用範圍幾乎涉及古今所有代表性文獻。《大字典》附錄中僅主要參考文獻就列出了 2965 種（包括不同版本），參考書 692 種，上起先秦，下訖當代。而且相較第一版，新版對書證的選取和使用規範也更加科學和完善。但是，由於編纂者的疏忽，依然有一些小問題需要注意。例如由於編者對書證的理解不同，對文獻的斷句還是存在有不一致的情況。如：

沟

　　　　同「勺」。《集韻・藥韻》：「勺，《說文》：『挹取也。』或從水、勺。一曰樂名。」③古樂名。《荀子・禮論》：「故鐘鼓管磬，琴瑟竽笙，《韶》、《夏》、《護》、《武》、《沟》、《桓》、《箾（簡）》、《象》，是君子之所以爲憚詭其所喜樂之文也。」（《大字典》）

　　　　沟² zhuó　②古樂名。《荀子・禮論》：「故鐘鼓管磬，琴瑟竽笙，《韶》、《夏》、《護》、《武》、《沟》、《桓》、《箾象》，是君子之所以爲憚詭其所喜樂之文也。」參見「沟²樂」。（《大詞典》）

　　按：兩部辭書在這條書證中對古文的理解斷句有所不同，見加點部分。據《荀子集解》應標点為「……《箾》、簡《象》」，注：因說祭，遂廣言喜樂、哀痛、敦惡之意本皆因於感動而爲之文飾也。喜樂不可無文飾，故制爲鐘鼓、韶、夏之屬。箾音朔，賈逵曰：「舞曲名。」武、沟、桓，皆周頌篇名。簡，未詳。象，周武王伐紂之樂也。○王念孫曰：簡、象，即左傳之象、箾也。自「鐘鼓

〔註53〕董志翹，《〈辭源〉（修訂本）書證芻議》，《辭書研究》，1990（4），71 頁。
〔註54〕楊超《簡明實用詞典學》，中國文史出版社，2006 年，156～159 頁。

管磬」以下，皆四字爲句，則「簫、象」之間不當有「簡」字，疑即「簫」字之誤而衍者。〔註55〕查檢其他，楊柳橋《荀子詁譯·禮論》：標点：《桓》、《簫象》，同《大詞典》。〔註56〕楊書第395頁注：（37）「簫象」本作「簫簡象」。○楊倞：喜樂不可无文飾，故制為鐘鼓韶夏之屬。簫，音「朔」；賈逵曰：「舞曲名。」《武》、《汋》、《桓》，皆《周頌》篇名。象，周武王伐紂之樂也。○王念孫：簫象，即《左傳》之「象簫」也。自「鐘鼓管磬」以下，皆四字為句，則「簫象」之間，不當有「簡」字，疑即「簫」字之誤而衍者。○按：王說是也。今據刪「簡」字。韶，舜樂；夏，禹樂；護，湯樂；武，武王樂。《左傳·襄公二十九年》：「見舞象簫、南籥者。」杜預注：「象簫，舞所執；南籥，以籥舞也；皆文王之樂。」〔註57〕

《大詞典》收「象簫」：傳說中周文王時代的樂舞。《左傳·襄公二十九年》：「見舞《象簫》、《南籥》者，曰：『美哉！猶有憾。』」杜預注：「《象簫》，舞所執；《南籥》，以籥舞也。皆文王之樂。」孔穎達疏：「杜云『皆文王之樂』，則《象簫》與《南籥》各是一舞。《南籥》既是文舞，則《象簫》當是武舞也。」章炳麟《訄書·辨樂》：「及其動容以象功德，若古之爲《韶》、《濩》、《象簫》者，待事而作，於生民不爲皿，其成性易俗，各視其方面而異齊。」綜上，我們更傾向於《大詞典》的斷句，《大字典》似還可再商榷。

涂

（一）tú

②道路。後作「途」。……《周禮·地官·遂人》：「百夫有洫，洫上有涂。」鄭玄注：「涂、道路。……涂，容乘車一軌，道容二軌。」（《大字典》）

①道路。《周禮·地官·遂人》：「百夫有洫，洫上有涂。」鄭玄注：「徑、畛、涂、道、路，皆所以通車徒於國都也……涂容乘車一軌。」（《大詞典》）

按：兩部辭書在這條書證中對古文的理解斷句有所不同，見加點部分。這

〔註55〕見〔清〕王先謙 撰；沈嘯寰、王星賢 點校：《荀子集解·禮論篇第十九》，中華書局，1988年9月，第1版，第377頁。

〔註56〕楊柳橋著：《荀子詁譯·禮論》，齊魯書社，2009年4月，第1版，第392頁。

〔註57〕楊柳橋《荀子詁譯·禮論》，齊魯書社，2009年4月，第1版，第395頁。

一條其實句義比較明顯，鄭注全文為「徑、畛、涂、道、路，皆所以通車徒於國都也。徑容牛馬，畛容大車，涂容乘車一軌，道容二軌，路容三軌。」這句的語義很明了，是在分別解釋「徑、畛、涂、道、路」各自的規格。我們認為《大字典》此處的引文斷章取義且對引文的斷句是有誤的。

　　語文辭書的義項，既經較高程度的概括，當然也就較抽象。精選一些具有不同的語言環境、句式結構、行文色彩的典範性書證或例句來補充釋文，就給抽象的釋文增添了具體可感的內容。引證的重要性在於它可以讓釋義具體化，讓讀者一目了然見到該詞在語言應用中的具體意義和用法〔註58〕。無論釋義怎樣完整也無法代替引證的特殊作用。因此，對引證準確性的核查始終是辭書修訂需要重點關注的地方。

三、注意利用方言材料

　　方言一直被認為是語言活的「化石」，很多今天的方言是古代的通語。方言的研究價值在音韻學中一直很凸顯。實際上，在詞彙訓詁方面，方言材料也有巨大的價值。很多古代的詞彙和詞義還保留在方言中，因此，方言材料對古籍中一些詞彙的訓解可能有極大的啟發。周志鋒（1992）曾說過，「文獻語言中有好些詞，有的並無舊訓可稽；有的雖有舊訓，但語焉不詳，很難捉摸；有的出現頻率不高，無法通過排列類比大量語言材料的方法來歸納確定詞義。在這種情況下，藉助方言來解決這些難題，不失為一條有效的途徑。」〔註59〕「以今天還活著的方言為佐證，可以使一些疑義、僻義、晦澀之義明白顯豁，得到確解，從而大大提高大型語文辭書的質量。」〔註60〕

　　周文中還舉例說明了方言材料在對大型語文辭書補充義項方面的重要作用。以「汪」字為例：「汪」字古代有個生僻義，「水臭」的意思。這個意思《大詞典》不收，《大字典》注意到了，卻沒有把它離析出來：

　　　　汪　②池。指污濁的小水坑。《說文・水部》：「汪，池也。」桂

馥義證：「《一切經音義》四：『《通俗文》：亭水曰汪。』池之泥濁者

〔註58〕徐時儀《漢語語文辭書發展史》，上海辭書出版社，2016年，135頁。
〔註59〕周志鋒《方言詞彙研究在大型語文辭書編纂中的作用》，《辭書研究》1992年第5期。
〔註60〕周志鋒《方言詞彙研究在大型語文辭書編纂中的作用》，《辭書研究》1992年第5期。

也。」《廣韻・宕韻》:「汪,水臭也。」《集韻・宕韻》:「汪,停水
臭。」……(《大字典》第三卷 1557 頁)

「汪」的「池、污濁的小水坑」這個義項與之所引《廣韻》《集韻》的古注
意義有別,即這裏《廣韻》和《集韻》的「水臭」義並不能和義項完全對應。
作者用今寧波方言來佐證,寧波話形容水酸臭說「酸汪氣」或「酸汪汪」,引申
之,形容酸臭的氣味或味道都可說「酸汪氣」「酸汪汪」,如「泔水酸汪氣」、「年
糕日腳多了,吃起來有眼酸汪汪」。並最終認為,汪之「水臭」義既有古代書證,
又有方言旁證,完全有資格作為一個義項獨立出來。[註61]

我們再舉一例:

　　　氹² gān 方言。蓄水池。清鈕琇《觚賸・語字之異》:「粵中
語少正音,書多俗字。如……蓄水之地為氹,音泔。」歐陽山《苦
鬥》六二:「舢板上的人劃得高興,大聲唱歌,大聲笑樂,不提防
來到了一個叫做『水鬼氹』的大漩渦前面,情況十分危險。」(《大
詞典》)

氹字此義項《大字典》未收錄。檢《漢語方言大詞典》[註62]:氹:①〈名〉
坑;水坑,水窪。㊀西南官話。四川成都。鄢國培《漩流》二十六章(二):「朱
家富有時看見楊寶瑜要踩進積水氹,忙伸手拉楊寶瑜一把。」四川南川。㊁湘
語。湖南衡陽。㊂客話。廣東從化呂田。㊃粵語。廣東。清同治甲子年《廣東
通志》:「蓄水之地為氹。」徐珂《清稗類鈔・方言類》:「蓄水之地為氹。」同
樣,我們認為此義項有書證也有方言佐證,《大字典》可以增補該義項。

另外,需要注意的是,很多方言義項在兩部辭書中體例有所不同,同一個
義項有的《大字典》標注了「方言」,《大詞典》沒標注,有的則是反過來了(詳
見附錄一)。我們認為修訂的時候還需要再考察認定,或者用更細密的體例來統
一規範,做到精益求精。

方言詞匯研究對大型語文辭書的編纂有著不可忽視的作用。漢語中的詞絕
大多數是多義詞。多義詞的某些意義從古到今都是相同的或者稍有引申但也容
易理解,有的意義則只保留在古代漢語中,現在不再使用了,但古籍中留有古注

[註61] 詳見周志鋒《方言詞彙研究在大型語文辭書編纂中的作用》,《辭書研究》1992 年
第 5 期。
[註62] 許寶華、宮田一郎《漢語方言大詞典》,中華書局,1999 年,1525 頁。

也可參考，而還有一些詞義古籍中也不甚明了，現代漢語通語也不再使用，要闡釋這種義項，有時則可借助方言來佐證理解。我國歷史悠久，幅員廣闊，方言種類繁多複雜，是一個巨大的知識寶庫。加強方言詞彙的研究，並把研究成果及時地吸收到大型語文辭書的編纂、修訂中去，無疑是有重要意義的。〔註63〕

四、注意吸收近代漢語研究成果

近代漢語上承古代漢語，下接現代漢語，介於上古漢語詞彙和現代漢語詞彙交融的中間狀態，是漢語古今演變的交叉階段和轉折時期。近代漢語時期出現了一大批新詞新義，如果對這些研究不夠，那麼對於整個漢語詞彙史、現代漢語中某些詞語的詞源等就難以做出科學的全面的說明。〔註64〕

自黎（錦熙）先生首倡近代漢語研究以來，特別是自呂（叔湘）先生上世紀 70 年代末創建學科、培養隊伍、加強資料建設以來，近代漢語的研究逐漸在全國範圍內推廣開來，形成規模，成果豐碩。〔註65〕出版的《近代漢語詞典》已有三部，一部是高文達主編（收詞 13000 條，117 萬字，知識出版社 1992），一部是許少峰所編（收詞 25000 條，320 萬字，團結出版社 1997，2008 年修訂，改名為《近代漢語大詞典》，收詞 50000 餘條，500 萬字，中華書局出版），一部是白維國主編（收詞 51000 餘條，900 餘萬字，上海教育出版社 2015 年）。這些近代漢語研究的豐厚成果大大推進了漢語史研究的發展。

尤其是白維國版《近代漢語詞典》注意吸收近些年來學界的研究成果，因而對《漢語大詞典》等同類大型辭書所漏收的義項有所增補，對於釋義的失誤也多有辨正。同樣，對於《漢語大字典》的義項收錄方面也大有可補充的地方。我們將《漢語大字典》水部字與白版《近代漢語詞典》水部字進行比較，發現《大字典》還是有一些近代漢語的研究成果需要補充。舉例如下：

潑

《近代漢語詞典》中收錄 17 個義項，其中《大字典》未收錄的舉例：

②引申指塗寫，特指繪畫中大面積著墨或著色的技法。唐希雅《題畫》：「誰

〔註63〕周志鋒《方言詞彙研究在大型語文辭書編纂中的作用》，《辭書研究》1992 年第 5 期。

〔註64〕徐時儀，《近代漢語詞彙學》，暨南大學出版社，2013 年，20 頁。

〔註65〕白維國主編《近代漢語詞典》序言，上海教育出版社，2015 年。

潑煙雲六尺綃，寒山秋樹晚蕭蕭。」清沈宗騫《芥舟學畫編》卷四：「潑之為用，最足發畫中氣韻。今以一樹一石，作人物小景，甚覺平平。能以一二處潑色，酌而用之，便頓有氣象。」

④釀酒程序之一。在酒將釀熟時，把醅面（酒釀固結的一層浮面）破開，使酒漿上溢熟化。也泛指釀酒或濾酒。唐王績《春莊酒後》：「柏葉投新釀，松花潑舊醅。」元關漢卿《四塊玉·閒適》：「舊酒投，新醅潑，老瓦盆邊笑呵呵。」清曹爾堪《滿江紅·王西樵考功見和江村詞》：「正蒲萄濃潑，春波如釀。」

⑤衝擊；撲擊；拍打。唐李群玉《洞庭風雨》：「浪潑巴陵樹，雷燒鹿角田。」元鄭元祐《遂昌雜錄》：「長卿急翻身捽捶者，則通前觀潮之人，皆為怒潮潑去。」明《醒世恆言》卷二六：「一掙掙起來，將尾子向王士良臉上只一潑，就似打個耳聒子一般，打得王士良耳鳴眼暗。」《西洋記》五五回：「把僧鞋潑一潑，把鬍鬚抹一抹。」

浮

《近代漢語詞典》收錄兩個義項，《大字典》未收錄舉例：

②暫時；臨時。清紀昀《閱微草堂筆記》卷一一：「蓋某公卒於戍所，尚浮厝僧院也。」《紅樓夢》一○六回：「賈政看時，所人不敷所處，又加連年宮裏花用，賬上有在外浮借的也不少。」《醒世姻緣傳》九六回：「呂德遠外面庫裏要了天平，高高兌了二十兩兩封銀子，用紙浮包停當。」

洋

《近代漢語詞典》收錄四個義項，《大字典》未收錄舉例：

③熔化。唐戴孚《廣異記》：「明達惆悵獨進，僅至一城，城壁毀壞，見數百人，洋鐵補城。」元《三遂平妖傳》二回：「只指望金銀器皿銅錫動用什物，雖然燒洋了，也還在地下。」明柯丹邱《荊釵記》八出：「冰見了日頭就洋了，怎麼曬得冰乾？」

渲

《近代漢語詞典》收錄三個義項，《大字典》未收錄舉例：

②涌流；瀉。《元曲選·柳毅傳書》二折：「俺只見淹淹的血水渲做江湖，和著這滾滾的尸骸煉做丘冢。」孟漢卿《魔合羅》一折：「便似畫俺在瀟湘水墨圖。淋得俺濕淥淥，顯那吉颭古堆波浪渲城渠。」清《凝嬌麗》六回：「奇心舒

意美，體括股蕩，一洩如注。生知奇丹飛水走，亦一湞而出。」

③洗刷；擦洗。元馬致遠《耍孩兒‧借馬》：「有汗時休去檐下拴，湞時休教侵著額。」明佚名《怒斬關平》二折：「今日好天氣，眾兄弟每，咱去湞馬去來。」

濃

《近代漢語詞典》收錄兩個義項，《大字典》未收錄舉例：

②湊合；姑且維持。明佚名《桃園結義》一折：「皆因俺這命運裏有些不大十二分快罷了，少不著濃著過。」《金瓶梅詞話》七三回：「哥兒，你濃著些兒罷了。你的小見識兒，只說人不知道。」清《醒世姻緣傳》八四回：「大家外邊濃幾年，令親升轉，舍親也或是遇赦或是起用的時候了。」

沐

《近代漢語詞典》收錄三個義項，《大字典》未收錄舉例：

①灑落；降落。《敦煌願文集‧願文範本等‧都河玉女娘子文》：「天沐高（膏）雨，地涌甘泉。」

③獲得。《敦煌願文集‧願文》：「然後上通三界，傍括十方，並沐良緣，摩訶般若。」又《二月八日文等範本‧燃燈文》：「然後廓周法界，包括塵沙，俱休（沐）芳因，咸登覺路。」

③蒙；蒙受。《敦煌變文校注》卷五《維摩詰經講經文（七）》：「既沐如來教問時，遙憑大聖垂加護。」又「沐慈尊，總容放，去入毗耶宿因囊。」宋岳飛《乞依樞副舊例敘位札子》：「臣近蒙恩除樞密副使，已具懇辭，未沐矜許。」

詞典研究的核心內容是詞語的釋義，大型漢語詞典是漢語史詞彙研究成果的直接體現者。〔註 66〕詞典編纂工作，從根本上說，也就是解釋詞義，近代漢語詞彙的研究與詞典編纂關係密切，近代漢語詞彙研究的成果可用來糾正現有辭書在釋義上的失誤，也可以補充義項的缺失。因此，大型語文辭書要特別注意近代漢語研究成果的吸收完備和更新。

〔註66〕徐時儀，《近代漢語詞彙學》，暨南大學出版社，2013 年，34 頁。